Wolfgang Hohlbein

Das Teufelsloch

Ueberreuter

Die Deutsche Bibliothek – CIP-Einheitsaufnahme

Hohlbein, Wolfgang:
Das Teufelsloch / Wolfgang Hohlbein. –
Wien : Ueberreuter, 1999
ISBN 3-8000-2584-1

J 2402/1

Umschlag von Jörg Huber
Gesetzt nach der neuen Rechtschreibung

Druck: Ueberreuter Print
1 3 5 7 6 4 2

Howard Phillips Lovecraft gewidmet,
dem ich so viele schlaflose Nächte
verdanke.

Die Sonne war noch nicht aufgegangen, aber der Tag kündigte sein Kommen bereits deutlich an: Im Osten loderte der Horizont in leuchtendem Rot, als hätte jemand die ganze Welt dahinter in Brand gesetzt, und der Himmel überzog sich von dort aus mit der Farbe von geschmolzenem Blei. Auf dem Himmel, auf dem die letzten Sterne der Nacht nacheinander verblassten, befand sich nicht eine einzige Wolke; trotzdem hatte man den Eindruck, das Vorüberziehen einer solchen zu beobachten, denn unten im Tal floh eine schnurgerade Linie aus Schatten vor dem hereinbrechenden Licht des Morgens. Ein Sonnenaufgang in Neuengland war immer ein schöner Anblick, hier in den Bergen war er geradezu aufregend.

Harrison Ward McPhelan war jedoch nicht hierher gekommen, um die Schönheit dieses Naturschauspiels zu genießen, sondern um das Phänomen zu beobachten. McPhelan, nicht nur graduierter Bergbauingenieur, sondern auch der jüngste Mann, den die *Middle-East Mining & Iron Corporation* jemals in leitender Position

eingestellt hatte, war ein großer Liebhaber der Natur, und das war einer der Gründe, aus dem er das Phänomen überhaupt entdeckt hatte.
Vor drei Tagen war Harrison eine halbe Stunde vor Sonnenaufgang aufgestanden und vor die Tür der einfachen Blockhütte getreten, die er seit zwei Monaten bewohnte; in Anbetracht der Tatsache, dass er meist bis spät in den Abend hinein arbeitete, eigentlich ein ungeheurer Luxus, den er sich trotzdem ein-, manchmal sogar zweimal die Woche gönnte. Die Arbeiten in der Mine begannen Schlag sieben, aber das Lager erwachte eine gute Stunde zuvor und Harrison hatte schon in seiner ersten Woche hier erfahren, wie notwendig es war, dass jedermann in der Minenkolonie jederzeit und überall mit seinem Erscheinen rechnen musste. So hatte er es sich zur Angewohnheit gemacht, als Erster im Lager aufzustehen und als Letzter zu Bett zu gehen.
Harrison war der vierte Direktor, den *Devil's Hole* innerhalb nur eines Jahres hatte, und er verspürte wenig Lust, das Schicksal seiner Vorgänger zu teilen. Die Zeiten waren schlecht. Selbst für einen Mann mit seinen Qualifikationen war es nicht leicht, eine solche Anstellung zu bekommen. Sie nach wenigen Wochen wieder zu verlieren wäre eine Katastrophe. Ein Land, das sich gerade von einer Wirtschaftskri-

se zu erholen begann, verzieh die Fehler eines Einzelnen nicht so leicht.
Harrison glaubte jedoch erkannt zu haben, was seine drei unglückseligen Vorgänger falsch gemacht hatten. Die Menschen hier in Neuengland waren ein Schlag für sich, wie man so schön sagt, und die Minenarbeiter, die die Gesellschaft eingestellt hatte, stellten noch eine besondere Gattung innerhalb dieses Schlages dar. Harrison verbrachte ein gut Teil seiner Zeit damit, Streitigkeiten unter den Arbeitern zu schlichten oder die Sheriffs der drei benachbarten Ortschaften zu beruhigen, die zu ihm kamen, wenn seine Männer wieder einmal über die Stränge geschlagen hatten. Aber mit fester Hand, ununterbrochener Präsenz und einer wohldosierten Mischung aus Härte und Großzügigkeit hatte er sich in den vergangenen Wochen bereits den Respekt der Männer verschafft. Er würde das Vertrauen, das die Gesellschaft in ihn gesetzt hatte, nicht enttäuschen.
Aus diesen Gründen bestand seine gesamte Freizeit jedoch allein aus dieser einen oder den zwei Stunden vor Sonnenaufgang, die er sich manchmal stahl. Er liebte es über alles, in der Dunkelheit vor seiner Blockhütte zu stehen, auf die Minenstadt hinabzublicken und dabei zuzusehen, wie die Lichter oben am Himmel im gleichen Maße erloschen, wie in der Stadt von Men-

schenhand erschaffene Sterne aufglommen. Dabei vielleicht eine gute Zigarre zu rauchen war ein kleines Laster, das er sich in Gegenwart der Männer niemals gestattete.
Irgendwo hinter ihm knackte ein Ast und Harrison fuhr jäh aus seinen Überlegungen hoch. Sein Herz begann zu pochen, während er aufmerksam das dichte Gebüsch vor sich absuchte. Er sah allerdings kaum mehr als Schatten. Der Tag hatte den Grat noch nicht erreicht. Ringsum herrschte noch Dunkelheit.
Harrison lauschte gebannt. Soviel er wusste, gab es in diesem Teil Neuenglands keine Raubtiere, aber man konnte nie wissen. Die Männer liebten es, sich abends in der Kantine Geschichten von Wölfen und Berglöwen zu erzählen, die angeblich durch die Wälder streifen sollten, und natürlich auch von Bigfoot – Harrison glaubte nichts von all diesem Unsinn, tastete aber trotzdem nach der Waffe, die er stets bei sich trug. Er glaubte weder an Menschen fressende Bären noch an irgendwelche Ungeheuer, aber es mochte zweibeinige Raubtiere in diesen Wäldern geben, die vielleicht gefährlicher waren.
Er entdeckte jedoch nichts und auch das Knacken wiederholte sich nicht. Wahrscheinlich war es nur ein natürlicher Laut gewesen. Harrison hatte alle Aufzeichnungen über die Mine aufmerksam studiert, bevor er hierher

gekommen war. Abgesehen von den gelegentlichen Raufereien der Arbeiter in der Minensiedlung war seit Jahrzehnten in dieser Gegend niemand zu Schaden gekommen. Als Harrison auch nach einigen weiteren Sekunden nichts hörte, wandten sich seine Gedanken wieder jenem Morgen zu, an dem er das Licht am Rande der Schlucht gesehen hatte.

Es war reiner Zufall gewesen. Er hatte dagestanden und zum Rand des Canyon hinaufgesehen, an dessen Ende der Eingang zur Mine lag, und plötzlich war ihm ein flackerndes, rotes Licht aufgefallen, ungefähr dort, wo er sich auch jetzt gerade aufhielt. Ohne jeden Zweifel der Schein einer Fackel. Dieser hielt manchmal inne und glitt dann wieder zitternd weiter, im Großen und Ganzen aber blieb er immer auf derselben Position; als wäre der, der diese Fackel trug, auf der Suche nach etwas ganz Bestimmtem, das er nicht finden konnte. Schließlich war Harrison ins Haus zurückgelaufen um seinen Feldstecher zu holen.

Als er zurückgekommen war, war das Licht verschwunden. Harrison hatte mit dem Fernglas lange die Felskante abgesucht, ohne jedoch mehr als einen schwarzen Schatten vor einem kaum weniger dunklen Hintergrund zu erkennen. Während dieser Zeit war es hell geworden. Und da hatte er das Phänomen zum ersten Mal gesehen. Er hatte es auch an den beiden darauf folgenden Tagen beobachtet und nun war er hier, um es sich aus der Nähe anzusehen.

Harrison blickte ins Tal hinab. Zur Linken, nur wenige Schritte entfernt, befand sich die Felskante, die nahezu achtzig Fuß tief lotrecht in den *Devil's Canyon* hinabführte, aber zur Rechten fiel das Land annähernd zwei Meilen weit sanft ab, bis es das Niveau der umliegenden Wälder erreichte. *Devil's Canyon* war im Grunde gar kein richtiger Canyon, sondern die Nahtstelle eines in der Mitte geteilten, achtzig Fuß hohen Hügels. Dort unten war der Tag bereits auf dem Vormarsch. Die Linie aus Schatten floh immer schneller vor dem Licht. In längstens einer oder zwei Minuten würde es hell werden.

Harrison fühlte eine gewisse Erregung; ein Kribbeln, wie man es vor einem wissenschaftlichen Experiment verspürt, das in seine entscheidende Phase tritt.

Die Grenzlinie zwischen Licht und Dunkelheit kam immer rascher näher, verlieh dem Schwarz und Silber und Grau der Nacht wieder die ersten noch zaghaften Farben, huschte lautlos über Harrison hinweg und –

stockte.

Harrison riss ungläubig die Augen auf. Er hatte das Phänomen insgesamt dreimal durch seinen Feldstecher beobachtet, aber nun sah er es aus

allernächster Nähe und mit eigenen Augen und er kam nicht umhin sich einzugestehen, dass er es trotz allem bisher für eine Art optischer Täuschung gehalten hatte. Aber das war es keineswegs.
Tatsache war: Das Tageslicht stockte für eine geschlagene Sekunde, ehe es in den Bereich über dem *Devil's Canyon* fiel.
Und das war absolut und hundertprozentig unmöglich!
Das Licht wanderte weiter, fiel nun direkt in den Canyon hinab und begann auch dort die Schatten der Nacht zu vertreiben, aber Harrison starrte weiterhin reglos auf jenen imaginären Punkt dicht neben sich, an dem es eine Sekunde verharrt hatte, wie etwas Lebendiges, das unbekanntes Terrain betritt und vor den Gefahren zurückschreckt, die darin lauern mochten.
Trotz seiner großen Liebe zur Natur, die sich manchmal sogar in romantischen Schwärmereien Bahn brach, war Harrison McPhelan ein durch und durch rationaler Mensch, der voller Stolz von sich behauptete, stets mit beiden Beinen auf dem Boden der Tatsachen zu stehen, und der festen Überzeugung war, dass es für alles auf dieser Welt eine rationale Erklärung geben müsse; was zum Teil natürlich an seiner wissenschaftlichen Ausbildung lag. Gerade wegen dieser Ausbildung maßte er sich nicht an,

alle diese Erklärungen zu kennen. Doch zu wissen, dass man etwas nicht wusste, es diese Erklärung aber irgendwo gab, oder etwas zu erleben, das durch und durch unerklärlich schien, waren zwei grundverschiedene Dinge. Die Erkenntnis versetzte Harrison einen Schock, weil sie sein Weltbild und alles, woran er jemals geglaubt hatte, bis in die Grundfesten erschütterte.

»Zerbrich dir nicht den Kopf, Ingenieur«, sagte eine Stimme hinter ihm.

Harrison fuhr mit einem Schrei herum und zog die Pistole, die er am Gürtel trug.

Hinter ihm stand ein kleiner, uralter Indianer. Er trug einen Lendenschurz, einfache Mokassins und einen schreiend bunten Federmantel, an dem der Zahn der Zeit allerdings schon sichtbar genagt hatte. Trotz der Kälte, die zu dieser frühen Morgenstunde herrschte, war seine schmale Brust darunter nackt. An seinem Gürtel baumelte ein Tomahawk, doch Harrison spürte ganz instinktiv, dass diese Waffe nur zeremonielle Bedeutung hatte. Der Indianer stand weit nach vorne gebeugt da, was ihn kleiner erscheinen ließ, als er vielleicht war, und stützte sich auf einen zwei Zoll starken, reich verzierten Stock, der größer sein musste als er selbst. Seine Augen waren vom Alter trüb geworden, blickten Harrison aber trotzdem

wach und von einem spöttischen Glitzern erfüllt an.
Plötzlich wurde Harrison klar, wie lächerlich er selbst aussehen musste: Er stand da und richtete eine Waffe auf einen Mann, der nicht nur dreimal so alt war wie er selbst, sondern ihm noch dazu kaum bis zur Brust reichte. Hastig steckte er die Waffe wieder ein, was das spöttische Glitzern in den Augen des Alten noch verstärkte.
»Was ... haben Sie gesagt?«, fragte Harrison stockend.
Der Indianer deutete in den Canyon hinab. »Selbst der Tag fürchtet diesen Ort«, sagte er. »Menschen sollten hier nicht sein. Niemand sollte hier sein. Es gibt Orte, die sind gut, und es gibt Orte, die sind böse. Dieser Ort ist *sehr* böse.«
Harrison versuchte erst gar nicht seinem Gebrabbel irgendeinen Sinn abzugewinnen. Stattdessen fragte er in scharfem Ton: »Woher wissen Sie, wer ich bin? Kennen wir uns?« Natürlich kannten sie sich nicht. Er hätte sich daran erinnert, wäre er diesem Mann schon einmal begegnet.
Der Indianer lächelte und Harrison korrigierte seine Schätzung, was das Alter des Indianers anging, etwas nach unten; allerdings nicht viel. Außerdem sah er jetzt, dass der alte Mann nicht annähernd so gebrechlich war, wie es im ersten

Moment den Anschein gehabt hatte. Er hatte den typischen Körperbau eines Menschen, der einmal sehr muskulös gewesen sein musste. Das Alter hatte ihm seine Kraft genommen, aber nicht seine Stärke. Und der Stock, auf den er sich stützte, mochte in den Händen eines Mannes, der damit umzugehen verstand, eine ganz passable Waffe ergeben.

Unsinn! Harrison rief sich in Gedanken zur Ordnung. Der alte Mann war ein alter Mann, mehr nicht. Vielleicht verrückt, auf jeden Fall aber sonderbar, doch auch nicht mehr.

Das Lächeln des Indianers veränderte sich. Harrison hatte plötzlich das unheimliche Gefühl, dass er ganz genau wusste, was hinter seiner Stirn vorging, und sich darüber amüsierte. Nun beantwortete er auch Harrisons Frage: »Ich weiß, wer du bist. Wer ich bin, spielt keine Rolle, Ingenieur. Nur eine Stimme im Wind. Aber eine Warnung, auf die du hören solltest.«

Er seufzte. Langsam und schwer auf seinen Stock gebeugt ging er an Harrison vorbei und trat an den Canyon heran, so dicht, dass schon die winzigste unbedachte Bewegung genügen musste, um ihn in die Tiefe stürzen zu lassen. Nach einer Weile fuhr er mit leiserer, beinahe resigniert klingender Stimme fort: »Auch wenn ich glaube, dass du es so wenig tun wirst wie die anderen.«

»Die anderen?« Harrison wollte neben den Indianer treten, wagte es aber nicht, sich dem Canyon weiter als auf fünf Fuß zu nähern. Der Indianer mochte ja über den Gleichgewichtssinn einer Krähe verfügen, er aber nicht. Und er hatte entschieden mehr Jahre zu verlieren als der Alte. »Welche *anderen*?«

»Die vor dir kamen«, antwortete der Indianer. »Ich habe sie gewarnt, so wie ich dich warne. Geht weg von diesem Ort. Weckt nicht das, was in der Erde ist.«

»Was in der Erde ist?« Jetzt endlich verstand Harrison. »Ist es das, was du meinen Vorgängern gesagt hast?«, fragte er. »Dass dies hier ein heiliger Ort ist und wir ihn mit dem, was wir tun, entweihen und –«

Der Alte fuhr so abrupt herum, dass Harrison davon überzeugt war, er müsse das Gleichgewicht verlieren und in die Tiefe stürzen. »Ein heiliger Ort?«, schrie er. »Ein *heiliger* Ort? O nein, Ingenieur, ganz bestimmt nicht! Im Gegenteil! Dieser Ort ist verflucht! Er war es schon, bevor es Menschen auf dieser Welt gab, und er wird es noch sein, lange nachdem der Weiße Mann aus diesem Land verschwunden ist!«

Harrison sah den alten Indianer betroffen an. Der Zornesausbruch des Alten erschreckte ihn nicht, aber er ließ ehrliches Mitleid in ihm auf-

steigen. Endlich begriff er *wirklich*, was in dem alten Mann vorging.
»Es tut mir Leid«, sagte er sanft. »Aber ich fürchte, der Weiße Mann wird nicht mehr gehen.«
Er hatte mit einem neuerlichen Wutausbruch gerechnet, aber das genaue Gegenteil geschah. Der Alte beruhigte sich ebenso plötzlich, wie er in Rage geraten war. Er sah Harrison durchdringend an, lächelte wieder dieses unheimliche Lächeln und sagte: »O doch, Ingenieur, das wird er. Aus diesem Land und vom Antlitz dieser ganzen Welt. Nicht morgen und nicht in einem Jahr. Nicht zu Lebzeiten deiner Kinder und nicht zu Lebzeiten der Kinder deiner Kinder, doch es wird geschehen. Der Weiße Mann wird sich selbst auslöschen. So wie er mein Volk ausgelöscht hat.«
Harrison versuchte die Worte des alten Mannes als lächerlich abzutun, doch es gelang ihm nicht. Die düstere Prophezeiung, als die sie ihm plötzlich erschienen, jagte ihm einen eisigen Schauer über den Rücken. Mühsam und mit einer Stimme, die belegt und wie die eines Fremden in seinen eigenen Ohren klang, sagte er: »Was zum Teufel wollen Sie mir eigentlich sagen? Reden Sie Klartext, statt sich in unverständlichen Andeutungen zu ergehen!«
Der Indianer lächelte. »Es ist das Vorrecht alter

Männer, sich in unverständlichen Andeutungen zu ergehen, Ingenieur. Und alte Medizinmänner müssen es sogar. Ihr Weißen würdet uns doch gar nicht verstehen, wenn wir *Klartext* reden würden!«

Harrison schwieg. Wieso hatte er plötzlich das Gefühl, dass sich der Alte über ihn lustig machte? Vielleicht hatte er das ja die ganze Zeit über getan ...

»Wenn du leben willst, dann geh weg von hier«, fuhr der Alte fort. »Mein Volk hat dies schon vor langer Zeit getan; schon lange, bevor der Weiße Mann über das Meer kam und Besitz von diesem Land ergriffen hat. Geh fort und wecke nicht das, was in der Erde lebt, denn es wird dich vernichten. Dich und alle, die bei dir sind.«

Und damit verschwand er.

Er löste sich nicht etwa in Luft auf oder verwandelte sich in einen Vogel, der davonflog – nichts davon hätte Harrison in diesem Moment wirklich überrascht; ja er wartete regelrecht darauf, Zeuge eines derart unheimlichen Geschehens zu werden –, sondern drehte sich herum und verschwand mit schnellen Schritten im Unterholz. Harrison war jedoch noch so verwirrt von dem, was er gehört hatte, dass er die Stelle, an der der Alte gestanden hatte, noch sekundenlang anstarrte, ehe er endlich aus seiner Erstarrung erwachte und hinter ihm herlief.

Aber der alte Indianer war verschwunden. Auf dem felsigen Boden war nicht einmal eine Fußspur zurückgeblieben.

Der Abstieg erwies sich als der weit schwierigere Teil seiner Exkursion. Die Wände des *Devil's Canyon* fielen überall nahezu lotrecht ab, sodass an ein Hinunterklettern nicht zu denken war; Harrison war zwar ein ganz passabler Kletterer, aber er hätte es nur im äußersten Notfall riskiert, ohne entsprechende Ausrüstung eine achtzig Fuß hohe Felswand hinabzuklettern, die zum Teil so glatt wie poliertes Glas war. Neben vielen anderen geologischen Besonderheiten hatte ihn dieser Anblick am Tage seiner Ankunft am meisten überrascht: Die Wände des *Devil's Canyon* bestanden zum Großteil aus Feldspat, Gneis, aber auch Einschlüssen von Basalt und Schiefer, und als ob diese Zusammenstellung an sich nicht schon ungewöhnlich genug wäre, gab es große, unregelmäßig verteilte Bereiche, in denen das Gestein wie geschmolzen wirkte, als wäre es gewaltiger Hitze ausgesetzt gewesen. Dabei gab es in diesem Teil des Landes keinerlei vulkanische Aktivitäten und hatte es nach Harrisons Wissen auch nie gegeben.
Was immer der Grund für diese Besonderheit war – sie zwang ihn zu einem gehörigen Um-

weg. Die Minenstadt war schon zu geschäftigem Leben erwacht, als Harrison den Canyon über die staubige, kaum als solche zu erkennende Straße betrat. Trotz der frühen Stunde war es bereits warm und es würde bald gehörig heiß werden. Auch das war eine Besonderheit des *Devil's Canyon*: Es war hier drinnen stets um etliche Grade wärmer als in den umliegenden Wäldern.

Harrison sah schon von weitem, dass er bereits erwartet wurde. Vor der Tür der Blockhütte, die den Eingang zum Canyon flankierte wie ein stummer Wächter, stand eine hoch gewachsene Gestalt in zerschlissenem braunen Drillich, die ihm mit offenkundiger Ungeduld entgegensah, denn sie trat unentwegt von einem Fuß auf den anderen und spielte mit dem breitkrempigen Hut, den sie in den Händen hielt. Markus, sein Vorarbeiter und seine rechte Hand und einer der wenigen – wenn nicht der Einzige – hier, denen Harrison vertrauen zu können glaubte. Markus war ein vierschrötiger Bursche mit Händen wie Schaufeln und einem wettergegerbten Gesicht und er hatte eine polternde Art, die im ersten Moment oft abschreckend wirkte. Aber er war eine grundehrliche Haut und er hatte ein gutes Herz. Harrison mochte ihn; vielleicht gerade weil er sich niemals ein Blatt vor den Mund nahm.

Er beschleunigte seine Schritte ein wenig, als er sah, dass Markus immer nervöser auf der Stelle trat. Irgendetwas musste in seiner Abwesenheit passiert sein. Er hoffte, dass es nicht allzu schlimm war, hätte aber keinen Penny auf diese Hoffnung gewettet. Normalerweise passierten die schlimmen Sachen *immer*, wenn man nicht zur Stelle war um etwas zu tun. Während er noch rascher ausschritt um die sanfte Erhebung zu erklimmen, auf der seine Blockhütte stand, zog er seine Taschenuhr heraus und klappte den Deckel auf. Es war zehn Minuten nach sieben. Die Arbeit in der Mine hatte gerade erst begonnen.

»Guten Morgen, Markus«, sagte er. »Alles in Ordnung?«

Markus' Gesichtsausdruck machte klar, wie überflüssig diese Frage war. Er war kaum die Dreiviertelmeile von der Mine hier heraufgekommen, um ihm einen guten Morgen zu wünschen.

»Morgen, Boss«, antwortete er. »Besuch für Sie. Sheriff Hazelton wartet im Büro.«

Harrison verzog das Gesicht, als erlitte er eine heftige Attacke von unerwartetem Zahnschmerz. Hazelton war der Sheriff von Middletown, einem Fünfhundert-Seelen-Kaff fünf Meilen die Straße hinunter, und er war so wenig wie die Einwohner des Ortes ein Freund der

Mine. Wenn er zu dieser frühen Stunde den Weg hier heraus machte, bedeutete das nichts Gutes. Harrison konnte sich sogar ungefähr denken, was der Grund seines Kommens sein mochte. Aus diesem Grund wandte er sich auch nicht sofort um, um Markus zu folgen, sondern betrat seine Hütte und öffnete den kleinen Safe, der auf seine Anweisung hin in die Rückwand eingebaut worden war. Er entnahm ihm eine braune Ledermappe, schob sie unter sein Hemd und trat erst dann neben seinen Vorarbeiter.

»Hat er gesagt, wer es diesmal ist?«, fragte er. Markus schüttelte den Kopf. Sie gingen nebeneinander auf das knappe Dutzend niedriger Gebäude zu, das die Minensiedlung bildete und von denen das jüngste aus dem vergangenen Jahrhundert stammte. »Nee«, sagte Markus. »Aber ein paar von den Jungs sind heute Nacht nicht nach Hause gekommen.«

Harrison seufzte, aber er war zugleich auch erleichtert. Einen oder auch mehrere seiner Männer aus den Gefängnissen der umliegenden Ortschaften auszulösen gehörte schon fast zu seinen täglichen Pflichten. Und Sheriff Hazelton war in dieser Hinsicht ganz besonders eifrig.

»Ich schätze, Middletown wird das Geld für seine neue Kirche noch in diesem Jahr zusammenbekommen«, sagte er. »Und wenn unsere Jungs

sich nicht ein bisschen am Riemen reißen, reicht es sogar noch für eine neue Glocke.«
Markus' Gesicht verdüsterte sich. »Sie sind zu großzügig, Boss«, sagte er. »Wenn's nach mir ginge, würde ich Hazelton Spießruten laufen lassen.«
Harrison lächelte, musste Markus im Stillen aber Recht geben. Die Männer, die hier arbeiteten, waren ein wilder Haufen und schlugen manchmal über die Stränge, aber bei der Arbeit, die sie an zwölf Stunden am Tag und an sieben Tagen in der Woche zu leisten hatten, konnte Harrison das sogar verstehen – auch wenn er das niemals laut zugegeben hätte. Er hatte allerdings auch recht schnell gemerkt, dass Hazelton und seine Kollegen jede Nichtigkeit zum Anlass nahmen, einen von ihnen zu verhaften und dann hierher zu kommen, um eine gepfefferte Kaution oder auch ganz offen ein Bestechungsgeld zu verlangen. Hazelton tat sich in dieser Beziehung ganz besonders hervor. Harrison hatte konkrete Hinweise darauf, dass er mehr als einen Zwischenfall bewusst provoziert hatte. Wäre es nach ihm gegangen, hätte er Hazelton längst das Handwerk gelegt; vielleicht nicht auf eine so drastische Weise, wie sie Markus vorschwebte, aber ebenso nachhaltig und mit Hilfe eines der zahlreichen Rechtsanwälte, über die die Firmenzentrale in Providence verfügte.

Leider ging es nicht nach ihm. Er hatte ganz im Gegenteil strengste Anweisung, jeden Disput mit der einheimischen Bevölkerung zu vermeiden und Schmiergelder in praktisch unbegrenzter Höhe zu zahlen; etwas, was ihm schwer gegen den Strich ging, wogegen zu protestieren sich aber als vollkommen sinnlos erwiesen hatte.

Aber niemand konnte ihn zwingen, *freundlich* zu diesem Kerl zu sein, und entsprechend übellaunig war sein Gesichtsausdruck, als er das Büro betrat und die Tür hinter sich zuwarf; so schnell, dass Markus, der hinter ihm ging, einen hastigen Satz machen musste, um nicht eingequetscht zu werden.

Das Büro bestand nur aus einem einzigen großen Raum mit viel zu vielen Möbeln und zu wenigen Fenstern. Die Wände waren fast zur Gänze mit Regalen und überquellenden Aktenschränken bedeckt und auf Harrisons Schreibtisch stapelten sich zwei hohe Türme von Papier, die immer ein wenig schneller zu wachsen schienen, als er sie wegarbeiten konnte – ganz egal, wie rasch er auch arbeitete. Hazelton saß auf dem einzigen Stuhl an diesem Tisch – Harrisons Stuhl! – und sah ihm finster entgegen. Harrison war sicher, dass er die Füße auf den Tisch gelegt hätte, hätte der Platz dazu ausgereicht.

»Guten Morgen, Mister Hazelton«, sagte Harrison steif.
»Sheriff«, antwortete Hazelton und sein Lächeln erlosch. »Die konkrete Anrede lautet *Sheriff* Hazelton.«
»In Ihrer Stadt vielleicht«, sagte Harrison. »In meiner Mine hat Sie niemand zum Sheriff gewählt. Hier sind Sie einfach nur *Mister* Hazelton. Wer ist es diesmal?«
Hazelton sah verärgert drein, beherrschte sich aber. Es war nicht das erste Mal, dass sie ganz offen in Streit gerieten, Anweisungen aus Providence hin oder her, und Harrison hatte stets dafür gesorgt, dass Hazeltons *Kaution* nach einem solchen Streit deutlich niedriger ausfiel. Hazelton war vielleicht gierig, aber nicht dumm, und Harrison war überdies ziemlich sicher, dass er im Grunde seines Herzens ein Feigling war.
»Grabert«, antwortete Hazelton. »Ich glaube, sein Name ist Grabert.«
»Phil Grabert?« Harrison war überrascht. Grabert war ein Koloss von einem Mann, noch ein gutes Stück größer als er selbst und dabei so breit, dass er Mühe hatte durch eine normal gebaute Tür zu gehen. Aber er war auch der friedfertigste Bursche, dem Harrison jemals begegnet war. Es fiel ihm sehr schwer, sich vorzustellen, womit Hazelton ihn so provoziert

haben könnte, um einen Grund zu finden ihn zu verhaften.

Er schluckte jedoch jede entsprechende Bemerkung hinunter, zog seine Mappe unter dem Hemd hervor und fragte: »Wie viel?«

In Hazeltons Augen blitzte es gierig auf. Seltsamerweise schüttelte er jedoch den Kopf, lehnte sich mit verschränkten Armen in Harrisons Stuhl zurück und sagte: »Ich fürchte, so einfach ist es diesmal nicht, Mister McPhelan.«

»Was soll das heißen?«, fragte Harrison. Innerlich musste er sich mit aller Macht beherrschen, um kein schadenfrohes Grinsen auf seinem Gesicht zuzulassen. Er konnte sich zwar nicht vorstellen, *wie* es dazu gekommen war, aber durchaus, *was* passierte, wenn ein Kerl wie Grabert durchdrehte. Er hatte einmal mit eigenen Augen gesehen, wie dieser eine Lore den halben Schacht hinaufgeschoben hatte. Eine *volle* Erzlore.

»Das soll heißen, dass es diesmal nicht um eine Wirtshausschlägerei geht, Mister McPhelan«, antwortete Hazelton.

Harrison seufzte. Seine Geduld mit Hazelton, mit der es ohnehin nicht weit her war, ging eindeutig zur Neige. »Machen Sie es nicht so spannend, Hazelton«, sagte er unfreundlich. »Was hat er getan? Auf die Straße gespuckt? Oder in der Öffentlichkeit den *Yankee Doodle* gepfiffen?«

»Er hat einen Mann erschlagen«, antwortete Hazelton.
Harrison starrte ihn an. Im ersten Moment begriff er nicht, was Hazelton gesagt hatte. »Was?!«
»Er hat einen Mann erschlagen«, wiederholte Hazelton; auf eine Art, als genieße er jedes einzelne Wort, »und zwei weitere so schwer verletzt, dass der Arzt noch nicht sagen konnte, ob sie jemals wieder ganz gesund werden.«
»Grabert?«, wiederholte Harrison noch einmal. »Phil Grabert? Das ... das ist absurd! Der Mann ist so friedlich wie ein Lamm!«
Ganz plötzlich schlug Hazeltons Stimmung um. Er sprang so heftig auf, dass der Stuhl nach hinten kippte und umfiel. Sein Gesicht verzerrte sich vor Wut. Harrison konnte aus den Augenwinkeln sehen, wie sich Markus neben ihm spannte.
»Sanft wie ein Lamm?«, schrie Hazelton. »Ich will Ihnen sagen, was Ihr sanftes Lamm getan hat! Er hat einen Mann mit bloßen Händen erschlagen und wir haben fünf Männer gebraucht um ihn zu bändigen! Das Wirtshaus in Middletown ist total verwüstet! Allein der Sachschaden beträgt weit über dreihundert Dollar! Und ich weiß noch nicht, was er mit meinem Gefängnis anstellen wird!«
Harrison schwieg. Er war innerlich in Aufruhr,

hatte sich aber zumindest nach außen hin jetzt wieder vollkommen in der Gewalt. Hazelton hatte ihm, ohne es zu ahnen, einen Gefallen erwiesen, als er ihn anschrie. Es gehörte zu Harrisons täglicher Routine, mit Männern umzugehen, die glaubten, fehlende Argumente durch Lautstärke wettmachen zu können.
Langsam ging er um den Tisch herum, hob den Stuhl auf und stellte ihn an seinen Platz, dann setzte er sich darauf und wartete, bis Hazelton den Tisch umkreist und dort Aufstellung genommen hatte, wo er, Harrison, zuvor gestanden hatte. Markus hatte sich die ganze Zeit über nicht gerührt und bewegte sich auch jetzt nicht. Auf seinem Gesicht lag ein Ausdruck, der dieselbe Fassungslosigkeit widerspiegelte, wie sie auch Harrison noch immer empfand.
»Es ... es fällt mir schwer, das alles zu glauben, Mister Hazelton«, begann er.
Hazelton schnaubte. »Beschuldigen Sie mich, ein Lügner zu sein?«
»Nein, nein«, sagte Harrison schnell. »Es ist nur ... ich kenne Phil Grabert. Er ist der friedlichste Bursche, der mir je untergekommen ist. Was um alles in der Welt haben Sie getan, um ihn zu einer solchen Tat zu provozieren?«
»Das könnte Ihnen allerhöchstens der Mann beantworten, den er erschlagen hat«, antwortete Hazelton. »Aber der kann ja nun leider nicht

mehr reden. Dafür hinterlässt er eine Frau und drei kleine Kinder.« Er beugte sich vor und stützte die Fäuste auf die Schreibtischplatte. »Ich wusste, dass so etwas passieren würde. Schon vom ersten Tag an, als Ihre Gesellschaft und Ihre Männer hier ankamen und die alte Mine wieder in Betrieb nahmen, habe ich gewusst, dass es ein böses Ende nehmen würde. Und jetzt ist es passiert! Aber diesmal kommen Sie mir nicht so leicht davon! Sie glauben, Sie könnten hierher kommen und sich mit Ihrem Geld und Ihrem Einfluss alles erlauben, wie? Aber das können Sie nicht! Wenn Sie glauben, dass ein Menschenleben hier weniger wert ist als bei Ihnen in der Großstadt, dann haben Sie sich getäuscht. Aus dieser Sache kommen Sie nicht so billig heraus!«

Es war der letzte Satz, der Harrison endgültig zu einem Entschluss kommen ließ. Für einige Augenblicke hatte er beinahe geglaubt, dass Hazelton es diesmal ehrlich meinte. Aber natürlich wollte er nur das, was er immer wollte.

»Das habe ich auch nicht vor, Mister Hazelton«, sagte er.

Hazelton blinzelte. »Wie?« Er war sichtlich aus dem Konzept gebracht.

»Sie haben vollkommen Recht, Mister Hazelton«, antwortete Harrison. »Diese Angelegenheit übersteigt bei weitem meine Kompetenzen.

Ich kann und will nicht entscheiden, was jetzt zu tun ist. Aus diesem Grund werde ich sofort ein Telegramm nach Providence aufgeben, damit man dort entscheidet, wie weiter zu verfahren ist.«

»Aber –« Hazelton sprach nicht weiter, sondern biss sich auf die Unterlippe und starrte Harrison einige Sekunden lang schweigend an. Er hatte hoch gepokert und verloren, aber er war wenigstens klug genug um dies zu begreifen.

»Gut«, sagte er schließlich. »Aber lassen Sie sich nicht zu viel Zeit damit. Die Leute in der Stadt sind außer sich vor Zorn. Einige von ihnen würden diesen Grabert gerne kurzerhand am nächsten Baum aufhängen.«

»Aber diese Zeiten sind doch wohl vorbei, oder – *Sheriff*?«, fragte Harrison betont.

»Ich hoffe es«, antwortete Hazelton. »Und ich hoffe auch, ich muss mich nicht entscheiden, ob ich auf die Menschen schieße, die mich gewählt haben, um das Leben eines Mörders zu verteidigen. Also warten Sie nicht allzu lange.«

»Bestimmt nicht«, versprach Harrison. »Ich werde noch heute zu Ihnen kommen. Spätestens, wenn die Antwort aus Providence eingetroffen ist. Markus – würden Sie Sheriff Hazelton bitte zu seinem Wagen begleiten?«

»Ich finde den Weg«, sagte Hazelton kühl.

Er ging. Markus blickte ihm mit finsterem

Gesicht nach. Erst als Hazelton das Haus verlassen hatte und sie hören konnten, wie draußen sein Wagen angelassen wurde, wandte er sich wieder zu Harrison um und sagte: »Phil Grabert? Das kann ich nicht glauben!«

»Ich auch nicht«, sagte Harrison. »Aber es scheint die Wahrheit zu sein. Ich traue Hazelton eine Menge zu, aber nicht eine Mordanklage zu inszenieren, um noch mehr Geld von der Gesellschaft zu erpressen.«

»Ich schon!«, sagte Markus. »Der Kerl ist eine schmierige Ratte!«

»Wenn es so ist, finden wir es heraus«, versprach Harrison.

»Phil ist der friedlichste Bursche, den ich kenne!«, protestierte Markus. »Verdammt, Boss, ich ... ich hab mal gesehen, wie sich ein paar von den Jungs 'nen üblen Scherz mit ihm erlaubt haben! Sie haben seine Hosen an den Fahnenmast gehängt und er musste in Unterwäsche in die Grube einfahren! Ich hätte den Kerlen die Zähne eingeschlagen, aber Phil hat nur gelacht!«

Harrison hatte von der Geschichte gehört – und anderen, kaum weniger derben Scherzen, die sich die Männer mit dem gutmütigen Riesen erlaubten, nachdem erst einmal bekannt war, dass er seine Bärenkräfte allerhöchstens dazu nutzte, um beschädigtes Werkzeug wieder gerade zu biegen oder die Arbeit von drei Mann in einer Schicht zu tun. Aber er wusste auch, dass die Duldsamkeit selbst des friedfertigsten Menschen Grenzen hatte. Manchmal dauerte es unendlich lange, an diese Grenzen zu stoßen, und manchmal erreichte man sie nie. Aber es gab sie.

»Ich kümmere mich um Phil, Markus«, versprach er. »Ich fahre noch heute in die Stadt und versuche herauszufinden, was wirklich passiert ist. Sobald die Antwort aus der Zentrale da ist.« Er seufzte, gab sich einen Ruck und schob seinen Stuhl demonstrativ ein Stück näher an den Schreibtisch heran. »Aber dazu müssen wir Providence erst einmal informieren. Würden Sie mir den Gefallen tun und ein entsprechendes Telegramm aufgeben, Markus?«

Nachdem der Tag mit so viel Aufregung und unangenehmen Neuigkeiten begonnen hatte, erschien ihm seine normale Arbeit fast wie eine Erholung. Anfangs fiel es Harrison schwer, sich auf die üblichen Geschäfte zu konzentrieren – seine Gedanken schweiften immer wieder ab und kreisten um das Gespräch mit Hazelton, aber auch um seine unheimliche Begegnung am Morgen. Die Worte des Alten erschienen ihm jetzt mehr denn je wie eine düstere Prophezeiung; eine Prophezeiung, die sich scheinbar bereits zu erfüllen begonnen hatte. Sein Verstand sagte ihm zwar, dass das der blanke Unsinn sei – das Ende des Weißen Mannes und der Amoklauf eines bisher friedliebenden Arbeiters waren nun wirklich zwei grundverschiedene Dinge –, aber er hatte immer mehr das bedrückende Gefühl, seit seinem Erlebnis am Morgen in eine Welt eingetreten zu sein, die mit dem Verstand allein nicht mehr zu erklären war. Vor allem seine Beobachtung am frühen Morgen machte ihm zu schaffen. Harrison war zwar kein Physiker, aber im Zuge seines Studiums hatte er die Grundlagen dieser Wissenschaft natürlich mehr als nur gestreift. Und so wusste er, dass es einfach nichts *gab*, was das Licht dazu bewegen konnte, sich langsamer fortzupflanzen. Aber er war auch sicher, keiner Sinnestäuschung erlegen zu sein. Es gab einfach keine logische Erklärung – zumindest im Moment und nach einiger Zeit gelang es ihm tatsächlich, sich wieder auf sein normales Tagwerk zu konzentrieren.

Die Arbeit brachte nichts Außergewöhnliches. Er hatte Berechnungen durchzuführen, Materialanlieferungen zu kontrollieren, Bestellungen abzuzeichnen und gegebenenfalls zu korrigieren, die Stundenzettel der Arbeiter abzuzeichnen und die geschätzte Menge des geförderten Erzes mit der tatsächlichen zu vergleichen, was ihn wie immer zu einem heftigen Kopfschütteln veranlasste. Die Grube war seit einem Jahr wieder in Betrieb, aber sie hatte bisher keine nennenswerten Mengen an Eisenerz abgeworfen. Harrisons Meinung nach würde sie das auch niemals tun. *Devil's Hole* war vor nahezu fünfzig Jahren geschlossen worden, und das aus gutem Grund: sie war ausgebeutet. Harrison war kein Geologe, aber er war davon überzeugt, dass, wenn es hier noch Eisenerz gab, sie sich durch flüssige Lava würden graben müssen um es zu finden. Er hatte dieser Überzeugung der Gesellschaft gegenüber auch nachhaltig Ausdruck verliehen, aber kein Gehör gefunden. Letzten Endes ging es ihn nichts an. Es war nicht sein Geld, und solange die Zentrale in Providence darauf beharrte, Hunderttausende von Dollars in den Boden zu versenken, fanden außer ihm noch hundertfünfzig weitere Männer Lohn und Brot, was in Zeiten wie diesen keine Selbstverständlichkeit war.

Er arbeitete bis elf Uhr konzentriert an seinem Schreibtisch, ohne dass der Stapel Papier darauf in dieser Zeit sichtbar abgenommen hätte, dann kam Markus herein, seinen unvermeidlichen Stetson unter den rechten und die tägliche Post unter den linken Arm geklemmt. Harrisons Gesicht verdüsterte sich, als er die Anzahl der Briefe sah. Der Stapel auf seinem Schreibtisch würde *wachsen*, nicht abnehmen.

»Ist die Antwort aus Providence schon da?«, fragte er.
Markus schüttelte den Kopf, warf seinen Hut auf den Schreibtisch und die Post daneben. Seufzend zog er sich einen Stuhl heran, ließ sich hineinfallen, dass das Möbelstück ächzte, und begann die Post zu öffnen, um wie jeden Tag das Wichtigste für Harrison herauszusuchen, ehe er antwortete.
»Nein. Aber ein paar von den Jungs bestehn darauf, Sie zu begleiten, wenn Sie nach Middletown fahren.«
Harrison riss erschrocken die Augen auf. »Sie haben es ihnen doch nicht etwa erzählt?!«
»Ich bin doch nicht verrückt.« Markus schien ein bisschen beleidigt. Er schüttelte den Kopf. »Das hat *Sheriff* Hazelton schon ganz allein erledigt.« Er grunzte. »Wahrscheinlich hofft er, dass ein paar von den Jungs in die Stadt fahren und richtig Krach schlagen. Wahrscheinlich warten sie schon mit Mistgabeln und Gewehren auf uns, um – ja, sind die denn jetzt völlig übergeschnappt?«
Den letzten Satz hatte er fast geschrien. Harrison hob den Kopf und sah, dass Markus mit gerunzelter Stirn ungläubig auf den Brief starrte, den er gerade geöffnet hatte. Ein Blick auf den Umschlag zeigte ihm, dass er von der Zentrale der Minengesellschaft in Providence kam.

»Was ist los?«

»Sie müssen vollkommen den Verstand verloren haben!« Markus reichte ihm den Brief über den Tisch. »Sie wollen, dass wir *Old Skunk* wieder in Betrieb nehmen. Anscheinend haben sie in der Zentrale jetzt auch noch verlernt zu lesen oder das kleine Einmaleins zu beherrschen!«

Harrison überflog verblüfft den Inhalt des Briefes, den Markus ihm gereicht hatte. Die Anweisung der Zentrale besagte ganz klar, dass die Arbeiten in Stollen 2A auf der Stelle wieder aufzunehmen seien.

Und das war – vorsichtig formuliert – vollkommen sinnlos. 2A – *Old Skunk*, wie ihn die Arbeiter nannten – zweigte nur wenige Schritte hinter dem Eingang vom Hauptstollen ab und verlief gute dreihundert Fuß weit nicht waagrecht, sondern in sanfter Steigung in den Berg hinein. Seine Wände bestanden aus Granit und Spat und sonst nichts. Harrison hatte sie zusammen mit einem der beiden Geologen, die wechselweise hier arbeiteten, gründlich untersucht und beide waren zu demselben Schluss gekommen. Es gab dort nicht die Spur von Eisen oder irgendeinem anderen Erz, das abzubauen wäre.

»Das muss ein Irrtum sein«, sagte er.

»Diese ganze Grube ist ein Irrtum«, sagte Markus grimmig. Er wies mit einer Kopfbewegung auf den Brief in Harrisons Händen. »Ich wusste

immer, dass die Bürohengste spinnen. Aber das setzt dem allen die Krone auf. Keiner von den Jungs wird freiwillig da reingehen!«
Harrison lächelte, gab Markus in der Sache aber Recht. Diese Anordnung war der pure Unsinn.
»Wir klären das«, sagte er. »Welcher der Geologen hat in dieser Woche Dienst?«
»Saleras.«
»Gut. Dann sagen Sie ihm, dass wir uns in einer –« Harrison warf einen nachdenklichen Blick auf den Stapel eng beschriebenen Papiers vor sich und verbesserte sich selbst, »– in zwei Stunden am Eingang der Mine treffen.«
Markus nickte wortlos und stand auf. Kurz bevor er die Tür erreichte, rief Harrison ihn jedoch noch einmal zurück.
»Markus – etwas völlig anderes noch.«
»Ja, Boss?«
»Sie kennen sich doch mit Indianern und ihrer Geschichte aus«, sagte Harrison. Markus' Gesicht hellte sich auf. Die Ureinwohner Nordamerikas und ihre Geschichte waren Markus' ganz besondere Passion, und soweit Harrison wusste, auch seine einzige. Eben aus diesem Grund hatte er auch ziemlich lange gewartet ihn darauf anzusprechen. Wenn Markus erst einmal begann über sein Lieblingsthema zu reden, war es gut möglich, dass er erst nach einer Stunde wieder aufhörte.

»Das kann man sagen, Boss«, antwortete er. »Mein Vater hat noch gegen sie gekämpft, müssen Sie wissen.«
Harrison *wusste* es. Er wusste auch, in welcher Armee Markus' Vater gedient hatte und unter welchem General, ebenso wie er wusste, an welchen Schlachten er wann und wo teilgenommen hatte und an welchen Körperteilen er verwundet worden war. Markus hatte es ihm weiß Gott oft genug erzählt.
Bevor dieser dazu ansetzen konnte, ihm die ganze Geschichte noch einmal zu erzählen, sagte er hastig: »Gibt es hier in der Gegend Indianer?«
»Hier?« Wäre die Situation nur ein bisschen anders gewesen, hätte Harrison jetzt das seltene Gefühl genießen können, Markus ratlos zu sehen, wenn es um sein Lieblingsthema ging. Schließlich hob er die Schultern. »Eigentlich nicht. Ein paar versoffene Mestizen, die vor den Saloons in Middletown und Innsmouth herumlungern und die Gäste um ein paar Pennys anbetteln, aber –«
»Das meine ich nicht.« Harrison schüttelte den Kopf. Der Alte von heute Morgen war gewiss kein *versoffener Mestize* gewesen. »Ich meine *richtige* Indianer, die in Tipis leben, Büffel jagen und Häuptlinge und Medizinmänner haben.«
Er sah schon an dem Ausdruck in Markus'

Augen, dass er wohl etwas ziemlich Dummes gefragt hatte. Seine Naivität war ihm jedoch nicht peinlich. Harrison war in New York geboren und hatte die Stadt nicht verlassen, bevor er sein Studium in Harvard angetreten hatte. Obgleich reinblütiger Amerikaner in der vierten Generation, kannte er Indianer nur aus Büchern und von gelegentlichen Kinobesuchen. Er hatte sich auch niemals wirklich für die Geschichte dieses praktisch ausgelöschten Volkes interessiert. Ihm war zwar bewusst, dass das, was man ihnen angetan hatte, eine schreiende Ungerechtigkeit war, doch war es für ihn der natürliche Lauf der Dinge: Das Alte ging, nachdem seine Zeit abgelaufen war, um dem Neuen Platz zu machen.

Nur seltsam, dass er, als er dies dachte, das Gefühl hatte, die Stimme des Alten von heute Morgen zu hören ...

Er verscheuchte den Gedanken und fragte: »Nun?«

Markus' Stimme klang auf eine Weise verständnisvoll, die um ein Haar ausgereicht hätte, Harrison beleidigt sein zu lassen, als er antwortete: »Diese Art von Indianern gibt's schon lange nicht mehr, Boss. Weder hier noch sonst wo. Und soviel ich weiß, hat es sie hier auch nie gegeben. Warum interessiert Sie das eigentlich, Boss?«

»Oh, nur so«, sagte Harrison hastig. Er wollte nicht Gefahr laufen, sich nun doch einen längeren Vortrag anhören zu müssen. »Ich habe da nur etwas gesehen, was ... warten Sie.«

Er sah sich suchend um, nahm dann kurzerhand die Rückseite des Briefumschlages, den Markus gerade geöffnet hatte, und skizzierte mit wenigen, schnellen Strichen einige der Symbole, die in den Stab des Alten eingeschnitzt gewesen waren. Dann schob er den Umschlag über den Tisch zu Markus hin. »Was ist das?«

Auf der Stirn seines Vorarbeiters erschienen noch mehr Falten, als ohnehin schon darauf waren. Einige Sekunden lang blickte er die Zeichnung konzentriert an, dann fragte er: »Sind Sie sicher?«

»Ziemlich«, antwortete Harrison – was eigentlich nicht der Wahrheit entsprach. Er war *vollkommen* sicher. Sein Beruf brachte es mit sich, dass er nicht nur selbst sehr präzise Zeichnungen anzufertigen imstande war, sondern auch einen genauen Blick für solche hatte. Sein Gedächtnis war in dieser Hinsicht annähernd fotografisch. »Warum fragen Sie? Stimmt irgendetwas nicht damit?«

Markus schüttelte hastig den Kopf. Er sah aus, als erlitte er einen kurzen, aber heftigen Fieberanfall. Trotzdem sagte er: »Nein, nein. Es ist nur ... sehen Sie ... diese drei Symbole hier?« Er stieß mit seinem Zeigefinger auf drei der Zeichen hinab, die Harrison skizziert hatte. Harrison nickte.

»Das sind Stammessymbole der Algonkin«, fuhr Markus fort. »Ganz ohne Zweifel.«

»Gab es sie in dieser Gegend?«

»Keine Ahnung«, gestand Markus. »Heute leben sie jedenfalls viel weiter im Westen. Die paar, die es noch gibt. Aber das hier ... So etwas habe ich noch nie gesehen.« Er wies auf das vierte Symbol, das Harrison gezeichnet hatte. »Ich bin nicht sicher, ob es wirklich indianisch ist.«

Harrison empfand ein kurzes, aber heftiges Gefühl von Befremdung. Das Symbol sah tatsächlich vollkommen anders aus als die drei übrigen. Und noch etwas sehr Sonderbares geschah: Ganz gegen seine sonstige Gewohnheit war sich Harrison plötzlich gar nicht mehr sicher, dass die Zeichnung auf dem Briefumschlag vor Markus tatsächlich den Schnitzereien auf dem Stock des Alten entsprach. Er versuchte sich das Bild ins Gedächtnis zurückzurufen, aber auch das gelang ihm nicht. Er konnte etwas erkennen, doch es war, als betrachte er das Bild durch eine Art Kaleidoskop: Jedes Mal, wenn er glaubte es endlich fixieren zu können, bewegte es sich weiter, die Linien schienen sich neu zu ordnen, um ein anderes, noch verwirrenderes Bild zu formen. Als weigerte sich etwas in ihm, es zu erkennen. Oder als weigerten sich die Linien, sich *erkennen zu lassen* ...

Harrison verscheuchte diesen verrückten Gedanken. Zögernd griff er nach dem Briefumschlag, nahm einen Bleistift zur Hand und fügte noch zwei oder drei Linien hinzu. Das Symbol ergab dadurch nicht mehr Sinn, sondern wirkte jetzt noch fremdartiger und bedrohlicher. Und noch etwas: Harrison musste zu seiner Verblüffung feststellen, dass er plötzlich nicht mehr in der Lage zu sein schien, eine gerade Linie zu ziehen. Die Striche, die er gezeichnet hatte, *waren* gerade, aber sie wirkten ... *falsch*. Harrison fand kein anderes Wort dafür.

Mit einer fast erschrockenen Bewegung schob er den Briefumschlag von sich. Sein Herz schlug. Plötzlich war er nervös. Er musste sich beherrschen, damit seine Hände nicht zitterten.

»Unheimlich, nicht?«, fragte Markus. »Wo haben Sie das gesehn, Boss?«

»Nirgendwo«, antwortete Harrison ruppig. »Vergessen Sie's.«

Markus blinzelte verwirrt und Harrison spürte, dass er zu heftig reagiert hatte. Um seinen Worten im Nachhinein noch etwas von ihrer Schärfe zu nehmen, lächelte er und fügte in versöhnlichem Ton hinzu: »Am besten, Sie nehmen mich heute nicht allzu ernst. Es war ein verdammt harter Tag.«

»Für uns alle«, bestätigte Markus.
Harrison zog eine Schublade in seinem Schreibtisch auf, griff hinein und förderte die Zigarrenkiste zutage, die er darin verborgen hatte. Markus zog überrascht die linke Augenbraue hoch. Als Harrison das Kistchen aufklappte und ihm hinhielt, schüttelte er den Kopf. »Ich denke, Sie rauchen tagsüber nicht?«, sagte er.
»Nur ausnahmsweise«, antwortete Harrison. Er hatte das vollkommen absurde Gefühl, sich vor seinem Vorarbeiter für sein Handeln *rechtfertigen* zu müssen, und er zögerte tatsächlich eine Sekunde, ehe er ein Streichholz anriss und die Zigarre in Brand setzte. Glühende Tabakskrümel fielen auf den Briefumschlag. Harrison wischte sie mit einer achtlosen Bewegung fort. Markus schüttelte missbilligend den Kopf, enthielt sich aber jeden Kommentars.
»Wie gesagt«, fügte Harrison hinzu, »nehmen Sie mich heute nicht allzu ernst.«
Markus grinste. »Wer sagt, dass ich das überhaupt jemals tue?« Er stand auf, rammte sich den Cowboyhut auf den Schädel und wandte sich zur Tür. »Ich geh dann und sage Saleras Bescheid, dass Sie ihn sprechen möchten.«
»Tun Sie das, Markus«, antwortete Harrison. Er beugte sich wieder über seine Papiere und Markus ging zur Tür. Als er sie öffnete, fiel blendend helles Sonnenlicht in den halbdunklen

Raum und auf den Schreibtisch vor Harrison und aus der Skizze, die er unter die indianischen Symbole auf den Briefumschlag gezeichnet hatte, schoss eine blaue Stichflamme.
Harrison fluchte, schlug hektisch mit den bloßen Händen auf das Feuer ein und verbrannte sich gehörig die Finger, bis es ihm gelang, die Flammen zu löschen. Anschließend warf er die kaum angerauchte Zigarre zu Boden und drehte den Fuß so lange darauf, bis auch der allerletzte Funken erloschen war.
Missmutig starrte er auf den Briefumschlag vor sich. Das Feuer hatte kaum eine Sekunde gebrannt und trotzdem ein beinahe faustgroßes Loch in das Papier gefressen und sogar einen Brandfleck auf der ansonsten makellosen Tischplatte hinterlassen. In der Luft hing ein intensiver, stechender Geruch, der eher an Verwesung als an Feuer erinnerte.
Markus hatte Recht, dachte er, während er aufstand und sich dabei noch einmal genau davon überzeugte, dass er keinen einzigen Funken übersehen hatte. Er sollte tagsüber nicht rauchen.

Saleras war pünktlich am Eingang der Mine, aber Harrison kam mehr als eine halbe Stunde zu spät. Der kleinwüchsige Mexikaner schien ihm seine Verspätung jedoch nicht übel zu nehmen. Markus und er lungerten am Eingang der Mine herum, als Harrison sich mit weit ausgreifenden Schritten näherte, und waren offensichtlich bester Dinge: Sie lachten und alberten so heftig, dass Harrison ihre Fröhlichkeit als eindeutig unangemessen empfand; zumindest angesichts dessen, was heute geschehen war. Er verkniff sich jedoch jede entsprechende Bemerkung, sondern nickte Markus nur flüchtig zu und wandte sich dann an den Geologen.

»Guten Tag, Señor Saleras. Bitte entschuldigen Sie meine Verspätung.«

Saleras sah zuerst auf seine Uhr, die an einer Kette an seinem Gürtel hing, als müsse er sich davon überzeugen, dass Harrison auch *wirklich* zu spät dran war, dann winkte er großzügig ab.

»Aber das macht doch nichts, Señor McPhelan. »Er sprach es wie *Mekfellaan* aus. »Señor Markus hat mich schon unterrichtet und ich stimme ihm zu.«

Harrison sah fragend zu Markus.

»Die Verantwortlichen in der Zentrale in Providence müssen verrückt sein«, fuhr Saleras fort. »Schacht 2A ist so tot, wie es nur geht.«

»Haben Sie die entsprechende Expertise angefertigt?«, fragte Harrison. Obwohl er es nicht wollte, schlich sich ein zweifelnder Ton in seine Stimme, der dem Mexikaner nicht entgehen konnte.

Saleras trat rasch zwei Schritte zur Seite, um einigen Arbeitern Platz zu machen, die mit einer Lore voller Abraum aus der Mine kamen. Totes Gestein ohne nennenswerten Erzanteil, wie Harrison mit einem flüchtigen Seitenblick erkannte.

»Si, Señor«, antwortete Saleras. »Ebenso wie mein Kollege White. Wir haben unsere Ergebnisse verglichen und sie waren eindeutig. Es muss sich bei dieser Anweisung um einen Irrtum handeln, anders kann ich mir das nicht erklären.«

Die Anweisungen in dem Brief, den Harrison gelesen hatte, hatten jedoch nicht nach einem Irrtum geklungen. Sie waren so eindeutig gewesen, dass ein Missverständnis oder eine Fehlinterpretation vollkommen ausgeschlossen waren.

»Kommen Sie, meine Herren«, seufzte er. »Sehen wir uns die Sache noch einmal an.«

Markus verzog das Gesicht und auch Saleras sah wenig begeistert aus. Sie protestierten jedoch nicht, sondern wandten sich gehorsam um und betraten dicht vor Harrison die Mine.

Dunkelheit und ein Hauch feuchter, stickigwarmer Luft schlugen über ihnen zusammen und Harrison begann sich unbehaglich zu fühlen. Zumindest hier, auf den ersten Metern des Stollens, sollte es eigentlich kühler sein als in

der Gluthitze des Tages draußen, aber das genaue Gegenteil schien der Fall. Schon nach den ersten Schritten war Harrison in Schweiß gebadet und es fiel ihm immer schwerer, zu atmen. Wahrscheinlich speicherte die achtzig Fuß dicke Felsplatte über ihren Köpfen die Sonnenhitze wie ein gigantischer Backofen und gab sie verstärkt und gleichmäßig wieder ab.
Eine andere Erklärung für Harrisons Unwohlsein war jedoch auch, dass er sich in engen Räumen immer ein wenig unbehaglich fühlte. Es war beinahe absurd: Harrison liebte seinen Beruf. Er war Bergbauingenieur mit Leib und Seele und hätte sich nicht vorstellen können, jemals irgendetwas anderes zu tun. Trotzdem litt er seit seiner Kindheit unter einer milden Form von Klaustrophobie. Sie hatte ihn nicht daran gehindert, diesen Beruf zu ergreifen, aber er beschäftigte sich doch lieber mit seiner *theoretischen* Seite und vermied es nach Möglichkeit, in die Grube einzufahren. Außer Markus wusste niemand im Lager davon und Harrison war auch sorgsam darauf bedacht, dass das so blieb.
2A – *Old Skunk*, wie die Arbeiter den Stollen nannten – zweigte knapp ein Dutzend Schritte hinter dem Eingang nach links ab, gerade jenseits der Stelle, an der das letzte Tageslicht von draußen vor der immer währenden Dunkelheit

des Erdinneren kapitulierte. Es gab trotzdem reichlich Licht: Überall an den Wänden waren Petroleumlampen aufgehängt und Harrison hatte gleich in der ersten Woche die notwendigen Mittel angefordert, einen Generator anschaffen und elektrische Leitungen verlegen zu können, um in der Grube ein modernes Beleuchtungssystem zu installieren, bisher aber keine Antwort auf seine Anfrage erhalten.
Trotzdem war es kein Problem, den Eingang zu 2A zu finden. Die Petroleumlampen tauchten die Schachtwände in gleichmäßige gelbe Helligkeit, in die der Eingang des Stollens eingebettet war wie ein schwarzes Rechteck, in dem die Schöpfung aus irgendeinem Grund nicht zu Ende geführt worden war. Das Licht aus der Mine fiel aus einem Harrison nicht ganz einsichtigen Grund nicht in diese Öffnung hinein, sodass dahinter vollkommene Finsternis herrschte. Bisher hatte Harrison es stets vermieden, über dieses Phänomen nachzudenken, nun aber erinnerte ihn der Anblick wieder an sein unheimliches Erlebnis am Morgen.
»Also los, meine Herren«, sagte Saleras, noch immer so unangemessen aufgekratzt und fröhlich wie zuvor. »Hinein ins Vergnügen!«
Er griff nach einer der Petroleumlampen, die beiderseits des Tunnelganges hingen, und bückte sich unter dem massiven Balken hindurch,

der ihn stützte. Markus verzog das Gesicht, folgte ihm aber wortlos und auch Harrison schloss sich den beiden an, nachdem er sich mit der zweiten Lampe bewehrt hatte. Gewohnheitsmäßig streifte sein Blick dabei den fünfzehn Zoll starken Balken über seinem Kopf. Das Eichenholz glänzte wie poliertes Metall und Harrison wusste, dass er auch fast genauso hart war. Zu einer der zahlreichen Besonderheiten dieser Mine zählte, dass nichts hier drinnen zu verwittern schien. *Devil's Hole* hatte fünfzig Jahre stillgelegen und trotzdem wirkte das meiste hier drinnen, als wäre es gerade erst aufgebaut worden.

Saleras und Markus hatten schon einige Schritte Vorsprung gewonnen, sodass sich Harrison beeilen musste um wieder zu ihnen aufzuschließen. Schon nach den ersten Atemzügen spürte er wieder, warum die Männer den Schacht *Old Skunk* nannten, statt die sachliche Bezeichnung 2A zu verwenden: In der Luft lag ein sachter, aber sehr unangenehmer Geruch. Harrison konnte nicht bestimmen, worum es sich handelte – niemand konnte das, so wie niemand je herausgefunden hatte, wo dieser Ekel erregende Geruch eigentlich herkam – aber er wusste aus eigener Erfahrung, dass es nicht ein sachter Geruch bleiben würde. Er würde sich mehr und mehr verstärken, je länger sie hier drinnen blieben, bis er schließlich zu einem unerträglichen Gestank geworden war. Soviel er wusste, hatte es noch niemand geschafft, länger als eine halbe Stunde hier drinnen auszuhalten. Wie es den Arbeitern vor fünfzig Jahren gelungen war, diesen Stollen hundert Fuß weit in den Berg zu treiben, blieb ihm ein ebensolches Rätsel wie das, warum sie es überhaupt getan hatten.

Der Boden stieg sanft unter seinen Füßen an und Harrison stellte gewohnheitsmäßig eine ungefähre Berechnung auf, wo dieser Schacht enden würde, hätte man ihn konsequent weitergebaut. Irgendwo auf der anderen Seite des Plateaus, auf dem er am Morgen gewesen war, und fast auf halber Höhe des Hanges. Was um alles in der Welt hatten sie damals hier nur gesucht?

Saleras und Markus hatten mittlerweile das Ende des Vortriebs erreicht: eine lotrechte Wand, die seit fünfzig Jahren Spuren von allen möglichen Werkzeugen zeigte. Sie bestand aus massivem Granit, in dem nur hier und da einige farbige Kristalleinschlüsse glänzten, hübsch anzusehen, aber wertlos. Sie ohne modernes Gerät oder Sprengstoff aus dem Berg herauszumeißeln musste eine wahre Höllenarbeit gewesen sein.

»Also?«, fragte Harrison, nachdem er zu ihnen gestoßen war. »Was gibt es hier Interessantes? Gold? Edelsteine? Uran?«

»Nichts von alledem, Señor«, grinste Saleras. »Aber vielleicht suchen wir ja auch nach etwas ganz anderem. Ich meine: Sie müssen das größte Stinktier hier vergraben haben, das je auf dieser Welt gelebt hat. Jedes Museum würde ein Vermögen für das Skelett bezahlen.«
»Falsch«, sagte Markus. »Sie haben es *lebend* hier irgendwo eingemauert. Und es ist mittlerweile ziemlich wütend.«
Beide lachten. Der Gestank war schon deutlich schlimmer geworden, wenn auch noch zu ertragen, doch Harrison war einfach nicht nach Scherzen zumute. »Bitte, meine Herren!«, sagte er. »Ich muss den Leuten in Providence irgendetwas sagen.«
»Warum bitten Sie sie nicht einfach, hierher zu kommen und ein Näschen voll zu nehmen?«, schlug Markus vor. »Danach würden sie es sich bestimmt noch einmal anders überlegen.«
Allmählich reichte es Harrison. Saleras wusste es vielleicht nicht besser, aber von Markus hätte er ein wenig mehr Ernsthaftigkeit erwartet. Er setzte zu einer scharfen Antwort an, doch in diesem Moment fiel ihm etwas auf und er wandte sich um, hielt seine Lampe höher und trat an die Wand hinter Saleras heran.
Er musste kein drittes Mal hinsehen. Nicht alle Werkzeugspuren, die der Fels aufwies, waren fünfzig Jahre alt.

»Hier hat jemand gearbeitet«, sagte er. »Erst vor ein paar Tagen!«
»Vorgestern«, sagte Markus.
Harrison starrte ihn überrascht an. »Wie? Wer hat das veranlasst?«
»Ich«, antwortete Markus. »Die Anweisung kam vor drei Tagen aus Providence. Sie wollten noch einige weitere Proben von diesen Kristalleinschlüssen und da habe ich zwei Freiwillige hergeschickt um sie zu holen.«
»Und warum weiß ich davon nichts?«, fragte Harrison scharf.
Markus zuckte mit den Schultern und machte ein gequältes Gesicht und Harrison war ganz und gar nicht sicher, dass dies tatsächlich an dem Gestank lag, der mittlerweile immer deutlicher die Luft verpestete. »Weil ich es für blanken Unsinn gehalten habe«, sagte er. »Und das ist es ja auch! Warum sollte ich Sie mit einer solchen Nichtigkeit belästigen? Sie haben genug um die Ohren.«
Harrison spürte ein Aufwallen plötzlicher, unmotiviert heftiger Wut. Er beherrschte sich mühsam. Markus hatte vollkommen Recht: Es war seine Aufgabe, ihm solchem lästigen Kleinkram vom Halse zu halten. Trotzdem wäre es ihm lieber gewesen, er hätte ihn informiert.
»Haben Sie die Gesteinsproben abgeschickt?«, fragte er mühsam beherrscht.

»Eine ganze Kiste voll, wie es in dem Brief stand«, bestätigte Markus. »Noch am selben Tag.«
»Und schon heute kam die Antwort«, sagte Harrison nachdenklich. »Sie haben verdammt schnell reagiert. Ich frage mich, was sie in den Proben gefunden haben ... haben Sie sich diese angesehen, bevor sie abgeschickt wurden?«
»Klar.« Markus nickte. »Ich bin kein Steinbeißer, aber für mich hat's ausgesehen wie ganz normaler Granit und Quarz. Nichts Besonderes.«
Er warf Saleras einen schrägen Blick zu. Der Geologe grinste – wahrscheinlich über die respektlose Bezeichnung seines Berufsstandes –, sagte jedoch nichts, sondern trat wortlos neben Harrison an die Wand und hob seine Lampe höher. Er betrachtete sehr konzentriert die Werkzeugspuren im Stein, ging dann in die Hocke und untersuchte den Boden.
»Nun?«, fragte Harrison, als Saleras sich wieder aufrichtete.
Der Mexikaner zuckte mit den Schultern. »Señor Markus hat Recht«, sagte er. »Granit und fast wertloser Quarz. Es lohnt nicht einmal, den Meißel anzusetzen.« Er stellte die Lampe auf den Boden und öffnete die Werkzeugtasche, die er am Gürtel trug. »Ich werde trotzdem noch einmal ein paar Proben nehmen und sie

mir ansehen. Aber draußen. An der frischen Luft.«

Harrison wartete nicht ab, bis Saleras seine Materialproben genommen hatte, sondern floh regelrecht aus der Mine. Die Grenzen des Erträglichen, was den Gestank anging, waren fast erreicht und so gut wie jedermann hier hatte auch Harrison bereits am zweiten Tag die leidvolle Erfahrung gemacht, dass dieser sich keineswegs verflüchtigte, nachdem man ihm eine Zeit lang ausgesetzt war, sondern im Gegenteil hartnäckig an Kleidung, Haut und Haaren haften blieb, wogegen nur ein ausgiebiges Bad und tagelanges Lüften der Kleider half. Neulinge für eine halbe Stunde in Schacht 2A zu schicken gehörte zu den beliebtesten Scherzen der Männer.

Sein erster Weg, nachdem er die Mine verlassen hatte, führte ihn in die Telegrafenstation. Die erhoffte Antwort aus Providence war jedoch noch nicht da. Harrison überlegte einen Moment, ein zweites Telegramm zu schicken, in dem er nachdrücklicher um Anweisungen bat, wie in diesem Falle zu verfahren sei, entschied sich aber dann dagegen. Es war bereits weit nach Mittag. Wenn er noch eine weitere Stunde vergeblich auf eine Antwort wartete, dann war es vielleicht zu spät, um noch etwas zu unternehmen. Besser, er fuhr gleich nach Middletown und versuchte die Angelegenheit vor Ort zu klären. Er hatte Hazeltons Warnung nicht vergessen und er nahm sie bitter ernst. So angespannt, wie die Situation in dem Ort im Augenblick war, war es vielleicht wirklich besser, keine Zeit zu verlieren.

Er ging zum Lagerverwalter, sagte Bescheid, dass er in zwanzig Minuten den Wagen brauchte, und eilte dann zu seiner Hütte, um sich umzuziehen. Der Weg dorthin würde allein fast die Hälfte dieser Zeit verschlingen, sodass er sich sputen musste. In aller Hast entledigte er sich seiner staubigen Kleider, schlüpfte in Anzughose, Hemd und Weste und sah einige Sekunden lang nachdenklich auf den Pistolengürtel hinab, den er achtlos über eine Stuhllehne gehängt hatte. Er trug die Waffe ständig bei sich, was aber nicht bedeutete, dass er es gerne tat. Der Colt hatte jedoch durchaus seine Berechtigung. Zwar lebten sie mittlerweile im zwanzigsten Jahrhundert, nicht mehr in den Zeiten des berühmten Wilden Westens, aber hier draußen, eine Tagesreise weg von der Zivilisation, machte das keinen so großen Unterschied. Der Pistolengürtel war sozusagen seine Uniform, das Zeichen, dass er hier das Sagen hatte. Harrison hatte die Waffe noch nie benutzt und er hatte auch nicht vor, es jemals zu tun, aber er war

trotzdem sicher, dass sie ohne sein Wissen ihren Zweck schon mehr als einmal erfüllt hatte. Minenarbeiter waren ein verdammt wilder Haufen. Alles, was ihnen Respekt einflößte, war von Nutzen.
Heute hätte er die Waffe gerne mitgenommen, sah aber ein, dass das nicht besonders klug wäre. Die Stimmung im Ort war mit Sicherheit angespannt. Dort mit einer Waffe am Gürtel aufzutauchen hieße vermutlich Öl in die Flammen gießen. Und wenn es zum Schlimmsten kam, würde ihm die Waffe ohnehin nichts nutzen. Also entschloss er sich schweren Herzens, den Pistolengürtel hier zu lassen.
Als er nach seiner Jacke griff, schoss ein scharfer Schmerz durch seine Hand. Harrison verzog das Gesicht und blickte auf seine Hand herab. Er gewahrte eine kleine, runde Brandwunde, die er sich wahrscheinlich zugezogen hatte, als er die Flammen auf seinem Schreibtisch ausschlug. Ihrer Größe nach zu urteilen hätte er sie gar nicht spüren dürfen. Doch sie brannte wie Feuer.
Er hatte jetzt keine Zeit, sich darum zu kümmern. Rasch schlüpfte er in seine Jacke, verließ das Haus und ging zur Minenstadt zurück. Der Lagerverwalter hatte den Wagen schon bereitgestellt, aber als Harrison einsteigen wollte, erlebte er eine Überraschung. Markus saß hinter

dem Steuer, hatte seine Winchester über den Knien liegen und grinste breit. »Hallo, Boss«, sagte er. »Sie sind pünktlich wie immer.«
Harrison blinzelte ihn mit gerunzelter Stirn an. »Was soll das?«, fragte er ärgerlich.
»Ich dachte, ich fahre Sie lieber«, antwortete Markus. »Ist ein weiter Weg bis Middletown und Sie sollen den Kopf für anderes frei haben.«
»Das meine ich nicht.« Dass Markus ihn begleitete, war Harrison nur recht. Es war vielleicht wirklich nicht klug, im Moment allein in Middletown aufzutauchen. Er deutete auf das Gewehr. »Das da.«
»Keine Sorge«, versuchte Markus ihn zu beruhigen. »Nur für den alleräußersten Notfall.«
»Und wie soll der aussehen?«, fragte Harrison. »Wollen Sie Grabert aus dem Gefängnis freischießen? Das Ding bleibt hier.«
»Aber –«
»Das Gewehr bleibt hier, basta!« Harrison beendete die Diskussion, indem er kurzerhand nach der Büchse griff und sie auf die Erde warf. Markus zog eine Grimasse, aber er verbiss sich jeden Kommentar. Das war auch gut so. Um Harrisons Geduld war es im Moment nicht zum Besten bestellt.
Er umkreiste den Wagen, setzte sich neben Markus auf den Beifahrersitz und schlug die Tür zu. Der Ford war ein neues Modell, das bereits über

einen elektrischen Anlasser verfügte, sodass Markus nicht eigens aussteigen musste um ihn zu starten. Knirschend legte er den Gang ein und fuhr los.

Der kurze Disput von gerade sorgte dafür, dass der Großteil der Fahrt nach Middletown schweigend verlief. Markus blickte starr geradeaus und tat so, als konzentriere er sich ganz darauf, das Fahrzeug zu steuern, und Harrison war es nur recht. Dieser Tag stand eindeutig unter keinem guten Stern. Möglicherweise ging ja alles, was er heute anfing, irgendwie schief. Besser, er redete von jetzt an so wenig wie möglich.

Kaum hatten sie *Devil's Canyon* verlassen, da führte die Straße durch die dichten Mischwälder Neuenglands. Gleich neben der geteerten Strecke wuchsen Bäume, die zum Teil hundert und mehr Jahre alt sein mussten, und eine Höhe von fünfzig oder mehr Fuß erreichten. Mancherorts vereinigten sich ihre Kronen über der Straße zu einem einzigen Blätterdach, sodass sie wie durch einen natürlich gewachsenen Tunnel fuhren, an dessen Grund das Licht gedämpft und grün und golden gemustert war. Das Unterholz beiderseits der Straße war oft so dicht, dass ein Durchkommen einfach unmöglich sein musste, und mehr als einmal glaubte er huschende Bewegung inmitten der Schatten wahrzunehmen. Sicher waren es nur Lichtreflexe, nicht mehr als eine Täuschung. Aber Harrison verstand plötzlich, warum in einem Land wie diesem Legenden geboren wurden und die Leute es liebten, sich unheimliche Geschichten zu erzählen. Vielleicht sogar, warum sie selbst ein bisschen unheimlich wurden.

Nach knapp zwanzig Minuten Fahrt hatten sie Middletown erreicht und Harrison fragte sich nicht zum ersten Mal, woher die Grundväter dieser Stadt die Unverforenheit genommen hatten, ihren Ort auf diesen Namen zu taufen. Middletown lag in der Mitte von rein gar nichts. Es war auch nicht sehr viel mehr als gar nichts. In den knapp hundert Häusern lebten weniger als fünfhundert Menschen und der einzige nennenswerte Arbeitgeber hier war ein Sägewerk, das schon vor der Wirtschaftskrise kaum Gewinn abgeworfen hatte und jetzt permanent haarscharf am Rande der Pleite entlangwirtschaftete. Harrison wusste aus zuverlässiger Quelle, dass seine Arbeiter *nicht* pünktlich jede Woche ihren Lohn bekamen. Darüber hinaus gab es eine Tankstelle – obwohl sich in Middletown kaum jemand einen Wagen leisten konnte –, zwei Gemischtwarenläden und den unvermeidlichen Saloon. Mehr als die Hälfte der Einwohner der Stadt war arbeitslos. Als er vor zwei Monaten hier herausgekommen war, hatte ihn

einer seiner ersten Wege nach Middletown geführt um den Menschen gut bezahlte Jobs anzubieten. Kein Einziger hatte angenommen.
Markus wollte sofort das Büro des Sheriffs ansteuern, aber Harrison winkte ab. »Fahren Sie zu dem Laden neben der Tankstelle«, sagte er. »Dort haben sie ein Telefon. Ich will in Providence anrufen, ehe ich mit Hazelton spreche.«
Markus nickte, als würde er seine Entscheidung gutheißen, und Harrison fragte sich nicht zum ersten Mal, warum er immer wieder das Gefühl hatte, sich bei seinem Vorarbeiter rechtfertigen zu müssen. Vielleicht lag es einfach am Altersunterschied. Markus hätte leicht sein Vater sein können.
Sie hielten vor dem Laden neben drei Wagen, auf denen eine dünne Staubschicht lag. Harrison gab Markus ein Zeichen, auf ihn zu warten, stieg aus und betrat das Geschäft. Drinnen war es angenehm kühl und nach der blendenden Helle des Tages draußen so dunkel, dass er im ersten Moment praktisch gar nichts sah. Erst nach einigen Sekunden gerannen die Schatten zu einem Sammelsurium aus Regalen, Tischen und roh gezimmerten Ständen, auf denen die übliche Vielfalt von Waren angeboten wurde, die man in einem Geschäft wie diesem und einer Stadt wie dieser erwartete. Die Auswahl war einfach. Harrison sah nichts, wofür er mit gu-

tem Gewissen mehr als einen Dollar bezahlt hätte. Aber es gab im Grunde auch alles, was man brauchte.

Die Glocke über der Tür hatte sein Kommen mit einem lautstarken Bimmeln verkündet. Trotzdem wartete Harrison gute zwei Minuten vergeblich darauf, dass irgendjemand kam um ihn zu bedienen. Gleichzeitig hatte er aber auch das sichere Gefühl, aufmerksam beobachtet zu werden. Er räusperte sich ein paar Mal, ohne dass irgendetwas geschah, dann wurde ihm die Sache zu dumm und er sagte laut:

»Ich weiß, dass Sie hinter dem Vorhang stehen und mich belauschen. Also kommen Sie raus.«

Es vergingen weitere zwei Sekunden, in denen nichts geschah, aber dann wurde der mit einer schweren Lederkante versehene Vorhang am Ende des Raumes tatsächlich zur Seite geschlagen und eine kleinwüchsige Frau Mitte fünfzig betrat den Laden. Harrison hatte ihren Namen einmal gewusst, ihn aber vergessen. Sie hielt sich nicht mit einer umständlichen Begrüßung auf, sondern fragte in unfreundlichem Ton: »Ja? Sie wünschen?«

»Ich muss telefonieren«, antwortete Harrison.

»Telefonieren?« Stimme und Augen der Ladenbesitzerin sprühten vor Ärger. »Das geht nicht.«

Harrison beherrschte sich mühsam. »Das hier ist doch zugleich auch das Postamt von Middletown, oder?«, fragte er. »Jedenfalls war es das, als ich das letzte Mal hier gewesen bin. Also haben Sie auch ein Telefon. Ich muss dringend in der Zentrale meiner Gesellschaft in Providence anrufen. Ich habe die Nummer aufgeschrieben. Hier.«

Er griff in die Westentasche und zog das Zettelchen heraus, auf dem er die Telefonnummer notiert hatte; zusammen mit einer gefalteten Dollarnote. Die Ladenbesitzerin ignorierte beides, schüttelte den Kopf und sagte: »Das geht nicht.«

»Warum machen Sie es sich und mir so schwer?«, seufzte Harrison. »Ich kann auch zusammen mit dem Sheriff zurückkommen und –«

»Die Mühe können Sie sich sparen, Mister McPhelan.« Hazelton trat hinter dem Vorhang hervor, hinter dem er die ganze Zeit über gestanden und gelauscht hatte, maß Harrison mit einem abfälligen Blick und wandte sich dann an die grauhaarige Frau. »Mach keinen Ärger, Maggie. Nimm den Zettel und wähle die Nummer für den Herrn Ingenieur. Der Anruf ist bestimmt wichtig. Alles, was Mister McPhelan tut, ist ungeheuer wichtig. Weil er nämlich selbst ein sehr wichtiger Mensch ist.«

Maggie zögerte noch, aber dann riss sie Harrison das Zettelchen mit der Telefonnummer aus der Hand, und zwar so, dass die Dollarnote zwischen seinen Fingern verblieb. Mit schnellen Schritten verschwand sie hinter dem Vorhang um die Verbindung herzustellen.

»Danke«, sagte Harrison kühl.

In Hazeltons Augen blitzte es spöttisch auf. »Nichts zu danken, Mister McPhelan«, sagte er. »Schließlich bin ich dafür da, für Ordnung und Ruhe zu sorgen. Sie haben sich eine Menge Zeit gelassen um herzukommen. Kennen Sie mittlerweile die Grenzen Ihrer ... *Kompetenzen*?«

»Ich habe noch keine Antwort auf mein Telegramm bekommen, wenn Sie das meinen«, sagte Harrison mit einer Geste auf den Vorhang. »Ich versuche gerade, meine Vorgesetzten auf einem anderen Weg zu erreichen.«

»Ich hoffe, es gelingt Ihnen«, sagte Hazelton. Er wurde plötzlich sehr ernst. »Die Leute hier werden allmählich unruhig. Man merkt es vielleicht nicht, wenn man durch die Stadt fährt, aber die Stimmung ist nicht besonders gut. Mir wäre lieber, wenn Sie bald eine Entscheidung treffen könnten.«

Zum Beispiel darüber, wie hoch das Bestechungsgeld diesmal ist? dachte Harrison. Er hütete sich aber, diesen Gedanken laut auszusprechen. Hazeltons Leutseligkeit war nur gespielt und das nicht einmal besonders gut. Der Sheriff hatte nicht vergessen, was er ihm am

Morgen gesagt hatte, und nun waren die Karten anders verteilt. Dies hier war *seine* Stadt. »Ich tue mein Möglichstes«, sagte Harrison.

»Das hoffe ich«, antwortete Hazelton. »In unser aller Interesse.«

Das Telefon an der Wand über der Theke klingelte und im selben Moment schlug Maggie den Vorhang zur Seite und sagte: »Ihr Gespräch nach Providence.«

Harrison ging hin und hob den Hörer ab. Er sah allerdings aus den Augenwinkeln, dass weder Sheriff Hazelton noch die Ladenbesitzerin auch nur einen Muskel rührten um ihn allein zu lassen. Ärgerlich drehte er sich zu ihnen herum.

»Das hier ist vertraulich.« Als auch darauf keine Reaktion erfolgte, wurde er deutlicher: »Ich würde dieses Gespräch gerne allein führen, ohne belauscht zu werden.«

Maggie funkelte ihn an, drehte sich aber dann auf dem Absatz herum und rauschte beleidigt davon, während Sheriff Hazelton spöttisch grinste. »Dann erwarte ich Sie in meinem Büro, nachdem Sie Ihr vertrauliches Gespräch geführt haben, Mister Ingenieur.«

»In ein paar Minuten«, versprach Harrison. Er hoffte, dass es so schnell gehen würde. Er wollte keinen Augenblick länger in dieser Stadt voller Verrückter bleiben, als unbedingt notwendig war.

Seine Hand schmerzte wieder. Er rieb sie automatisch am Hosenbein, während er zusah, wie sich Hazelton umwandte und den Laden verließ. Aber auch danach begann er sein Gespräch noch nicht, sondern legte den Hörer behutsam aus der Hand und schlich auf Zehenspitzen zu dem Vorhang, hinter dem Maggie verschwunden war. Mit einem Ruck schlug er ihn beiseite. Ganz wie er erwartet hatte, saß Maggie hinter der Telefonzentrale mit ihren Dutzenden von Kabeln und Steckern, hatte einen schweren Kopfhörer übergestülpt und lauschte mit geschlossenen Augen.
Harrison geduldete sich noch, bis auch sie den Laden verlassen hatte, ehe er endlich mit seinem Gespräch begann.

Nicht einmal fünf Minuten später betrat er zusammen mit Markus Sheriff Hazeltons Büro, das das genaue Gegenteil seines eigenen war: pedantisch aufgeräumt und hell und mit allem ausgestattet, was das Herz begehrte, bis hin zu einem eigenen Telefonanschluss und einem Radioempfänger, der auf einem eigens dafür angebrachten Regal an der Wand hinter Hazeltons Schreibtisch thronte. Hazelton hatte seine Bestechungsgelder gut angelegt.
In Hazeltons Augen blitzte es spöttisch auf, als er Harrisons Blick folgte, der für einen Moment

an dem Telefonapparat auf seinem Schreibtisch hängen blieb. »Das ging ja schnell«, sagte er. »Aber nehmen Sie doch Platz, meine Herren.« Er wies mit einer Kopfbewegung auf die beiden Stühle vor seinem Schreibtisch. Harrison folgte der Einladung nach kurzem Zögern, während Markus stehen blieb.
»Nun, Mister McPhelan«, begann Hazelton nach einer etwas zu lang geratenen Kunstpause. »Was hat Ihr Telefonat mit Ihren Vorgesetzten ergeben?«
»Nicht sehr viel, fürchte ich«, sagte Harrison wahrheitsgemäß. Sein Gespräch hatte nicht annähernd so lange gedauert, wie er gehofft hatte. Und es hatte so gut wie gar nichts ergeben.
»Und was heißt das genau?«, wollte Hazelton wissen.
Harrison hob unglücklich die Schultern. Er fühlte sich in die Enge getrieben und eindeutig in der Defensive. Nichts davon gefiel ihm. »Man wird sich um die Angelegenheit kümmern«, antwortete er. »Mehr kann ich Ihnen nicht sagen. Ich nehme an, dass sich die Rechtsabteilung der Gesellschaft mit Ihnen in Verbindung setzen wird.«
Hazeltons Gesicht verdüsterte sich. Aber sein Zorn war nicht echt. Harrison nahm an, dass er sich gründlich auf dieses Gespräch vorbereitet und sich verschiedene Strategien zurechtgelegt

hatte. Er an seiner Stelle hätte es jedenfalls getan.

»Ihre Rechtsabteilung, so«, sagte Hazelton. »Ich hoffe, Ihre Rechtsabteilung lässt sich etwas einfallen, *Mister* McPhelan. Schnell und etwas Gutes. Ich weiß beim besten Willen nicht, wie lange ich für die Sicherheit Ihres Mannes garantieren kann.«

»So lange, wie es nötig ist«, antwortete Harrison kühl. »Waren das nicht gerade Ihre eigenen Worte, Sheriff? Die Leute hier bezahlen Sie dafür, für Ruhe und Ordnung zu sorgen.«

Hazeltons Lächeln kühlte um mehrere Grade ab. Harrison gemahnte sich in Gedanken zu etwas mehr Disziplin. Hazelton war ihm nicht gewachsen, weder intellektuell noch rhetorisch. Es wäre ihm ein Leichtes, diesen Mann unter den Tisch zu diskutieren. Aber dieser Sieg wäre möglicherweise zu teuer erkauft. Und die Zeche würde Phil Grabert bezahlen, nicht er.

»Bitte verzeihen Sie, Sheriff«, fuhr er deshalb fort. »Ich bin ... ein wenig nervös.«

»Sind wir das nicht alle?« Hazelton sah ihn aus schmalen Augen an.

»Sicher.« Harrison bemühte sich, seiner Stimme einen devoten Ton zu verleihen, ohne kriecherisch zu wirken. »Ich verstehe nur einfach nicht, was passiert ist. Grabert ist normalerweise sanftmütig wie ein Lamm.«

»Sie sagen es«, antwortete Hazelton ruhig. »Normalerweise.«

Harrison änderte seine Taktik. »Ich möchte ihn sprechen.«

»Das kann ich nicht erlauben«, antwortete Hazelton. Er genoss sichtbar jedes Wort.

Markus setzte dazu an, etwas zu sagen. Harrison konnte regelrecht fühlen, wie er sich hinter ihm spannte. Er hob rasch die Hand, drehte sich halb in seinem Stuhl herum und sagte: »Markus, würden Sie uns einen Moment allein lassen?«

Das gefiel seinem Vorarbeiter zwar ganz und gar nicht, aber er sagte nichts, sondern drehte sich mit einem Ruck herum und stiefelte beleidigt aus dem Raum.

»Und jetzt?«, fragte Hazelton. »Werden Sie jetzt versuchen mich zu bestechen?«

»Wünschen Sie es denn?«, fragte Harrison unverblümt. Hazelton lachte leise und Harrison nahm den scharfen Ton in seiner Stimme etwas zurück und fuhr fort: »Also gut, Hazelton. Wir sind allein. Niemand hört, was Sie oder ich sagen. Lassen Sie uns offen reden. Was wollen Sie? Geld? Ich bin sicher, das lässt sich arrangieren, solange es in einem halbwegs vernünftigen Rahmen bleibt. Die Gesellschaft ist da sehr großzügig – wie Sie wissen.«

Hazelton starrte ihn geschlagene fünf Sekunden durchdringend und mit undeutbarem Gesichts-

ausdruck an. Als er antwortete, war jede Freundlichkeit aus seiner Stimme verschwunden. Erstaunlicherweise aber auch jede Häme. Harrison hatte das Gefühl, dass der Mann zum ersten Mal, seit sie sich kannten, vollkommen ehrlich war.
»Mit Geld ist die Angelegenheit nicht mehr zu bereinigen, fürchte ich«, sagte er. »Ihre Gesellschaft *wird* bezahlen, verstehen Sie mich nicht falsch: für den Schaden, den dieses Riesenbaby angerichtet hat, und jeden verdammten Penny, den ich für die Witwe des Mannes herausschlagen kann, den er umgebracht hat.«
Das war in Ordnung, fand Harrison. Er war überrascht, aber auf angenehme Art und Weise. So viel Verantwortungsbewusstsein für die Mitglieder seiner Gemeinde hätte er Hazelton gar nicht zugetraut. »Aber das reicht Ihnen nicht«, vermutete er.
Hazelton schüttelte den Kopf.
»Was wollen Sie dann? Noch mehr Geld?«
»Sie verstehen nichts, Sie Dummkopf«, sagte Hazelton. »Ich dachte, Sie wären intelligenter als die drei anderen Narren, die vor Ihnen hier waren, aber ich habe mich getäuscht. Sie sind es nicht.« Er gab seine angespannte Haltung auf, setzte sich in seinem Stuhl gerade und beugte sich dann ruckartig vor. »Wir wollen, dass Sie von hier verschwinden«, sagte er. »Sie und Ihre

verdammte Minengesellschaft! Die Menschen hier in der Gegend wollen euch nicht! Weder euch noch euer verfluchtes Geld!«

»Was Sie nicht daran gehindert hat, es mit vollen Händen entgegenzunehmen!«

Hazelton lachte. »Soll ich nein sagen, wenn Sie es mir regelrecht aufdrängen? Ich nehme, was ich bekommen kann. Schockiert Sie das?«

»Kaum«, sagte Harrison.

»Trotzdem werde ich dafür sorgen, dass Sie von hier verschwinden«, fuhr Hazelton fort.

»Das können Sie nicht«, erwiderte Harrison. »Das Land, auf dem die Mine liegt, gehört der Regierung. Meine Gesellschaft hat es von ihr gepachtet. Sie können uns nicht von dort vertreiben und das wissen Sie.« Er hob die Hand und deutete auf die Tür hinter Hazelton, hinter der der Zellentrakt lag, wie er vermutete.

»Sie können dieses arme Schwein da drinnen fertig machen, aber das ist auch schon beinahe alles. Mir persönlich würde das sehr Leid tun. Ich werde alles unternehmen um Grabert zu helfen. Aber der Gesellschaft ist das letzten Endes vollkommen egal, glauben Sie mir. Also warum reden wir nicht vernünftig miteinander und versuchen eine Lösung zu finden, von der wir alle profitieren?«

Hazelton seufzte. »Sie versuchen ja schon wieder mich zu bestechen, Mister McPhelan«, sagte er. »Wissen Sie denn nicht, dass das strafbar ist?« Er hob rasch die Hand, als Harrison antworten wollte, und fuhr kopfschüttelnd und in verändertem Ton fort: »Sie haben keine Ahnung, wie?«

»Keine Ahnung wovon?«, fragte Harrison.

»Hat Ihnen niemand etwas über diese Mine erzählt, als Sie diesen Job angenommen haben?«, fragte Hazelton. Er las die Antwort auf seine Frage wohl in Harrisons Augen, denn er wartete gar nicht ab, dass dieser etwas sagen würde, sondern fuhr fort: »Nein, offensichtlich nicht. Vielleicht sollten Sie ein wenig von Ihrer kostbaren Zeit opfern und sich über die Geschichte der Mine und Ihrer Vorgänger informieren.«

»Wie meinen Sie das?«, fragte Harrison unsicher.

»Vielleicht sollten Sie sich einmal fragen, warum man sie *Devil's Hole* nennt«, sagte Hazelton. Er stand auf. »Kommen Sie, ich bringe Sie zu Mister Grabert.« Bevor Harrison noch etwas sagen konnte, trat er an die Tür schräg hinter seinem Schreibtisch heran, öffnete sie und machte eine einladende Geste.

»Fünf Minuten, Mister McPhelan. Keine Sekunde mehr.«

Allein sein Ton machte Harrison klar, dass das Gespräch damit beendet war. Hazelton hatte die

Tür einen Spaltbreit geöffnet, aber wieder zugeschlagen, bevor Harrison einen wirklichen Blick hindurch werfen konnte. Wahrscheinlich sollte der Moment nur ausreichen, um ihn neugierig zu machen. Dieses Ziel hatte er erreicht. Er würde nicht weiterreden.

Harrison erhob sich und ging mit schnellen Schritten an ihm vorbei. Hinter der Tür lag ein kaum zehn Fuß langer Korridor, dessen Wände von daumendicken Gittern gebildet wurden; die beiden Zellen, über die das Gefängnis verfügte. Eine davon stand leer, in der anderen befand sich Phil Grabert. Er hockte mit gesenktem Kopf auf einer niedrigen Pritsche, die sich unter seinem Gewicht deutlich durchbog. Seine Kleider waren zerrissen und seine Hände, die er auf die Knie gelegt hatte, zerschlagen und mit braunem Schorf bedeckt.

»Ich lasse Sie einen Moment allein«, sagte Hazelton, dem es offenbar angezeigt erschien, ein wenig Großzügigkeit zu zeigen. Harrison nickte dankbar und wartete, bis er die Tür wieder hinter sich geschlossen hatte. Dann wandte er sich an Grabert.

»Hallo, Phil«, sagte er leise.

Grabert bewegte sich. Harrison erschrak, als er den Kopf hob und er in sein Gesicht sehen konnte. Er war so übel zugerichtet, dass er ihn kaum erkannt hätte – verschwollen und voller verkrustetem Blut. Graberts rechtes Auge hatte sich geschlossen. Seine Lippen waren angeschwollen und er hatte einen Schneidezahn verloren.

»Hallo, Mister McPhelan«, antwortete er; erst nach einigen Momenten, als hätte er so lange gebraucht, um ihn überhaupt zu erkennen.

»Wie geht es Ihnen, Phil?«, fragte Harrison. Plötzlich fühlte er sich hilflos. Er wusste einfach nicht, was er sagen sollte. Er war weder Rechtsanwalt noch Seelsorger und beides hätte Grabert im Moment hundertmal dringender gebraucht als einen Mann, der sich mit statischen Berechnungen und Maschinen auskannte!

»Ich habe Schmerzen«, sagte Grabert.

»Sie haben einen Mann erschlagen«, sagte Harrison mit leiser, eindringlicher Stimme. »Wie konnte das geschehen, Phil? Hat man Sie provoziert? Haben die anderen angefangen, sodass Sie sich wehren mussten?« Ihm war klar, dass er Grabert die Antworten praktisch in den Mund legte. Und dass es nichts nützen würde. Ganz gleich, was Grabert sagte, und ganz gleich, was wirklich geschehen war, Hazelton würde ein Dutzend Zeugen aufbieten, die ihre Version beschworen. Darauf kam es ihm im Moment aber gar nicht an. Er wollte die Wahrheit aus Phils Mund hören. Auch, wenn sie ihm rein gar nichts nützen würde.

Grabert überraschte ihn jedoch, indem er den Kopf schüttelte und sagte: »Sie haben nicht angefangen. Aber ich habe nichts Unrechtes getan. Sie gehen so leicht kaputt.«
»Wie?« Harrison blinzelte.
»Menschen«, antwortete Grabert. Er hob seine riesigen Hände, ballte sie zu Fäusten und blickte darauf hinab. »Sie zerbrechen so leicht.«
Harrison antwortete nicht gleich. Seine Gedanken arbeiteten schnell, aber jetzt auch wieder auf die gewohnte, präzise Art. Grabert war ein Koloss von einem Mann mit dem Gemüt eines Kindes, aber nicht seinem Verstand. Er gehörte keineswegs zu jenen bedauernswerten Menschen, mit denen sich die Natur einen besonders üblen Scherz erlaubt hatte, indem sie ihm den Körper eines Riesen und den Geist eines Fünfjährigen gab. Ganz im Gegenteil: Harrison hatte ihn stets für eher überdurchschnittlich intelligent gehalten, einen Mann, der sich weit unter seinen Möglichkeiten verkaufte, und er hatte sich mehr als einmal gefragt, was jemand wie er überhaupt in einer Mine zu suchen hatte.
Gleichwie – Grabert wusste genau, was er tat. Versuchte er jetzt den Idioten zu spielen, um irgendwie mit heiler Haut aus der Sache herauszukommen?
»Sie haben jemanden getötet, Phil«, sagte er noch einmal. »Begreifen Sie das eigentlich?

Hazelton wird Anklage wegen Mordes gegen Sie erheben. Und wenn Sie mir nicht einen verdammt guten Grund nennen, warum Sie das getan haben, dann landen Sie auf dem elektrischen Stuhl!«

»Ich wusste es«, antwortete Grabert. »Er hat *sie* geschmäht.«

»Wovon reden Sie?«, fragte Harrison verständnislos.

»Er hat gesagt, dass sie uns hier nicht wollen«, antwortete Grabert. Etwas in seiner Stimme änderte sich. Harrison vermochte nicht zu sagen, was, aber er war plötzlich alarmiert. »Und er hat gesagt, dass *sie* schlecht sind. Das konnte ich nicht zulassen. Ich musste ihn züchtigen.«

»Sie? Was ... was meinen Sie, um Gottes willen?«

»Die, die unter der Erde wohnen«, antwortete Grabert. »Ich wollte ihn nicht töten. Nur für seine üblen Worte bestrafen. Das musste ich. Aber er ist zerbrochen.«

Harrison schauderte. *Die, die unter der Erde wohnen.* Der fremde Ton in Graberts Stimme war beinahe derselbe wie der in der Stimme des Indianers, den er am Morgen getroffen hatte. Nur dass der Klang in dessen Stimme eindeutig Furcht gewesen war, während Grabert eher ehrfürchtig klang.

»Die unter der Erde wohnen?« Er versuchte zu

lachen. Es misslang. »Was soll das heißen, Phil? Da ist nichts! Nur ein paar Würmer, Kakerlaken und Maulwürfe!«
Graberts Reaktion kam vollkommen warnungslos.
Er sprang auf, brüllte und versetzte seiner Liege einen Tritt, die sie in Stücke brechen ließ. In der nächsten Sekunde war er am Gitter, packte es mit seinen gewaltigen Pranken und riss und zerrte so ungestüm daran, dass Staub und Kalk von der Decke rieselten. *»Sagen Sie das nicht!«*, brüllte er. *»Ich lasse nicht zu, dass Sie so etwas sagen!«*
Harrison war erschrocken bis zum gegenüberliegenden Gitter zurückgewichen. Er war vollkommen verwirrt und zutiefst erschrocken. Grabert zerrte mit solcher Gewalt an den Gitterstäben, dass er fast damit rechnete, sie aus Decke und Boden brechen zu sehen. Grabert gebärdete sich wie wild und schrie noch immer, jetzt aber keine Worte mehr, sondern unmotivierte, fast unmenschlich klingende ... *Laute.* Harrison hatte so etwas noch nie zuvor gehört. Aus seinem Schrecken wurde Angst.
Die Tür flog auf und Hazelton kam hereingestürzt. Er hielt seine Pistole in der linken Hand, erfasste die Lage mit einem Blick und griff mit der anderen nach Harrisons Schulter um ihn wegzuziehen. Harrison widersetzte sich nicht,

sondern wandte sich um und verließ hastig den Zellentrakt. Hazelton warf die Tür hinter sich zu, sah aber weiter besorgt durch das kleine vergitterte Fenster, das sich in Kopfhöhe darin befand. Wahrscheinlich, dachte Harrison, überlegt er, ob die Gitterstäbe dem Toben Graberts standhielten. Harrison war sich da nicht vollkommen sicher.

»Ihr dürft sie nicht lästern!«, brüllte Grabert in seiner Zelle. »Die, die unter der Erde leben, werden über euch kommen, hört ihr? Sie werden über euch kommen und ihren angestammten Platz auf dieser Welt wieder einnehmen!«

Hazelton schüttelte den Kopf, steckte seine Waffe ein und schloss die Klappe vor dem vergitterten Fenster. Grabert schrie in seiner Zelle weiter, doch seine Stimme drang jetzt nur noch so gedämpft durch das Metall, dass die Worte nicht mehr zu verstehen waren. Vielleicht gab er jetzt auch wieder jene unheimlichen, unmenschlichen Laute von sich.

»So viel zu Ihrem *sanften Lamm*«, knurrte Hazelton. »Wollen Sie immer noch behaupten, dass er vollkommen harmlos ist?«

»Der Mann ist doch völlig verrückt, begreifen Sie das nicht?«, sagte Harrison nervös. Sein Herz hämmerte noch immer. *Die, die unter der Erde leben* und *Haben Sie sich schon einmal gefragt, warum die Mine Devil's Hole heißt?*

»Er gehört nicht in ein Gefängnis, sondern in eine Irrenanstalt!«

Hazelton machte ein abfälliges Geräusch. »Das könnte Ihnen so passen. Der Kerl wird hängen, das verspreche ich Ihnen!«

Harrison versuchte ein letztes Mal an Hazeltons Vernunft zu appellieren; und sei es nur, um überhaupt irgendetwas zu sagen, ganz gleich, was – die Hauptsache war, er musste nicht über das nachdenken, was Grabert gerade geschrien hatte. »Sheriff, bitte!«, sagte er fast flehend. »Begehen Sie nicht den Fehler, das, was Sie mir und der Minengesellschaft gegenüber empfinden, auf den armen Kerl da drinnen zu übertragen.«

»Warum gehen Sie nicht einfach hinaus?«, fragte Hazelton kalt. »Wenden Sie sich nach links und gehen Sie bis zum Ende der Straße. Dort finden Sie ein kleines Haus hinter einem weißen Lattenzaun; Sie können es gar nicht übersehen. Darin wohnt eine Frau mit drei kleinen Kindern, die jetzt keinen Vater mehr haben. Warum bitten Sie *sie* nicht um Verständnis für den *armen Kerl*?«

Harrison sagte nicht mehr.

Ohne ein weiteres Wort verließ er das Büro des Sheriffs und einige Augenblicke später die Stadt.

Die Rückfahrt verlief so schweigend und angespannt wie der Hinweg. Markus fragte mit keinem Wort, was sich im Büro des Sheriffs ereignet hatte, doch Harrison konnte ihm ansehen, dass er es zumindest teilweise mitbekommen haben musste; Grabert hatte laut genug geschrien, dass man ihn auch draußen auf der Straße hören konnte.

Noch immer durch anhaltendes Schweigen seine Missbilligung ausdrückend, lieferte Markus ihn vor seiner Blockhütte ab und fuhr weiter, um den Wagen zurückzubringen. Harrison sah ihm mit gemischten Gefühlen hinterher. Er war fast erleichtert wieder allein zu sein. Die angespannte Stimmung während der Rückfahrt war ihm sehr unangenehm gewesen. Gleichzeitig bedauerte er es aber auch, dass sich nun ein Wermutstropfen in sein an sich so gutes Verhältnis zu seinem Vorarbeiter gemischt hatte. Er hoffte, dass es sich wieder einrenkte; und er hoffte vor allem, dass die Gesellschaft eine Lösung fand, was Grabert anging.

Die Erinnerung an den Zwischenfall im Gefängnis machte ihm noch immer zu schaffen. Es war nicht einmal so sehr das, was der Mann gesagt hatte – die Übereinstimmung mit den Worten des alten Indianers mochte Zufall sein. Vielleicht gab es auch irgendwelche lokalen Legenden, die ihm unbekannt waren, den Männern hier in der Mine jedoch nicht. Grabert war schon viel länger hier als er.

Was ihn bis ins Innerste erschreckt hatte, das war irgendetwas *zwischen* den Worten Graberts gewesen; vielleicht die Art, *wie* er sie ausgesprochen hatte. *Haben Sie sich jemals gefragt, warum man die Mine Devil's Hole nennt?* Das hatte er nicht. Aber er tat es jetzt und er nahm sich vor es herauszufinden.

Seine Hand schmerzte immer noch. Er widerstand dem Impuls, sie an der Hose zu reiben – das würde es nur schlimmer machen –, drehte sich herum und ging ins Haus. Rasch zog er sich wieder um, dann goss er Wasser in eine Schüssel und tauchte die Hand hinein. Die Kühle brachte den Schmerz nicht zum Verschwinden, linderte ihn aber auf ein erträglicheres Maß.

Harrison betrachtete verdrossen die pennygroße Brandwunde. Der Schmerz war für eine Verletzung dieser Art überaus heftig, aber wahrscheinlich geschah es ihm nur recht. Eherne Prinzipien waren nicht dazu da, bei der erstbesten Gelegenheit gebrochen zu werden.

Er trocknete seine Hand sorgfältig ab, legte einen Verband an und machte sich dann auf den Weg in sein Büro.

Die schlimme Hitze des Tages war bereits vorüber. Trotzdem herrschten im *Devil's Canyon* noch Temperaturen wie in einem Brutofen. Die zum Teil glasierten Wände reflektierten das Sonnenlicht nicht nur, sie schienen ihm noch etwas Unsichtbares, Klebrig-Fremdes hinzuzufügen. Die Luft flimmerte, sodass das halbe Dutzend Gebäude der Minenstadt eine halbe Meile entfernt eher einer Fata Morgana glich als einem von Menschenhand erschaffenen Gebilde. Zwei der großen, ganz aus Holz erbauten Gebäude beherbergten die Quartiere der Männer – in Harrisons Augen eher Ställe als menschenwürdige Unterkünfte, mit nackten Lehmböden, roh gezimmerten Etagenbetten, auf denen Strohsäcke lagen, und einer so schlechten Belüftung, dass man manchmal glaubte, kaum atmen zu können –, die anderen das Materiallager, die Küche, Werkstätten und ein kleines geologisches Labor, das allerdings nur selten benutzt wurde, dazu die Telegrafenstation und Harrisons Büro. In der Siedlung herrschte eine drückende Enge, obwohl im Grunde mehr als genug Platz vorhanden war. *Devil's Canyon* war eine gute Meile lang, und die Hand voll Gebäude drängte sich auf nur einem Bruchteil dieses Platzes zusammen. Aber das war nun einmal die Art, auf die die Menschen vor sechzig oder siebzig Jahren gebaut hatten, als die Siedlung entstanden war, und sie versah bis heute ihren Dienst.

Von Markus war keine Spur zu sehen. Wahrscheinlich ist er in der Mine, dachte Harrison, um seine schlechte Laune an den Arbeitern auszulassen; aber als er sich seinem Büro näherte, kam ihm Saleras entgegen.

»Mister Saleras!«, begrüßte ihn Harrison. »Haben Sie mit Ihrer Analyse schon angefangen?«

»Sie ist bereits abgeschlossen«, antwortete Saleras mit einem Wofür-hältst-du-mich-eigentlich-Blick. »Und zwar dreimal hintereinander.«

»Und zu welchem Ergebnis sind Sie gekommen?« Harrison blieb nicht stehen, sondern ging, wenn auch etwas langsamer, weiter, sodass Saleras ihm folgen musste, während sie redeten.

»Zum selben wie das letzte Mal«, antwortete der Geologe. »Granit, Felsspat und ein wenig Quarz. Und Gold.«

»Gold?« Harrison blieb überrascht stehen.

»Si, Señor.« Saleras nickte eifrig. »Ich habe nur eine überschlägige Schätzung angestellt, aber ich nehme an ...« Er tat so, als müsse er überlegen, und zuckte dann mit den Schultern. »Nun, ungefähr ein Gramm auf zehn Tonnen Gestein.«

»Wie?«, fragte Harrison verständnislos.

Plötzlich grinste Saleras über das ganze Gesicht. »Der Abbau würde sich durchaus lohnen«, sagte er. »Natürlich nur, wenn Sie bereit wären, tausend Dollar auszugeben, um für zehn Dollar Gold zu fördern.«

»Gold«, murmelte Harrison. »Was meinen Sie – könnte das der Grund für diese sonderbare Anweisung aus Providence sein?«
»Bestimmt nicht«, antwortete der Mexikaner. »Der Abbau lohnt sich nicht.«
»Das wissen Sie«, sagte Harrison. »Aber wissen es auch die Leute in der Firmenzentrale?«
»Wenn sie keine kompletten Dummköpfe sind, sicher«, antwortete Saleras. »Und ich glaube nicht, dass in der Firmenzentrale Dummköpfe sitzen.«
Das glaubte Harrison auch nicht. »Trotzdem: Vielleicht hoffen sie, dass der Goldanteil zunimmt, je weiter wir in den Berg vorstoßen ... Ist es eigentlich normal, dass man Gold in Granitgestein findet?«
»Eigentlich nicht«, sagte Saleras. »Aber es sind wirklich nur Spuren. Ich habe sie erst entdeckt, nachdem ich die Analyse dreimal durchgeführt habe. Sie können unmöglich der Grund für die Order sein.«
Harrison seufzte, sagte sich aber auch selbst, dass er keinen Grund hatte enttäuscht zu sein. So einfach konnte es nicht sein.
Er verabschiedete sich von Saleras, legte die letzten Schritte zum Verwaltungsgebäude schneller zurück und schloss die Tür hinter sich um die Hitze auszusperren. Der Berg Arbeit auf seinem Tisch war nicht kleiner geworden. Aber

er machte sich nicht daran, ihn wenigstens wieder auf das Maß vom Morgen zu reduzieren – obwohl er wusste, dass er das bedauern würde. Was auf seinem Schreibtisch lag, das war nur das, was Markus für ihn aussortiert hatte; die Dinge, die er selbst bearbeiten und entscheiden musste. Und selbst das war schon beinahe mehr, als ein einzelner Mann zu bewerkstelligen imstande war. Was er heute versäumte, würde er wahrscheinlich nie wieder vollends aufholen.

Trotzdem wandte er sich nicht seinem Schreibtisch zu, sondern ging daran vorbei und trat an eines der deckenhohen, roh gezimmerten Regale voller Aktenordner und Folianten, die die gesamte Rückwand des Hauses einnahmen: die aufgeschriebene Geschichte der *Devil's Hole Mine*, verschlüsselt in Zahlen, Tabellen und Aufstellungen, in Lohnabrechnungen und Gewinnermittlungen. Die Akten reichten siebzig Jahre zurück; bis zu dem Tag, an dem diese Anlage in Betrieb genommen worden war. Hätte nicht eine Lücke von fünf Jahrzehnten in ihrer Geschichte geklafft, hätten sie nicht nur eine Wand, sondern vermutlich ein ganzes Gebäude gefüllt; und wahrscheinlich mehr.

Aber auch so war die Aufgabe, die sich Harrison gestellt hatte, beinahe unlösbar – zumal er ja nicht einmal genau wusste, wonach er suchte. Er würde Monate brauchen, um diesen Berg von

Papier zu sichten, und am Ende immer noch nicht genau wissen, ob er nicht den einen entscheidenden Hinweis vielleicht überblättert hatte.

Einen Hinweis worauf?

Harrison wusste es nicht. Trotzdem machte er sich an die Arbeit.

Er ignorierte alle Akten seit dem Tag der Wiederinbetriebnahme der Mine und begann bei dem Datum vor ziemlich genau fünfzig Jahren, an dem die Arbeiten in *Devil's Hole* eingestellt worden waren. Er wusste immer noch nicht, wonach er eigentlich suchte, und so griff er sich wahllos den einen oder anderen Ordner, blätterte hier und da, überflog das eine oder andere Schriftstück. Was er fand, war das, was zu erwarten gewesen war: den normalen Schriftverkehr einer Eisenmine, langweilig und staubtrocken, wenn auch angesichts seines Alters manchmal in einer Sprache und Naivität abgefasst, die ein flüchtiges Lächeln auf seine Lippen zwangen.

Nach und nach kristallisierte sich jedoch ein gewisses Bild heraus. *Devil's Hole* hatte niemals einen sensationellen Gewinn abgeworfen, seine Betreiber jedoch anständig ernährt. Die Zahlen waren nicht großartig, aber doch das, was man in der Gesellschaft als *gesund* bezeichnete, und das war einem seriösen Geschäftsmann allemal mehr wert als ein schneller Goldrausch mit einem unkalkulierbaren Risiko und absehbarem Ende. Ging er nur von den Zahlen aus, die er auf dem Zettel vor sich notierte, so hätte es nicht einmal einen Grund gegeben, die Arbeiten hier einzustellen; und schon gar nicht von einem Tag auf den anderen.

Harrison verspürte eine immer stärker werdende Beunruhigung, während er Akte um Akte durchblätterte, ohne genau sagen zu können, warum. Da war etwas zwischen den Zahlen, die er las, eine immer stärker werdende Anspannung in den Worten, ein knapper werdender Stil, eine immer schlampigere Buchführung und so etwas wie ein nicht ausgesprochener, aber fühlbarer Unterton von Furcht, den er anfangs gar nicht bemerkte, weil er sich in umgekehrter Reihenfolge durch die Unterlagen arbeitete. Irgendetwas war damals geschehen, etwas nicht sehr Gutes – genauer konnte er es einfach nicht definieren –, was die Betreiber der Mine damals dazu bewogen hatte, ein unter dem Strich profitables Unternehmen von einem Tag auf den anderen zu schließen.

Aber was?

Ohne dass er es wirklich bemerkte, vergingen auf diese Weise Stunden. Irgendwann wurde es dunkel, sodass er die Petroleumlampen im Raum anzünden musste, aber er arbeitete trotzdem weiter, ohne irgendetwas zu essen oder zu trinken, ohne eine Pause zu machen. Er hatte eine Spur. Er wusste nicht genau, wie sie aussah, und er wusste erst recht nicht, wohin sie ihn führen würde, aber er hatte eine erste Spur gefunden und die Erregung des Schatzsuchens hatte ihn ergriffen. Auf dem Block, auf dem er sich in immer fahrigerer Schrift Notizen machte, begann sich ganz allmählich ein Bild zu formen. Harrison begriff die Zusammenhänge noch nicht, aber er hatte das Gefühl, alle Teile bereits zu besitzen. Was ihm noch fehlte, war der Plan, nach dem er sie zusammenzusetzen hatte.

Irgendwann, spät in der Nacht, ging die Tür auf und er hörte Schritte und einen Moment später einen überraschten Grunzer. Er sah auf und blickte in Markus' verblüfftes Gesicht.

»Boss?«, murmelte sein Vorarbeiter. »Aber was ...? Es ist drei Uhr früh! Ich habe noch Licht gesehen und dachte –«

Harrison unterbrach ihn mit einer heftigen Geste. »Kommen Sie her, Markus, kommen Sie her!«, sagte er. »Ich habe etwas herausgefunden!«

Markus rührte sich in der ersten Sekunde überhaupt nicht, sondern maß ihn mit einem Blick, als zweifle er an seinem Verstand. Dann zuckte er mit den Schultern und kam näher.

»Das hier ist fast die gesamte Firmenkorrespondenz aus zwanzig Jahren«, erklärte Harrison aufgeregt. »Aber eben nur fast. Einige Akten fehlen. Anfangs dachte ich, es wäre Zufall, aber dann ist mir aufgefallen, dass es ganz bestimmte Akten sind.«

Markus hob erneut die Schultern. »Sie werden sie weggebracht haben«, sagte er. »Oder sie sind einfach verloren gegangen. Ist verdammt lang her.«

»Das dachte ich am Anfang auch«, sagte Harrison. »Aber es sind ganz bestimmte Akten, verstehen Sie? So als hätte sich jemand große Mühe gegeben, etwas ganz Bestimmtes zu verheimlichen. Oder zu vertuschen.«

»Was gibt es denn hier schon zu verheimlichen?«, brummte Markus. »Eine Eisenmine ohne Eisen?«

»Eben nicht«, antwortete Harrison in fast triumphierendem Ton. »*Devil's Hole* ist durchaus lukrativ. Wir fördern nur im falschen Teil.«

»Sie sollten schlafen gehen, Boss«, sagte Markus. »Sie sehen verdammt müde aus.«

»Später«, sagte Harrison – obwohl Markus durchaus Recht hatte. Er war todmüde. Seine Augen brannten und er hatte leichte Kopfschmerzen. Aber er war viel zu aufgeregt um auch nur an Schlaf zu denken. »Jetzt hören Sie zu: Ich habe mir die Lohnabrechnungen der

letzten fünf Jahre vor der Stilllegung der Mine angesehen. Wissen Sie, dass kein einziger Arbeiter länger als zwei Jahre hier gewesen ist?«
Markus' linke Augenbraue rutschte nach oben. »Wer hält das schon aus?«, fragte er. »Ich bin seit einem Jahr hier und würde den ganzen Kram manchmal am liebsten hinschmeißen. Zwei Jahre sind eine verdammt lange Zeit.«
»Das habe ich auch gedacht im ersten Moment«, pflichtete ihm Harrison bei. Dann deutete er auf den Aktenstapel neben sich. »Aber diese Unterlagen sagen etwas anderes. Ich habe mir auch die Berichte des Arztes angesehen. Wussten Sie, dass sie in den letzten drei Jahren einen eigenen Doktor hier hatten?«
Markus verneinte und Harrison fuhr fort: »Das mussten sie, weil die Zahl der Kranken immer weiter gestiegen ist. Am Schluss war fast jeder krank! Einer von drei Arbeitern ist gestorben und die anderen wurden krank, und zwar *ausnahmslos*! Sobald sie länger als ein Jahr oder längstens achtzehn Monate hier waren, fing es an: Zahnbluten und Haarausfall, später dann eitriger Ausschlag und Fieber. Wer nicht weggegangen ist, der starb. *Deshalb* haben sie die Mine am Schluss dichtgemacht! Sie fanden einfach niemanden mehr, der bereit war hier zu arbeiten!«
»Sheriff Hazelton hätte seine helle Freude an

der Geschichte«, murrte Markus. »Es ist keine Geschichte.« Harrison schlug mit der flachen Hand auf den Stapel staubiger Aktendeckel neben sich. »Es sind Tatsachen. Diese Unterlagen beweisen es! Hier ist irgendetwas, Markus. Etwas, was die Leute krank macht und sie am Ende umbringt. Und ich bin verdammt sicher, dass die Zentrale in Providence ganz genau darüber Bescheid weiß!«

Markus überlegte einige Sekunden. Dann sagte er etwas, was Harrison mehr als nur überraschte: »Vielleicht ist das der Grund, warum wir so wenig Eisen fördern.«

»Wie?«

Markus hob die Schultern. »Ich meine, es muss einen Grund geben, warum wir nicht an derselben Stelle fördern wie sie damals. Vielleicht gibt's da unten etwas, was die Leute krank macht ... eine giftige Substanz im Felsen. Irgendeine Art Gas. Wenn die Leute in der Zentrale das wüssten und die Jungs trotzdem in den Schacht schicken würden, wären sie verantwortungslos. Vor fünfzig Jahren war ein Menschenleben noch nicht viel wert. Heute schon.«

Harrison starrte ihn nur an. Im ersten Moment war er verblüfft, dann irgendwie enttäuscht. Markus hatte seine Verschwörungstheorie mit wenigen Worten wie ein Kartenhaus zum Einstürzen gebracht.

»Trotzdem hätten sie es uns sagen müssen!«, protestierte er schwach.
Markus schürzte die Lippen. »Wie? Sie wären verrückt, das zu tun. Sie glauben doch nicht, dass sie auch nur einen einzigen Arbeiter finden würden, wenn *diese* Geschichte bekannt wird?« Er schüttelte heftig den Kopf, dann entspannte er sich wieder und ein beinahe väterliches Lächeln erschien auf seinem Gesicht. »Lassen Sie's für heute gut sein, Boss«, sagte er. »Es ist verdammt spät. In ein paar Stunden geht die Sonne schon wieder auf und Sie sehen aus wie der Tod auf Latschen – wenn Sie mir diese Bemerkung erlauben.«
Vermutlich hatte er damit Recht. Harrison fühlte sich so, wie Markus behauptete, dass er aussähe: hundsmiserabel. Trotzdem schüttelte er den Kopf. »Noch nicht. Ich werde noch ein bisschen in diesen Unterlagen wühlen. Wer weiß – vielleicht grabe ich ja noch das eine oder andere schmutzige Geheimnis aus.«
»Wie Sie meinen.« Markus sah ihn strafend an. Ihm lag sichtlich noch etwas ganz anderes auf der Zunge, aber letztendlich stand es ihm nicht zu, seinem Vorgesetzten zu sagen, was er zu tun oder zu lassen hatte. So sagte er nur: »Aber machen Sie nicht mehr zu lange.«
»Bestimmt nicht«, versprach Harrison.
Was nichts daran änderte, dass er irgendwann –

vielleicht eine, vielleicht auch zwei Stunden später, über seine Notizen gebeugt am Schreibtisch einschlief.

Heftige Schmerzen in seiner Hand weckten ihn am Morgen. Das Nächste, was ihm auffiel, war, dass er noch immer an seinem Schreibtisch saß und helles Sonnenlicht durch das einzige Fenster in seinem Büro hereinströmte. Sein Rücken und vor allem sein Nacken taten erbärmlich weh von der unbequemen Haltung, in der er geschlafen hatte – nach vorne gebeugt und den Kopf auf die Schreibtischplatte gebettet.
Nachdem er diesen Gedanken zu Ende gedacht hatte, meldete sich der Schmerz in seiner Hand wieder zu Wort. Harrison biss die Zähne zusammen, wickelte mit spitzen Fingern den Verband ab und fuhr erschrocken zusammen, als er die Wunde sah. Sie war größer geworden und hatte sich zu allem Überfluss entzündet. Die Handkante war angeschwollen und rot und die ganze Hand pochte, sodass er jeden Pulsschlag schmerzhaft spürte.
Harrison stand auf, presste die schmerzende Hand gegen den Leib und klappte mit der anderen den Deckel seiner Taschenuhr auf. Der nächste Schrecken wartete darunter auf ihn: Es war fast elf. Er hatte beinahe den halben Tag verschlafen.

»Markus!« Harrison sprach den Namen seines Vorarbeiters mit einer Mischung aus Dankbarkeit und Ärger aus. Aber die Dankbarkeit überwog. Er hatte es am vergangenen Abend eindeutig übertrieben.

Er warf noch einen letzten, nachdenklichen Blick auf den Aktenstapel – eigentlich war es eine ganze Reihe von Aktenstapeln, die er wie einen Verteidigungswall rings um seinen Schreibtisch herum aufgeschichtet hatte –, trat aber schließlich mit einem weit ausgreifenden Schritt darüber hinweg. Zuallererst musste er sich jetzt um seine verletzte Hand kümmern. Danach konnte er seine Nachforschungen immer noch fortsetzen.

Er verließ das Gebäude, blinzelte in das ungewohnt grelle Sonnenlicht und steuerte den zweigeschossigen Bau an, der die Küche und das Vorratslager beherbergte. Anders als vor fünfzig Jahren hatte die Mine keinen eigenen Arzt, aber der Koch hatte vorher in der Army gedient und dabei genug von erster Hilfe mitbekommen, dass er kleine Verletzungen ebenso gut wie ein solcher versorgen konnte.

Harrison ging zu ihm, ignorierte den verblüfften Blick des Mannes, als dieser sein verschlafenes Gesicht sah, und hielt ihm kommentarlos seine Hand hin.

Der Mann riss die Augen auf. »Das sieht aber

gar nicht gut aus, Mister McPhelan«, sagte er. »Wie ist das passiert?«
»Meine eigene Schuld«, antwortete Harrison. »Können Sie es verbinden?«
»Sicher«, antwortete der Koch. »Aber Sie sollten damit zum Arzt gehen.«
»Selbstverständlich«, sagte Harrison säuerlich. »Am besten zu dem in Middletown. Ich bin sicher, er wird sich einen Spaß daraus machen, mir den Arm an der Schulter zu amputieren.«
»Ohne Betäubung«, grinste der Koch. »Warten Sie einen Moment.«
Es verging tatsächlich nur ein Augenblick, bis der Mann mit Verbandszeug, einer Schale Wasser und einem Tiegel mit einer undefinierbaren Paste zurückkam, die er mit den Fingern auf die Verletzung schmierte. Harrison zog es vor, nicht zu fragen, worum es sich dabei handelte. Auf jeden Fall erfüllte sie ihren Zweck: Als der Mann ihm den Verband angelegt hatte, war der Schmerz in Harrisons Hand einem unangenehmen Pochen gewichen.
»Das sollte erst einmal reichen«, sagte der Koch. »Aber wenn es nicht besser wird, müssen Sie zum Arzt. Die Leute nehmen solche kleinen Verletzungen gerne auf die leichte Schulter, aber hier draußen kann das verdammt ins Auge gehen. Wundbrand ist was Feines, wissen Sie?«
»Ich werde vorsichtig sein«, versprach Harri-

son. Er wusste nicht genau, ob er amüsiert oder verärgert sein sollte. In letzter Zeit schien ihm wirklich jedermann sagen zu wollen, was er zu tun oder zu lassen hatte.

Er begab sich zur Mine, um Markus zu suchen – einerseits, um sich bei ihm zu bedanken, dass er ihn nicht geweckt und damit die Stunden Schlaf geschenkt hatte, die er so bitter nötig gehabt hatte, andererseits, um ihm einzuschärfen, dass so etwas nicht noch einmal vorkommen durfte. Außerdem hatte er eine Menge mit ihm zu besprechen. Harrisons Enttäuschung hatte am vergangenen Abend nicht allzu lange vorgehalten. Markus' Argumentation mochte auf den ersten Blick stichhaltig sein, aber er war trotzdem sicher, dass die Erklärung nicht so einfach war. Es gab ein Geheimnis, das wie ein unsichtbarer Schatten auf *Devil's Hole* lastete. Und er hatte sich fest vorgenommen, es zu lüften.

Als er die Mine betrat, schlugen ihm ungewohnter Lärm und Stimmengewirr entgegen. Harrison runzelte die Stirn, beschleunigte seine Schritte und folgte den Schienen bis dorthin, wo 2A im rechten Winkel vom Hauptstollen abzweigte. Er fand den Eingang hell erleuchtet. Die Stimmen und das Hämmern und Schlagen kamen aus diesem Stollen. Was ging hier vor?

Harrison bückte sich unter dem Balken hin-

durch und ging mit schnellen Schritten in den Stollen hinein. Schon auf halbem Wege kamen ihm zwei Männer entgegen. Sie hatten nackte Oberkörper und waren in Schweiß gebadet. Jeder trug einen Korb mit Steinbrocken auf der Schulter, der zentnerschwer sein musste.
Ihre schnellen Schritte und die missmutigen Gesichter ließen es Harrison klüger erscheinen, zur Seite zu treten, statt sich darauf zu verlassen, dass sie ihm aus dem Weg gehen würden. Die Männer gingen an ihm vorbei, ohne ihn auch nur eines Blickes zu würdigen. Sie schienen es ziemlich eilig zu haben, die Mine zu verlassen. Harrison konnte sie gut verstehen.
Das Stimmengewirr wurde immer lauter. Als Harrison das Ende des Vortriebs erreichte, sah er, dass mindestens zehn Mann in dem engen Raum arbeiteten. Drei schlugen mit Spitzhacken auf die Felswand ein, die anderen waren damit beschäftigt, die herausgebrochenen Steinbrocken aufzusammeln und in die Körbe zu werfen, wobei sie den sausenden Hacken ihrer Kollegen manchmal gefährlich nahe kamen. Markus stand mitten unter ihnen und gab mit klarer Stimme Anweisungen.
»Was geht hier vor?«, fragte Harrison scharf.
Für einen Moment gerieten die Arbeiter ins Stocken. Aller Aufmerksamkeit richtete sich auf ihn. Die Szenerie sah beinahe schon komisch

aus: Die Männer schienen tatsächlich mitten in der Bewegung erstarrt, als hätte jemand für einen Augenblick die Zeit angehalten. Dann machte Markus eine entsprechende Handbewegung und die Männer arbeiteten weiter.

»Guten Morgen, Boss!«, sagte er fröhlich. Er kam Harrison ein paar Schritte entgegen. »Ich hoffe, Sie konnten ein wenig ausruhen. Ich habe Anweisung gegeben, Sie unter keinen Umständen –«

»Was geht hier vor?«, fragte Harrison noch einmal in schärferem Ton.

Markus blinzelte irritiert. »Sir?«

»Drücke ich mich so unklar aus?«, schnappte Harrison. Zwei der Männer hörten auf, Steinbrocken in Körbe zu werfen, und sahen ihn verwirrt an. »Was zum Teufel tun diese Männer hier?«

»Sie treiben den Schacht weiter vor«, antwortete Markus in leicht verstörtem Ton.

»Und wer hat das angeordnet?« Harrisons Stimme klang selbst in seinen eigenen Ohren so eisig, dass er beinahe davor erschrak.

»Ich«, antwortete Markus. Sein Blick wurde immer verständnisloser.

»Gut«, sagte Harrison. »Ich dachte schon, ich hätte vielleicht schlafgewandelt oder würde unter verfrühtem Altersschwachsinn leiden, sodass ich meine eigenen Handlungen vergesse.«

»Aber ich ... ich führe nur Anweisungen aus!«, verteidigte sich Markus.
»Ich frage mich nur, wessen«, sagte Harrison. »Meine jedenfalls nicht.«
»Aber in dem Brief aus Providence stand eindeutig –«
»Wer zum Teufel leitet diese Mine eigentlich, Mister Markus?«, unterbrach ihn Harrison eisig. Noch mehr Männer hatten aufgehört zu arbeiten und starrten ihn und Markus verwirrt an, aber das war ihm gleich. »Sie oder ich?«
»Sie, Sir«, erwiderte Markus kühl.
»Gut, dass Sie sich daran erinnern«, sagte Harrison. »Ich dachte schon, Sie hätten es vergessen. Bevor Sie wieder irgendwelche *Anweisungen* ausführen, Mister Markus, wäre ich Ihnen verbunden, wenn Sie wenigstens die Güte hätten, mich vorher zu informieren.«
Markus' Gesicht erstarrte zu einer Maske der Ausdruckslosigkeit. »Wie Sie wünschen, Sir«, sagte er steif. »Wäre das dann alles für den Moment?«
»Für den Moment, ja«, antwortete Harrison.
Markus drehte sich mit steinernem Gesicht herum und ging. Harrison sah ihm nach, innerlich noch immer kochend vor Zorn, aber auch zutiefst verstört über seine eigene Reaktion. Markus hatte vollkommen korrekt gehandelt, zumindest von seinem Standpunkt aus. Aber

Harrisons Zorn war so heftig gewesen und so plötzlich gekommen, dass er einfach hilflos dagegen war.
Er wartete, bis Markus verschwunden war, dann drehte er sich wieder zu den Männern um. Mittlerweile hatten alle die Arbeit eingestellt und starrten ihn an. »Was gibt es noch?«, fragte er unfreundlich. »Die Show ist vorbei. Sie werden nicht fürs Herumstehen bezahlt.«
Keiner der Männer rührte sich. Einige, wie Harrison auffiel, waren sehr blass, was aber wohl weniger an dem Streit lag, dessen Zeuge sie gerade geworden waren, sondern mehr daran, dass sie sich schon weitaus länger hier aufhielten als Harrison. Auch er begann den Gestank schon wieder zu spüren.
Schließlich trat einer von ihnen vor und sagte: »Es ist nur, Sir ... Mister Markus hat uns den dreifachen Lohn versprochen, wenn wir hier arbeiten. Es bleibt doch dabei, oder?«
»Wenn Mister Markus dies gesagt hat, dann bekommt ihr euer Geld auch«, antwortete Harrison. »Allerdings nicht für die Zeit, die ihr herumsteht und nichts tut.«
Die Männer griffen hastig wieder nach ihren Werkzeugen. Sein eigenes Handeln und Reden verwirrte Harrison immer mehr. Er galt im Allgemeinen als besonnen und ruhig – als jemand, der niemals die Kontrolle über sich verlor.

Vielleicht nur um nicht zu allem Überfluss auch noch das Gesicht zu verlieren, folgte er Markus nicht unmittelbar, obwohl sich in seinem Magen bereits ein leises Gefühl von Übelkeit bemerkbar zu machen begann. Stattdessen trat er nun einige Schritte zur Seite, um die Männer nicht unnötig bei ihrer Arbeit zu behindern. Wenn jeder Atemzug zur Qual wurde, begann man selbst mit den winzigsten Bewegungen zu geizen.

Die Arbeit schien erstaunlich rasch voranzuschreiten. Seit er gestern hier gewesen war, war der Stollen bereits einen halben Meter länger geworden; eine beachtenswerte Leistung, wenn man bedachte, dass immer nur drei Mann mit nichts anderem als Spitzhacken und der reinen Kraft ihrer Muskeln an der Wand arbeiten konnten.

Harrison fragte sich jedoch immer mehr, was sie hier eigentlich zu finden hofften. Dieser Stollen führte nur in den Berg hinein, nicht zu einer Erzader. So unwahrscheinlich es auch klang, es *musste* sich bei dieser Anordnung aus Providence um einen Irrtum handeln. Er würde gleich heute ein weiteres Telegramm an die Firmenleitung aufgeben, um sich die Anordnung noch einmal bestätigen zu lassen.

Er blieb, bis ihm der Gestank unerträglich wurde, dann verließ er den Stollen. Er musste sich

beherrschen um nicht zu rennen. Erst als er ganz aus der Mine heraus und unter freiem Himmel war, hatte er das Gefühl, wieder einigermaßen frei atmen zu können. Und zugleich mit dem Druck auf seine Lungen hob sich auch der schwarze Schatten, der sich auf sein Gemüt gelegt hatte. Der brodelnde Zorn, der ihn dort drinnen erfüllt hatte, verflog rasch und zurück blieb eine tiefe Betroffenheit. Er verstand weniger denn je, was dort drinnen in ihn gefahren war. Er würde sich in aller Form bei Markus entschuldigen müssen, und zwar bei der allerersten sich bietenden Gelegenheit.
Harrison schrieb es zum Teil seiner Müdigkeit zu, zum Teil aber auch dem Druck der Ereignisse, die seit dem gestrigen Tag über ihn hereingebrochen waren, dass er sich plötzlich so wenig unter Kontrolle hatte. In seinen Augen war dies jedoch keine Entschuldigung. Es gehörte zu seiner Arbeit, gerade in schwierigen Situationen einen kühlen Kopf zu bewahren. Er wurde schon wieder wütend, diesmal aber auf sich selbst. Eine solche Entgleisung wie vorhin durfte ihm nicht noch einmal widerfahren.
Er machte sich auf den Weg zu seinem Büro. Als er am Materiallager vorbeikam, begegnete ihm Markus. Der Vorarbeiter hatte ein Gewehr über die Schulter geworfen und stürzte so heftig aus der Tür, dass Harrison einen schnellen Schritt

zurücktun musste, um nicht über den Haufen gerannt zu werden.
»Nicht so hastig!«, sagte Harrison lachend. Dann deutete er auf das Gewehr über Markus' Schulter und fügte grinsend hinzu: »Ich hoffe doch, das da ist nicht für mich gedacht.«
Markus sah ihn verwirrt an, dann lächelte er, aber es wirkte nervös und kein bisschen echt.
Harrison räusperte sich unbehaglich. »Markus, ich ... möchte mich bei Ihnen entschuldigen«, sagte er zögernd. »Es tut mir sehr Leid. Ich weiß nicht, was da drinnen in mich gefahren ist.«
Sein Vorarbeiter zuckte mit den Schultern. Er wirkte unsicher. Offensichtlich wusste er nicht, was er von der Situation halten sollte. »Sie hatten ja völlig Recht«, sagte er.
»Unsinn!«, widersprach Harrison. »*Sie* hatten Recht und *ich* war im Unrecht und das wissen Sie ganz genau. Also seien Sie ein Kerl und nehmen Sie meine Entschuldigung an!«
Er streckte Markus die Hand entgegen. Markus zögerte noch eine weitere Sekunde, aber dann grinste er plötzlich breit, ergriff Harrisons dargebotene Hand und drückte sie so kräftig, dass ihm die Tränen in die Augen schossen. »Sie haben völlig Recht, Boss«, sagte er. »Sie waren im Unrecht und ich hatte Recht.«
Sie lachten beide und Harrison spürte, dass Markus' Lachen nicht gespielt war. Er hatte sei-

ne Entschuldigung angenommen, was ihn mit ehrlich empfundener Erleichterung erfüllte. Es gab zu wenige Menschen, denen er vertrauen konnte, als dass er sich hätte leisten können, auch nur einen einzigen von ihnen zu verlieren.

»Was wollen Sie denn nun wirklich mit dem Gewehr?«, fragte er.

Markus wirkte plötzlich ein bisschen verlegen. »Meine schlechte Laune an ein paar Hasen auslassen, schätze ich«, gestand er. »Ich war ziemlich wütend. Und da dachte ich mir –«

»– dass es besser ist, wenn Sie mir für eine Weile aus dem Weg gehen und ein paar unschuldige Hasen ermorden«, unterbrach ihn Harrison. »Das ist gar keine so üble Idee. Ein guter Hasenbraten wäre eine willkommene Abwechslung nach dem Fraß, den uns der Koch täglich serviert. Gehen Sie und schießen Sie uns einen. Das ist ein Befehl«, fügte er hinzu, als Markus zögerte.

Markus grinste und wandte sich um, blieb dann aber noch einmal stehen. »Boss?«

»Ja?«, fragte Harrison.

»Ganz gleich, wer das nächste Mal im Recht ist und wer im Unrecht«, sagte Markus. »Lassen Sie uns nicht mehr vor den Männern streiten, okay?«

»Ich schlage vor, dass wir uns in Zukunft überhaupt nicht mehr streiten«, antwortete Harrison. »Und jetzt gehen Sie und erschießen Sie genug Hasen für uns und die Männer, die in *Old Skunk* arbeiten. Sie haben sich eine Sonderration verdient.«

Harrison ging nicht in sein Büro zurück, sondern in die Blockhütte am Ende des Canyon. Seine Kleider stanken bereits nach *Old Skunk* und sie waren zerknittert, weil er die ganze Nacht darin geschlafen hatte.
Er wusch sich ausgiebig – was sich als gar nicht so einfach erwies, ohne den Verband an seiner rechten Hand zu verderben –, zog sich um und legte zum ersten Mal seit dem gestrigen Tag wieder seinen Pistolengürtel an; ohne zu wissen, warum. Aber es war seltsam: Bisher war ihm die Waffe eher lästig erschienen, etwas, das er tragen musste und bestenfalls gar nicht mehr bewusst spürte. Jetzt beruhigte sie ihn. Sie gab ihm ein Gefühl von Sicherheit und Stärke, ja beinahe von Macht, das ihm fremd war, aber gleichzeitig auch sehr angenehm. Auf eine düstere Weise angenehm.
Das Gefühl verwirrte ihn so sehr, dass er den Pistolengürtel nach wenigen Augenblicken wieder ablegte. Umgekehrt kam er sich hinterher nackt und beinahe schutzlos vor. Aber er widerstand dem Impuls, erneut danach zu greifen. Er war sehr verwirrt.

Draußen im Lager entstand Unruhe, der er aber im ersten Moment keine Beachtung schenkte. Stattdessen dachte er weiter über das sonderbare Gefühl nach, das ihm die Waffe vermittelt hatte. Harrison war ein äußerst friedliebender Mensch; nicht unbedingt von der Art, die die linke Wange hinhielt, wenn man sie auf die rechte schlug, aber doch alles andere als gewalttätig. Waffen hatte er zeit seines Lebens verabscheut. Nun schien sich das plötzlich geändert zu haben. Die Pistole zu berühren hatte ihm ein durchaus angenehmes Gefühl vermittelt.
Der Lärm draußen nahm zu. Harrison beschloss seine philosophischen Betrachtungen über sein Verhältnis zu Waffen im Besonderen und Gewalt im Allgemeinen auf einen späteren Zeitpunkt zu verschieben, trat ans Fenster – und fuhr erschrocken zusammen.
Über dem Lager hing Rauch. In der hitzeflimmernden Luft waren die Flammen, denen er entstammte, kaum sichtbar, aber Harrison sah Dutzende von Gestalten hektisch durcheinander laufen und plötzlich ergaben die Schreie und der Lärm Sinn. Es brannte!
Harrison fluchte, riss die Tür auf und stürzte aus dem Haus. Er rannte los, so schnell er konnte. Feuer war – abgesehen von einem Grubenunglück – das, wovor sich alle hier im Canyon wohl am meisten fürchteten. Das Wasser war

zwar nicht so knapp, dass sie es rationieren mussten oder niemand baden durfte, aber doch knapp genug, um selbst ein kleines Feuer zu einer ernst zu nehmenden Gefahr werden zu lassen.
Er rannte, so schnell er nur konnte. Und endlich erkannte er auch, was da brannte.
Sein Büro stand in Flammen. Feuer wabberte in roten Strömen aus Tür und Fenster und die ersten Flammen hatten sich bereits ihren Weg durch das Dach gebahnt und begannen aus den Ritzen zwischen den Balken zu schlagen, aus dem das Gebäude errichtet worden war. Mindestens zwei Dutzend Männer liefen aufgeregt um das Haus herum, schleppten Wassereimer und Sand herbei, aber Harrison sah sofort, dass das Gebäude nicht mehr zu retten war. Alles, was ihnen zu tun blieb, war, ein Übergreifen der Flammen auf die benachbarten Häuser zu verhindern.
Selbst diese Aufgabe überstieg beinahe ihre Kräfte. Aus der Mine strömten immer mehr Männer herbei, sodass sie am Schluss mehr als hundert sein mussten. Trotzdem dauerte es länger als eine Stunde, bis sie die Flammen wenigstens so weit unter Kontrolle hatten, dass nicht mehr die Gefahr bestand, das gesamte Lager in Rauch und Asche aufgehen zu sehen. Das Bürogebäude brannte in dieser Zeit bis auf die

Grundmauern nieder und auch die Wände der benachbarten Gebäude waren geschwärzt und einige Fenster in der gewaltigen Hitze gesprungen.

Harrison war total erschöpft, als es endlich vorüber war. Das Feuer war noch nicht ganz gelöscht: Hier und da züngelte noch eine Flamme empor, hatten sich noch Funken in einem verkohlten Balken eingenistet. Aber die schlimmste Wut der Feuersbrunst war gebrochen; Harrison konnte die meisten Männer wieder fortschicken. Als Brandwache reichten eine Hand voll Leute.

Vollkommen erschöpft ließ sich Harrison neben dem qualmenden Schutthaufen niedersinken, zu dem sein Verwaltungsgebäude geworden war. Mit Ausnahme der Brandwache gab er den Männern für den Rest des Tages frei; sie hatten ihr Letztes gegeben und waren mindestens so erschöpft und ausgelaugt wie er. Zudem gab es eine Anzahl leicht Verletzter, gottlob nichts Schlimmes, aber doch zahlreiche, kleinere Blessuren, die sich die Männer während der Löscharbeiten zugezogen hatten. Und dabei ist die große Katastrophe noch ausgeblieben, dachte Harrison. Unvorstellbar, wenn das Feuer weiter um sich gegriffen und die gesamte Siedlung zerstört hätte ...

»Ihr Freund Hazelton hätte jedenfalls einen

Freudentanz aufgeführt«, sagte eine erschöpfte Stimme hinter ihm. Harrison hob mühsam den Kopf und blinzelte gegen die Sonne. Über ihm stand ein Schatten, der ihm im ersten Moment riesenhaft und bedrohlich vorkam, ehe er zu der Gestalt seines Vorarbeiters gerann. Erst danach wurde Harrison klar, dass er den letzten Gedanken wohl laut ausgesprochen hatte, ohne es selbst zu merken.

Markus ließ sich keuchend auf einen verkohlten Balken neben ihm sinken, nachdem er seine Temperatur mit der Hand geprüft hatte. Seine Gelenke knackten. Er war vollkommen verdreckt und sah so müde und fertig aus wie alle anderen. Harrison hatte nicht einmal gemerkt, wann er zu ihnen gestoßen war.

»Haben Sie wieder heimlich geraucht, Boss?«, fragte er. Es sollte ein Scherz sein, aber seine Stimme klang zu flach und seine Züge waren zu abgespannt und verdarben den Effekt.

Harrison schüttelte nur den Kopf.

»Wenn es das nur wäre«, murmelte Harrison. »Ich verstehe einfach nicht, wie das passieren konnte. Ob Hazelton vielleicht wirklich ...?«

Er führte den Satz nicht zu Ende, sondern sah Markus nur müde an, aber der schüttelte nach ein paar Sekunden den Kopf. »Kaum«, sagte er. »So dumm ist er nicht. Außerdem könnte er uns härter treffen, wenn es ihm darum ginge.«

»Aber wie kann denn so etwas passieren?« Harrison hielt wie ein störrisches Kind an seiner Erklärung fest, und sei es nur, weil er im Moment keine andere hatte.

Markus wiederholte sein Kopfschütteln. »Das ganze Zeug ist uralt. Staubtrocken. Brennt wie Zunder. Ein Funken und wusch!« Er schloss die Hand zur Faust. Dann lächelte er müde. »Seien Sie froh, dass es nur das Büro war, Boss. Papier lässt sich ersetzen.«

Aber nicht dieses Papier, dachte Harrison. Er sah seinen Vorarbeiter misstrauisch an und für einen Moment stieg ein Verdacht in ihm hoch, der so absurd war, dass er sich schon des bloßen Gedankens schämte.

Er grinste gezwungen. »Sie haben wie meistens Recht, Markus«, sagte er. »Jetzt brauche ich mir wenigstens nicht mehr den Kopf darüber zu zerbrechen, wie ich diesen Stapel Papier auf meinem Schreibtisch bewältigen soll.«

»Die Methode sollten Sie sich patentieren lassen, Boss.« Markus stand auf und reckte seine Glieder. Seine Gelenke knackten erneut. »Es war ein harter Tag. Ich werde sehen, was noch zu retten ist.«

»Und ich –«, begann Harrison.

Markus fiel ihm ins Wort: »Und Sie gehen jetzt in Ihre Hütte, hauen sich aufs Ohr und schlafen sich erst einmal gründlich aus.«

»Dafür habe ich keine Zeit«, protestierte Harrison schwach.
»Sie werden noch viel mehr Zeit verlieren, wenn Sie zusammenklappen«, erwiderte Markus. »Sie sehen beschissen aus, Boss.«
Harrison fühlte sich auch so. Jeder Knochen im Leib tat ihm weh und seine Hand schmerzte erbärmlich. Trotzdem widersprach er: »Ich dachte, wir wollen uns nicht mehr vor den Männern streiten.«
»Tun wir auch nicht«, sagte Markus ernst. »Ich gebe Ihnen einen Rat als ein Mann, der alt genug ist, um Ihr Vater sein zu können, Jungchen. Der menschliche Körper ist eine verdammt leistungsfähige Maschine. Aber wenn Sie den Motor überdrehen, zahlt er's Ihnen heim. Schlafen Sie sich aus. Ich lasse inzwischen den Müll hier wegschaffen und baue Ihnen ein schönes neues Büro, in dem Sie Ihre geliebten Papierstapel aufbauen können. Und jetzt ab in die Falle!«
Harrison stemmte sich seufzend hoch. Selbst diese Bewegung fiel ihm schwer. »Ja, Daddy«, murmelte er.

Markus' Rat erwies sich im Nachhinein als Danaergeschenk. Harrison kehrte in seine Blockhütte zurück, ließ sich angezogen aufs Bett fallen und schlief auf der Stelle ein, aber es war kein sehr erquickender Schlaf.

Ruhelos wälzte er sich auf seinem Bett hin und her, wachte immer wieder auf und hatte jedes Mal die Erinnerung an einen noch schlimmeren Albtraum – ohne sich indes *wirklich* erinnern zu können. Da waren Bilder, zusammenhanglos und wirr, verschwommene Eindrücke aus einer Welt, die zu fremdartig und bizarr war, als dass sein menschlicher Geist sie erfassen konnte. Visionen einer Welt, in der schimmernde Berge in einen schwarzen Himmel ohne Sterne oder Sonne emporragten und sich unheimliche, wurmartige Kreaturen an den Ufern schwarzer Ströme suhlten, in denen etwas anderes floss als Wasser. Da waren noch andere Kreaturen, aber sie waren zu grotesk, um sie zu beschreiben, und so grauenhaft anzusehen, dass sein Geist davor zurückschrak. Die Visionen wurden jedes Mal, wenn er einschlief, ein wenig klarer, sodass er bei jedem Erwachen mehr Angst davor hatte, erneut einzuschlafen. Vielleicht würden die Bilder irgendwann so klar werden, dass er sie tatsächlich *erkannte*, und dieser Blick in jene fremde Welt musste seinen Geist zerbrechen.
Das Unheimliche war, dass er sich zugleich aber auch zu jener finsteren Dimension sinnesverdrehender Dinge und kriechenden Wahnsinns *hingezogen* fühlte. Ein einziger klarer Blick in diese Welt würde ihn töten und trotzdem beinhaltete sie eine fast unwiderstehliche Verlo-

ckung, dieselbe, die dafür verantwortlich war, dass sich Motten ins Licht stürzten und Lemminge in die tödlichen Fluten des Ozeans.
Vor Sonnenaufgang wachte er wieder auf, in Schweiß gebadet, mit einem Ekel erregenden Geschmack auf der Zunge und hämmerndem Puls. Seine Hand schmerzte unerträglich und er hatte Fieber.
Seine Furcht einzuschlafen war jetzt so groß, dass er es nicht wagte, sich wieder zurücksinken zu lassen und die Augen zu schließen, sondern sich im Bett aufsetzte. Seine Beine waren wie Blei, trotzdem schwang er sie von der Liege, ließ sich nach vorne sinken und stützte die Handflächen schwer auf den Oberschenkeln auf.
Im nächsten Moment schrie er vor Schmerz auf. Seine rechte Hand pochte, als wollte sie explodieren. Der Verband starrte vor Schmutz und Ruß, ein Andenken an die Löscharbeiten des vergangenen Abends, war zugleich aber auch durchgeblutet und wies große gelbliche Verfärbungen auf. Die Wunde hatte sich entzündet und eiterte. Kein Wunder, dass er wirres Zeug zusammenfantasierte!
Vorsichtig griff Harrison mit der linken Hand nach seiner Uhr, klappte den Deckel auf und stellte fest, dass es noch nicht einmal fünf war. Zu früh um aufzustehen. Obwohl er annähernd zwölf Stunden geschlafen hatte, fühlte er sich

zerschlagener als zuvor. Das Fieber hatte seinem Körper mehr Kraft genommen, als der Schlaf ihm gegeben hatte.

Trotzdem stand er nach einigen weiteren Augenblicken auf, ging zum Waschtisch und goss Wasser in die Schüssel. Er hatte vor, den Verband zu entfernen, doch als er ihn berührte, ließ ihm der Schmerz die Tränen in die Augen steigen. Also tauchte er die Hand mitsamt dem Verband ins Wasser. Es dauerte eine ganze Weile, aber schließlich betäubte die Kälte den Schmerz tatsächlich ein wenig. Als Harrison die Hand schließlich aus der Schüssel zog, war der Verband zu einem unförmigen, grauweißen Klumpen geworden, aus dem seine Finger wie kurze Stummel hervorragten. Er konnte sie nicht bewegen. Aber zumindest trieb ihn der Schmerz nicht mehr an den Rand des Wahnsinns.

Er sah wieder auf die Uhr. Es war immer noch nicht einmal fünf. Aber er wagte es nicht, sich noch einmal hinzulegen. Wenn er einschlief, würden die Träume wiederkommen und vielleicht auch die Schmerzen, und er hatte vor beidem gleich große Angst.

Er stand auf, band sich ungeschickt den Pistolengürtel um, ohne auch nur darüber nachzudenken, was er da tat, und verließ das Haus.

Er war dunkel, still und sehr kalt. So unerträg-

lich heiß die Tage im *Devil's Canyon* waren, so empfindlich kalt konnten die Nächte werden. Harrison fröstelte in dem eisigen Wind, ging aber trotzdem nicht zurück in die Hütte, um seine Jacke zu holen. Die Kälte würde vielleicht helfen, den letzten Rest fiebriger Benommenheit aus seinem Kopf zu vertreiben.
Automatisch blickte er in die Richtung, wo er am vergangenen Morgen den Medizinmann getroffen hatte, sah jedoch nichts und machte sich ohne konkretes Ziel auf den Weg.
Die Stille war vollkommen. Der Wind, der manchmal wie fernes Wolfsgeheul die ganze Nacht über durch den Canyon winselte, war gänzlich zum Erliegen gekommen und auch im Lager rührte sich nichts. Die hundertfünfzig Seelen, die es in der Minensiedlung gab, schienen sich versteckt zu haben, als fürchteten sie etwas, das im Schutze der Dunkelheit herangekrochen kam. Nur als er sich der Ruine des niedergebrannten Bürogebäudes näherte, hörte er ein ganz leises Knacken und Knistern, ansonsten blieb es vollkommen still.
Er war überrascht, als er sah, dass Markus bereits damit begonnen hatte, seine Ankündigung in die Tat umzusetzen: Gut die Hälfte der Trümmer war schon fortgeschafft worden und nur ein Stück entfernt lag ein Stapel frisches Bauholz. Selbst der Brandgeruch in der Luft

begann bereits zu verwehen. Noch ein Tag und nichts würde mehr von der Katastrophe künden, der sie um Haaresbreite entronnen waren. Harrison hob eine angekohlte Latte auf und begann damit in den Trümmern herumzustochern. Asche und Staub stoben hoch und ein Blatt verkohltes Papier erhob sich in die Luft und flatterte davon wie ein schwarzer Riesenfalter, bevor es mitten im Flug ebenfalls zu Asche zerfiel.

Er grub mehr als eine halbe Stunde in den Trümmern, ohne mehr zutage zu fördern als noch mehr Asche, Staub und Ruß. Das Feuer hatte ganze Arbeit geleistet. Die Akten, die er gesichtet hatte, waren zur Gänze vernichtet; und damit jeder Beweis, dass es in dieser Mine etwas gab, was man ihm und seinen Männern verheimlicht hatte.

Der Gedanke machte ihn zornig. Vermutlich hatte Markus völlig Recht und das, was die Männer damals krank gemacht und getötet hatte, existierte schon lange nicht mehr. Aber ob es das nun noch gab oder nicht, sie hätten es ihm sagen müssen! Er hatte ein Recht darauf, es zu wissen, verdammt noch mal!

Harrison warf die verkohlte Latte von sich, wandte sich zum Eingang der Mine um und kam zu einem Entschluss.

Der Stollen war finsterer als sonst. Nur jede dritte Petroleumlampe brannte, sodass der Tunnel vor ihm in regelmäßige Bereiche zu- und abnehmender Helligkeit zerfiel, zwischen denen schwarze Abgründe aus etwas klafften, was Dunkelheit sein mochte, vielleicht aber auch etwas anderes, was ihn an seinen Traum erinnerte und ihn deshalb mit Furcht erfüllte.
Harrison versuchte den Gedanken zu verscheuchen, aber es gelang ihm nicht. Er ertappte sich selbst dabei, die dunklen Bereiche zwischen den vereinzelt aufgehängten Lampen weit schneller zu durchqueren als das Licht, und jedes Mal machte sich ein Gefühl spürbarer Beklemmung in ihm breit und sein Herz begann schneller zu schlagen.
Nach guten zweihundert Schritten erreichte er das Ende des Vortriebs. Liegen gelassene Werkzeuge, Zigarettenkippen und Wasserflaschen markierten die Stelle, an der die Männer am vergangenen Abend alles im Stich gelassen hatten, um zu dem brennenden Gebäude draußen zu eilen. Eine halb volle Lore wartete darauf, weggebracht zu werden. Harrison warf im Vorübergehen einen Blick hinein und stellte fest, dass sie wie üblich sehr viel Abraum und sehr wenig erzhaltiges Gestein enthielt.
Normalerweise hätte er jetzt den Fortschritt der Arbeiten kontrolliert und auch gleich eine über-

schlägige Berechnung angestellt, wie viel Geld die Gesellschaft seit seinem letzten Kontrollgang bereits wieder eingebüßt hatte. Heute interessierte ihn das nicht. Er bückte sich nach einem kurzen Stemmeisen, schob es unter seinen Gürtel und nahm eine der Petroleumlampen von der Wand. Nachdem er sich davon überzeugt hatte, dass der Tank noch ausreichend gefüllt war, setzte er den Docht in Brand und ging ein kurzes Stück den Weg zurück, den er gekommen war.

Nach fünfzehn oder zwanzig Schritten kam er an eine mit Brettern vernagelte Abzweigung. Warntafeln in englischer und spanischer Sprache verboten strikt den Durchgang, wiesen aber absurderweise auch gleichzeitig darauf hin, dass das Weitergehen auf eigenes Risiko und unter Lebensgefahr geschähe.

Harrison war dieser Widersinn noch niemals wirklich aufgefallen. Er schmunzelte, stellte die Lampe vor sich auf den Boden und zog das Brecheisen aus dem Gürtel, um mit seiner Hilfe zuerst die Warntafel und dann genügend Bretter zu entfernen, dass er sich durch die entstandene Lücke hindurchquetschen konnte.

Der Gang, der sich nun vor ihm erstreckte, war niedriger als der, den er entlanggekommen war, und pechschwarz. Harrison hob die Lampe ein wenig höher, doch es nutzte nichts. Das Licht brach sich auf kantig behauenem Stein und ließ Spinnweben in allen Regenbogenfarben aufschimmern, ehe es sich in unbestimmbarer Entfernung in der ewigen Nacht hier unten verlor. Harrison war niemals hier gewesen, hatte jedoch die Pläne dieses Teils der Mine aufmerksam studiert und wusste, dass der Stollen hundertfünfzig Fuß weit in den Berg hineinreichte, ehe er sich abermals verzweigte. Am Ende einer dieser beiden Verzweigungen befand sich ein Schacht, der fünfzig Fuß weit lotrecht in die Erde führte.

Harrison kontrollierte sorgsam die Balken, die Wände und Decke des Stollens stützten, ehe er losging. Sie waren sehr alt, machten aber einen äußerst massiven Eindruck. Als er prüfend mit den Fingerknöcheln dagegenschlug, hatte er das Gefühl, auf Eisen zu schlagen. Von Verwitterung keine Spur. Das war sonderbar, aber beruhigend. Vorsichtig ging er los.

Seine Füße scharrten über uralten Fels, platschten aber auch dann und wann durch Wasser, das durch die Wände und die Decke gesickert war und sich am Boden zu ölig schimmernden Pfützen gesammelt hatte. Ein modriger Geruch hing in der Luft und manchmal glaubte er das Tappen winziger, krallenbewehrter Füße zu hören, die erschrocken davonhuschten. Die Dunkelheit wich vor ihm im selben Tempo zurück, in dem

sie sich hinter ihm wieder schloss. Es war das erste Mal seit fünfzig Jahren, dass ein Lichtstrahl die immer währende Finsternis hier unten durchbrach, und Harrison fragte sich, ob dieser Frevel wohl ungesühnt bleiben würde oder ob irgendetwas darauf reagieren mochte.
Was für ein seltsamer Gedanke. Hier unten war nichts, was er zu fürchten hatte. Die Schwärze rings um ihn herum war nicht leblos. Er hörte jetzt ein ununterbrochenes Huschen, Hasten und Rascheln. Es gab Spinnen, Käfer, alle möglichen Insekten und Würmer und vermutlich auch Ratten, aber all dieses Leben floh vor ihm. Und auch die wirkliche Gefahr, die vielleicht noch immer irgendwo hier unten lauerte, stellte keine Bedrohung dar. Was immer die Männer damals krank gemacht hatte, benötigte eine lange Zeit, um seine verhängnisvolle Wirkung zu entfalten.
Präzise nach der Anzahl von Schritten, die er geschätzt hatte, erreichte er die Abzweigung und blieb stehen. Er hob die Laterne, leuchtete in die linke Abzweigung und sah nichts außer Schatten und feuchtem Stein, dann wandte er sich dem anderen Gang zu. Er war etwas niedriger als der linke, unterschied sich aber ansonsten kaum von diesem. Feuchtigkeit und ein intensiver Modergeruch schlugen ihm entgegen, als er ihn betrat.

Das Licht der Petroleumlampe brach sich auf Metall. Harrison blieb stehen und ging in die Hocke, um seinen Fund genauer in Augenschein zu nehmen.
Es war ein Messer. Der Griff war roh mit Lederstreifen umwickelt und die Klinge war auf dem ersten Drittel abgebrochen. Trotzdem schimmerte das Metall selbst an der Bruchstelle, als wäre es frisch poliert. Fünfzig Jahre in dieser feuchtwarmen Luft hatten ihm nichts anhaben können. Seltsam. Und ein bisschen beunruhigend. Vielleicht war ja dieselbe unbekannte Kraft, die Metall und Holz hier unten daran hinderten, auf ihre natürliche Weise zu zerfallen, auch dafür verantwortlich, dass die Männer damals krank geworden waren und starben.
Wenn ja, dann war dies keine angenehme Vorstellung, denn diese Kraft wirkte auch im vorderen Teil der Mine, dort, wo die Männer arbeiteten. Auch dort verfielen weder Holz noch Metall.
Harrison verscheuchte den Gedanken und ging vorsichtig weiter. Er war dem Geheimnis auf der Spur, das fühlte er. Sein Unbehagen blieb, aber er spürte jetzt auch die kribbelnde Erregung des Schatzsuchers.
Trotzdem bewegte er sich immer vorsichtiger, je tiefer er in den Stollen eindrang. Der Boden war jetzt leicht abschüssig und manchmal mit Stein-

trümmern und losem Geröll bedeckt und ein einziger Fehltritt konnte hier unten fatale Folgen haben. Er wusste zwar, dass es den Schacht unweit vor ihm gab, aber nicht, wo und in welcher Weise er abgesichert war.

Eine daumennagelgroße Spinne ließ sich von der Decke auf seinen linken Arm fallen. Harrison wischte sie angeekelt fort und wurde mit einem grausamen Schmerz bestraft, der durch seine bandagierte rechte Hand schoss. Er konnte fühlen, wie die Wunde unter dem aufgeweichten Stoff wieder aufbrach und zu bluten begann.

Für die nächsten zwei oder drei Minuten stand er einfach nur da und wartete darauf, dass das hämmernde Pochen in seiner rechten Hand wieder auf ein halbwegs erträgliches Maß herabsank. Als er weiterging, hob er seine Lampe höher und suchte vor jedem Schritt sorgfältig die Decke vor sich ab.

Seine Vorsicht erwies sich jedoch als unbegründet. Er stieß auf keinerlei weiteres Getier, und der Schacht, der fünfzig Fuß tiefer in die Erde hinabführte, war nicht nur gesichert, sondern regelrecht verrammelt. Eine schier unüberwindlich erscheinende Barriere aus zusammengenagelten Brettern verschloss den Gang vor ihm. Es gab weitere Hinweisschilder in englischer, spanischer und jetzt auch in chinesischer

Sprache, die das Schicksal dessen, der weitergehen wollte, in den düstersten Farben ausmalten, und als wäre dies alles nicht genug, hatte jemand eine große Holztafel aufgehängt und einen großen Totenkopf mit zwei gekreuzten Knochen darunter gemalt.
Harrison lächelte diesmal nicht über die Warntafel. Dazu war er zu erschöpft und innerlich viel zu angespannt. Er stellte seine Laterne auf den Boden, zog das Stemmeisen aus dem Gürtel und machte sich daran, das Hindernis zu beseitigen.
Selbst mit zwei Händen wäre dies Schwerarbeit gewesen. Mit nur einer erwies sich die Aufgabe als fast unlösbar. Harrison benötigte nahezu eine Viertelstunde, um sich einen Durchgang zu schaffen, durch den er sich mit Mühe und Not quetschen konnte, und als er endlich damit fertig war, war er so erschöpft, dass er weitere fünf Minuten brauchte, um zu neuen Kräften zu kommen. Dann ergriff er seine Laterne, schob sich ächzend durch die schmale Bresche in der Barriere und richtete sich wieder auf. Das gelbe Licht der Petroleumlampe offenbarte ihm einen unerwarteten Anblick.
Vor ihm lag ein runder, gut dreißig Fuß messender Raum, der aus dem gewachsenen Fels herausgemeißelt worden war. In seiner Mitte befand sich eine rechteckige, nur vier Fuß mes-

sende Öffnung im Boden – der Schacht, der auf die untere Sohle von *Devil's Hole* hinabführte – über der eine nur wenige Zoll kleinere Plattform aus Holz hing, gehalten von einem Gewirr von Ketten und Seilen. Alles sah brandneu aus, als wäre es vor wenigen Tagen erst hierher gebracht worden, nicht vor fünfzig oder siebzig Jahren, die Kammer selbst aber bot einen Anblick der Verwüstung. Überall lagen weggeworfene Werkzeuge und Kleidungsstücke, Stofffetzen und Teile von Ausrüstung und eine überraschend große Anzahl von Waffen. Wenn Harrison jemals einen Raum gesehen hatte, der in Panik verlassen worden war, dann diesen.

Langsam näherte er sich der Plattform über dem Schacht, die nichts anderes war als ein Aufzug, der in die Tiefe hinabführte. Er war an einer sinnvollen Konstruktion aus Ketten und Flaschenzügen aufgehängt und bot Platz für vier oder fünf Männer oder eine entsprechende Anzahl von Behältnissen mit Erz und Gestein. Harrison zweifelte keine Sekunde daran, dass er noch immer zuverlässig seinen Dienst versah.

Die Waffen, die überall herumlagen, machten ihn nervös. Minenarbeiter waren oft bewaffnet – in früheren Zeiten um sich selbst und ihren Besitz zu verteidigen, heute wohl eher, um sich dann und wann einen Sonntagsbraten zu schießen oder einfach weil es zum Bild der harten Kerle gehörte, die sie zu sein vorgaben –, aber sie pflegten ihre Waffen nicht mit in die Grube zu nehmen. Er sah jedoch mindestens ein halbes Dutzend Gewehre und dazu noch eine viel größere Anzahl an Pistolen, Messern und sogar ein armlanges japanisches Schwert.

Das Messer, das er oben im Gang gefunden hatte, fiel ihm ein. Die Klinge war zerbrochen gewesen, als wäre sie auf etwas gestoßen, das viel härter als Stahl war ...

Das ungute Gefühl in Harrison verstärkte sich. Er sollte umkehren. Solange er es noch konnte. Statt jedoch auf seine innere Stimme zu hören, trat er zögernd auf die Plattform über dem Schacht, setzte die Laterne ab und zog prüfend an der Kette. Die Glieder bewegten sich leicht und mit einem seltsamen, lang widerhallenden Geräusch und der Flaschenzug bewegte sich ohne den geringsten Widerstand. Selbst mit einer Hand stellte es für Harrison kein Problem dar, sich selbst abzuseilen und auch wieder nach oben zu ziehen. Bevor er den Abstieg *wirklich* begann, probierte er dies vorsichtshalber aus. Es wäre fatal, die Gänge dort unten zu erforschen und dann vielleicht festzustellen, dass er nicht in der Lage war, aus eigener Kraft wieder hinaufzugelangen.

So begann er schließlich die Plattform nach unten zu befördern. Seine Klaustrophobie mel-

dete sich zurück, als er tiefer in den Schacht eindrang und sich plötzlich an allen Seiten von massivem schwarzen Fels eingeschlossen sah, aber seine Erregung und die Neugier auf das, was er dort unten finden mochte, waren ungleich größer. Nach nur wenigen Augenblicken hatte er den fünfzig Fuß tiefen Schacht überwunden und die Plattform berührte wieder festen Boden. Harrison hob die Lampe und sah sich aufmerksam um, bevor er von der Aufzugplattform heruntertrat.
Er befand sich in einem Raum, der dem oben glich, aber sieben oder acht Ausgänge besaß, die sternförmig davon wegführten. Harrison war leicht irritiert. *Davon* hatte in den Plänen, die er studiert hatte, nichts gestanden. Ihnen zufolge gab es hier unten nur einen einzigen, weit in den Berg hineinführenden Stollen. Auch sah er keinerlei Stützbalken oder Träger unter der Decke. Die Männer, die hier gearbeitet hatten, schienen sich voll und ganz auf die Stabilität des Granitgesteins verlassen zu haben, in das sie sich hineingruben. Ein unverantwortlicher Leichtsinn, den Harrison niemals zugelassen hätte.
Auch hier gab es Anzeichen eines überhasteten Aufbruches. Die Anzahl der Waffen war nicht so groß wie weiter oben, aber dafür gab es viel mehr weggeworfenes Werkzeug, zerrissene Kleider und liegen gelassene Ausrüstung. Nach

einer Weile erkannte er sogar so etwas wie ein Muster in diesem Chaos, eine deutliche Spur der panischen Flucht, in der die Männer damals die Grube verlassen hatten. Sie führte von der Aufzugplattform zu einem der Stollen auf der rechten Seite.

Weckt nicht die, die unter der Erde wohnen.

Spätestens jetzt wäre der Moment, auf diese Warnung zu hören, dachte Harrison. Tatsächlich war er für einen Moment nahe daran, kehrtzumachen und sich selbst wieder nach oben zu ziehen. Was immer hier unten geschehen war, hatte ausgereicht, Dutzende von Männern in Panik zu versetzen – wie sollte er es schaffen, ihm ganz allein die Stirn zu bieten?

Gleichzeitig wurde ihm aber auch klar, wie unlogisch dieser Gedanke war. Möglicherweise war hier unten tatsächlich etwas Grauenhaftes geschehen, etwas, was auch der Grund für die düsteren Prophezeiungen des alten Indianers war und wohl auch für die Angst der Leute in Middletown. Doch was immer es gewesen war, es war fünfzig Jahre her. Kein Raubtier lebte so lange.

Trotzdem fühlte er Angst in sich aufsteigen, als er seine Lampe hob und in den Stollen auf der rechten Seite eindrang. Harrison redete sich zwar ein, dass Angst zu haben und trotzdem weiterzumachen ein Zeichen von besonderer

Tapferkeit war, aber das klang selbst in seinen eigenen Ohren nach einem jener typischen Argumente, wie sie sich Feiglinge ausdachten, um ihre Angst zu rechtfertigen.
Etwas Unheimliches geschah, als Harrison den Schacht betrat. Er hatte plötzlich fast *körperlich* das Gefühl, das bizarre Land aus seinem Albtraum der vergangenen Nacht zu betreten. Die Wände um ihn herum bestanden aus massivem, schwarzem Fels, aber hier war irgendetwas, das ihn an die sonderbaren Bilder seines Traumes erinnerte. Das Licht der Petroleumlampe schien nicht so weit zu reichen, wie es sollte. Seine Schritte erzeugten Echos, die irgendwie falsch klangen.
Und noch etwas: Harrison erinnerte sich an seine Begegnung mit der Spinne. Da er keine Lust verspürte, auch noch Bekanntschaft mit einem ihrer größeren Vettern zu schließen, hielt er sorgsam danach Ausschau, fand aber keine.
Er fand überhaupt keine Spur von Leben. Keine Insekten, keine Spinnen oder ihre Netze, keinen Schmutz ... rein gar nichts. Und kaum hatte er diese Entdeckung gemacht, da fiel ihm auch auf, dass der muffige Geruch aus der Luft verschwunden war um etwas anderem, Undefinierbarem Platz zu machen. Etwas, was ihn an den Gestank in *Old Skunk* erinnerte, wenn es auch nicht ganz so penetrant war.

Sein Fuß stieß gegen etwas, das klirrend davonschlitterte. Harrison hob die Lampe, sah Metall funkeln und erkannte, dass es sich abermals um ein Messer handelte. Auch seine Klinge war beschädigt, allerdings nicht abgebrochen, sondern ...

Harrisons Herz begann wild zu hämmern, als er sich vor dem Messer auf die Knie sinken ließ und die Hand danach ausstreckte.

Er wagte nicht es zu berühren. Ein eiskaltes Frösteln schüttelte ihn. Das Messer war um etliches größer als das, das er oben gefunden hatte; fast schon eine kleine Machete. Ein gut handlanges Stück der Klinge fehlte und in den unregelmäßig geformten Rändern der Bruchstelle waren eindeutig die Abdrücke riesiger *Zähne* zu erkennen. Aus dem Messer war nichts herausgebrochen, sondern *herausgebissen* worden.

Aber das war unmöglich! Kein Tier auf der Welt, nicht einmal ein Grizzly, war dazu imstande, ein Messer durchzubeißen.

Die Abdrücke jedoch waren eindeutig. Sie stammten von keinem Tier, das Harrison hätte benennen können, aber es *waren* Zähne.

Seine Gedanken begannen zu rasen. Er wusste nicht, was er tun sollte. Alles in ihm schrie danach, aufzuspringen und davonzulaufen, so schnell und so weit er nur konnte, aber zugleich war er auch vollkommen paralysiert, fast

unfähig, auch nur einen Finger zu rühren. Langsam, nur mit alleräußerster Willensanstrengung gelang es ihm, die Lampe höher zu heben und in den Gang vor sich hineinzuleuchten.
Wenige Schritte vor ihm lag ein Mann auf dem Boden und starrte aus toten, seit fünfzig Jahren erloschenen Augen gegen die Decke.
Harrison erhob sich zitternd, ging die paar Schritte zu ihm hinüber und ließ sich neben dem Toten in die Hocke sinken. Der Mann trug einfaches, blaues Tuch, hatte keine Schuhe und ein Gesicht von asiatischem Schnitt; wahrscheinlich ein chinesischer Arbeiter, wie sie im vergangenen Jahrhundert billig und in beliebiger Menge zu haben gewesen waren. Sein Körper wies keinerlei sichtbare Verletzungen auf, was Harrison aber keineswegs beruhigte. Schlimmer als jede Verletzung, die er hätte erblicken können, war der Ausdruck auf den erstarrten Zügen. Er zeigte ein so abgrundtiefes Entsetzen, als hätte er etwas gesehen, das diesen Mann schon durch seinen bloßen *Anblick* getötet hatte.
Harrison schauderte. *Was war hier unten geschehen?*
Er richtete sich auf und wollte sich gerade umdrehen um zu gehen, als vor ihm in der Dunkelheit ein Geräusch erklang. Harrison erstarrte. Er konnte spüren, wie sich jedes einzelne Haar auf seinem Kopf aufstellte. Das Geräusch

wiederholte sich. Kam näher. Es war nicht sehr laut und es klang im Grunde auch nicht besonders gefährlich. Feucht. Glitschig. Als würde man einen nassen Lederlappen über den Fels ziehen.

Er wollte gar nicht wissen, was es war. Um nichts auf der Welt.

Doch als er den Entschluss gefasst hatte, nun tatsächlich den Rückzug anzutreten, erschien der Verursacher dieses Geräusches im Licht der Petroleumlaterne, und statt in Panik herumzufahren und davonzustürzen, riss Harrison erstaunt die Augen auf.

Es war nur eine Schnecke.

Eine höchst ungewöhnliche Schnecke – sie war sehr groß, ein gutes Stück länger als Harrisons Hand, hatte kein Haus und war sicherlich blind, da sie in der ewigen Dunkelheit hier unten lebte. Ihr Körper war halb durchsichtig, sodass er eine Anzahl fremdartiger, hektisch pumpender Organe darin erkennen konnte – aber trotzdem eine ganz normale Schnecke. Das Tier mochte giftig sein, war aber keinesfalls in der Lage, Stücke aus Messerklingen herauszubeißen oder einen Mann durch ihren bloßen Anblick zu Tode zu erschrecken.

Harrison lächelte nervös, wandte sich wieder um und trat der Schnecke einen Schritt entgegen. Das sonderbare Geschöpf zog eine

Schleimspur hinter sich her, die im Licht der Grubenlampe schwarz schimmerte und sofort zu einer zähen, fast teerartigen Masse zu erstarren schien. Obwohl es keine Augen oder sonstigen erkennbaren Sinnesorgane hatte, schien es seine Annäherung trotzdem zu spüren, denn es hielt plötzlich an und richtete den vorderen Teil seines Körpers auf. Einige Sekunden lang verharrte es so, beinahe witternd, dann drehte es sich auf der Stelle herum und begann mit erstaunlicher Schnelligkeit davonzukriechen.
Harrison zögerte nur einen Moment. Nachdem seine Erleichterung die Furcht verdrängt hatte, erwachte seine Neugier wieder. Diese Stollen waren nicht so gänzlich ohne Leben, wie es bisher den Anschein gehabt hatte. Er beschloss der Schnecke wenigstens ein kurzes Stück zu folgen, ehe er seine Expedition für heute beendete. Er schritt etwas schneller aus um die Schnecke einzuholen. Sie bewegte sich fast so rasch wie ein Mann in normalem Tempo, ganz im Gegensatz zu dem, was man ihrer Art normalerweise nachsagte, und zu der schwarzen, teerigen Spur, die sie über den Boden zog, gesellten sich bald weitere, bis er schließlich über eine geschlossene Decke schritt, die unter seinen Schritten federte wie harter Gummi oder Asphalt. Offensichtlich gab es eine ganze Anzahl dieser Tiere hier unten. Er fragte sich, wovon sie leben mochten.

Von Menschenfleisch, beruhigte er sich selbst, jedenfalls nicht. Sonst hätten sie den Leckerbissen, auf den er gerade weiter vorn im Tunnel gestoßen war, wohl kaum fünfzig Jahre lang unangerührt liegen lassen.

Während er dem Schneckengeschöpf folgte, kam er an verschiedenen Abzweigungen und Seitengängen vorbei. Manche waren groß genug um sie zu betreten, andere aber kaum so hoch, dass ein Mann darin hätte kriechen können, und wieder andere besaßen kaum den Durchmesser seines Handgelenkes. Harrison glaubte nicht, dass dieses unterirdische Labyrinth von Menschenhand erschaffen worden war. Er lief auch keine Gefahr sich zu verirren, solange er diesem Gang folgte, der schnurgerade verlief. Sobald sich das änderte, das nahm er sich fest vor, würde er auf der Stelle kehrtmachen und zum Aufzug zurückkehren.

Immerhin glaubte er allmählich zu verstehen, warum dieses unterirdische Labyrinth nicht auf den Plänen der Minengesellschaft verzeichnet war. Selbst hundert Jahre und eine Million chinesischer Arbeiter hätten kaum gereicht, um dieses Gewirr von Gängen und Stollen in den Fels zu graben. Wahrscheinlich war es durch vulkanische Aktivität oder auf irgendeinem anderen natürlichen Wege entstanden und die Männer waren damals durch reinen Zufall darauf gestoßen. Er folgte seinem unermüdlichen kleinen Führer fast eine halbe Meile, ohne dass der Gang ein Ende zu nehmen schien, und begann gerade darüber nachzudenken, ob er nicht doch lieber umkehren sollte – dieser Stollen moche noch meilenlang so weitergehen –, als er vor sich erneut ein Geräusch hörte. Es ähnelte dem Kriechen und Gleiten der Schnecke, war aber viel ... machtvoller. Als wäre vor ihm nicht eines der kleinen Geschöpfe, sondern Hunderte.

Harrison beschleunigte seine Schritte, überholte seinen winzigen Führer – und blieb abrupt stehen, als der Boden vor ihm jäh abfiel. Als er die Lampe hob, begriff er, dass er gleich zwei Irrtümern erlegen war:

Es waren nicht Hunderte von Schnecken.

Und dieses unterirdische Labyrinth war *nicht* auf natürlichem Wege entstanden.

Vor ihm erweiterte sich der Gang zu einem runden Raum, der so gewaltig war, dass das Licht der Grubenlaterne in seiner Weite versickerte, ohne der anderen Seite auch nur *nahe* zu kommen. Er war ganz eindeutig künstlich erschaffen worden: Wände und Decke waren sorgsam behauen und mit Simsen, Vorsprüngen und Erkern bedeckt. Es gab Treppen, Fenster und asymmetrische Türöffnungen, aber Harrison weigerte sich zu glauben, dass all dies oder auch nur *etwas* davon von Menschen erschaffen worden sein sollte.

Die Geometrie dieser Kammer war gemauerter Irrsinn. Einige der Treppen führten an der Decke entlang. Fenster endeten im Nichts und Türen und Simse führten zu nichts anderem als sich selbst zurück. Der ganze Raum schien außerhalb der euklidischen Geometrie zu existieren. Kein Winkel stimmte, keine Linie war wirklich gerade, kein Kreis rund. Auch der Raum selbst besaß keinen kreisförmigen Querschnitt, sondern war ... es war unmöglich, es zu beschreiben. Sein Verstand versuchte nur das Bild in gewohnte Schablonen und Begriffe zu pressen um nicht daran zu zerbrechen. Jeder Quadratzentimeter der Wände und der Decke waren von Hieroglyphen und groben Reliefs bedeckt, die sinnverwirrende Landschaften und Gebäude zeigten, aber auch groteske Kreaturen, ähnlich denen, wie sie seine Träume angedeutet hatten, und dieselben unheimlichen Symbole, wie er sie auf dem Stab des alten Indianers gesehen hatte. Der Anblick war so fremdartig und abstoßend, dass Harrison ein immer heftigeres Gefühl von Schwindel und Übelkeit verspürte.

Der Raum war jedoch nicht leer. Vor ihm fiel der Boden jäh ab; wie er vermutete, ein gehöriges Stück in die Tiefe, aber der gesamte Raum war fast bis zur Höhe des Ganges, in dem Har-

rison stand, mit Schnecken gefüllt, Millionen und Millionen der wimmelnden, glitschigen Kreaturen, die über- und untereinander krochen, sich wanden, zuckten und zappelten wie Fische in einem ins Gigantische vergrößerten steinernen Kochtopf. In dieser Masse und in dieser Umgebung wirkten sie gar nicht mehr harmlos oder allenfalls sonderbar, sondern unbeschreiblich Ekel erregend.
Harrison hörte ein unheimliches Grollen und Knurren, gefolgt von einem widerwärtigen, ungemein lauten Schmatzen und Schlürfen, schwenkte seine Lampe herum und begriff seinen dritten und vielleicht schrecklichsten Irrtum.
Die Frage, die er sich hätte stellen sollen, war nicht, wovon die Schnecken sich ernährten, sondern vielmehr, ob es hier vielleicht etwas gab, das sich *von ihnen ernährte* ...
Es war nur ein rasches Aufblitzen, nur das kurze Funkeln von Licht auf einer schrecklichen Klaue, die zu einem Arm mit viel zu vielen Gelenken, Stacheln und Klingen gehörte, der sich in einer völlig unmöglich erscheinenden Bewegung auf den Futtertrog hinabsenkte, eine der Schnecken ergriff und hinauf zu einem missgestalteten Maul führte.
Harrison schrie gellend auf, fuhr herum und rannte los, so schnell er konnte. Hinter ihm

erscholl ein gurgelndes Brüllen und dann ein Laut, als löse sich etwas Schweres, unvorstellbar Großes von einem Platz, an dem es äonenlang gesessen und auf Beute gelauert hatte. Etwas Massiges stampfte durch Widerstand, der unter seinem Gewicht zerspritzte, dann kratzten harte Klauen über den Fels. Eine Welle unbeschreiblichen Gestanks holte Harrison ein und schlug über ihm zusammen. Der Boden unter seinen Füßen begann zu beben. Ein unvorstellbar lautes Brüllen erklang.

Harrison rannte noch schneller. Die Laterne in seiner Hand drohte zu erlöschen, aber er wagte es nicht, sein Tempo zu verlangsamen. Er schrie vor Angst und warf einen Blick über die Schulter zurück.

Es war hinter ihm. Er konnte es noch immer nicht genau erkennen, aber es war etwas Riesiges, das den Stollen fast zur Gänze auszufüllen schien und ihn vielleicht nur deshalb noch nicht eingeholt hatte, weil es Mühe hatte, sich in der Enge des Tunnels überhaupt zu bewegen, etwas Vielbeiniges und Mörderisches, mit Zähnen, Klauen, zu vielen Gelenken in zu vielen Gliedern und Krallen. Harrison kam aus dem Schritt, stolperte und prallte so hart gegen die Wand, dass er vor Schmerz aufstöhnte. Er fiel nicht, aber die Petroleumlampe flackerte noch einmal kurz und erlosch.

Die Dunkelheit schlug wie eine erstickende Decke über ihm zusammen. Für einen Moment stand er einfach da und war nicht in der Lage sich zu rühren, dann erwachte ein Rest von Vernunft in seinem Bewusstsein, der ihm sagte, dass er keineswegs in Sicherheit war. Die Dunkelheit war ein Hindernis für ihn, aber bestimmt nicht für ein Geschöpf, das in ihr geboren und zu Hause war; eine Kreatur der Finsternis, die vermutlich nicht einmal Augen hatte, sondern über andere, unheimlichere Sinne verfügte. Er konnte das Kratzen ihrer stahlharten Klauen auf dem Fels immer deutlicher hören. Es kam schnell näher.

Harrison stieß sich im Dunkeln von der Wand ab, betete zu einem Gott, an den er bis zu dieser Sekunde nicht ernsthaft geglaubt hatte, dass er nicht in die falsche Richtung rennen möge, und spurtete los. Es war sehr schwer, im Dunkeln zu rennen. Die Laterne hatte er nun in der bandagierten Rechten, obwohl es ihm die Tränen in die Augen trieb, sie zu halten, mit der unversehrten anderen Hand tastete er sich an der Wand entlang. Er rannte viel schneller, als er es je für möglich gehalten hätte zu laufen, ohne etwas zu sehen. Trotzdem gelang es ihm nur, den Abstand zwischen sich und dem mörderischen Verfolger ungefähr zu halten, nicht zu vergrößern. Vielleicht würde die Bestie ja irgendwann aufgeben. Es musste ihr enorme Mühe bereiten, ihren riesigen Leib durch den schmalen Gang zu quetschen, und vielleicht war ihr Körper ja auch nicht für lange Verfolgungsjagden gebaut und ermüdete rascher als der eines Menschen, oder sie verlor einfach das Interesse an einer Beute, die sich um so vieles hartnäckiger weigerte, sich fressen zu lassen als die Schnecken.

Es war eine schwache Hoffnung, die ihm nur die pure Verzweiflung verlieh. Viel wahrscheinlicher war, dass er einen Fehltritt tat und stolperte und seine Flucht damit ein Ende fand. Das Ungeheuer würde nicht aufgeben. Harrisons tastende Hand stieß immer wieder ins Leere, wenn er an einem der Seitengänge vorüberkam. Zwei- oder dreimal schlug er sich dabei die Finger so heftig an, dass er vor Schmerz keuchte, und es war nur noch eine Frage der Zeit, bis er sich ernsthaft verletzte oder fiel oder in der Dunkelheit in einen der Seitengänge stolperte und sich hoffnungslos in diesem unterirdischen Labyrinth verirrte. Selbst wenn es ihm gelang, seinen unheimlichen Verfolger abzuschütteln, und selbst wenn es ihm gelang, die Lampe wieder zu entzünden – er wusste nicht einmal, ob er Streichhölzer bei sich hatte! –, hatte er keine Chance mehr, jemals wieder hier herauszufinden.

Alle diese Überlegungen waren jedoch müßig. Das *Ding* hinter ihm wurde nicht langsamer, während Harrisons Kräfte zu erlahmen begannen. Er hatte das Gefühl, schon seit Stunden durch den Stollen zu rennen. Er schien kein Ende zu nehmen, als hätten sich durch einen geheimnisvollen Zauber nun auch die Dimensionen der wirklichen Welt verzerrt, sodass aus einer Meile hundert geworden waren oder auch hunderttausend. Das Ding hinter ihm kam näher, ganz allmählich, fast unmerklich nur, aber doch beständig. Harrison wusste, dass er es nicht schaffen würde. Selbst wenn er den runden Raum mit dem Aufzug erreichte, hatte er keine Chance. Seine Zeit würde nicht reichen, die Kette so weit in die Höhe zu ziehen, dass er in Sicherheit war, ehe die Bestie ihn eingeholt hatte.

Mit einem Mal erschien am Ende des Ganges vor ihm ein flackerndes rotes Licht. Er musste den Aufzugschacht fast erreicht haben.

Jetzt, wo er sein Ziel vor sich sah und die erstickende Dunkelheit durchbrochen war, konnte er wieder etwas schneller laufen; es gelang ihm, den Abstand zwischen sich und dem monströsen *Ding* etwas zu vergrößern. Erst dann fragte er sich, woher das flackernde rote Licht vor ihm überhaupt kam. Die einzige Lampe, die seit einem halben Jahrhundert hier unten gebrannt hatte, hielt er in der rechten Hand!

Jemand war ihm gefolgt. Jemand, der dem Ungeheuer ahnungslos in die Fänge laufen musste!

»Zurück!«, brüllte Harrison. »Um Gottes willen, *laufen Sie weg*!«

Das flackernde Licht kam jedoch rasch näher. Harrison sah züngelnde Flammen und einen hektisch hin und her zuckenden Schatten, dann schrie eine überschnappende schrille Stimme: *»Hinlegen!«*

Harrison gehorchte ganz automatisch. Er ließ sich in vollem Lauf nach vorne fallen, schlug mit grausamer Härte auf und schlitterte etliche Meter weiter und praktisch im selben Augenblick stach eine orangegelbe Flamme durch die Dunkelheit vor ihm, dann rollte ein markerschütternder Donnerschlag durch den Gang, hundertfach verstärkt und gebrochen durch die Akustik des unterirdischen Labyrinths.

Hinter ihm erscholl ein Laut, als wäre die Kugel gegen Stahl geprallt, gefolgt von einem wütenden Knurren und Fauchen, in dem kein bisschen Schmerz war, nur Zorn und alles verzehrende Wut. Ein zweiter und dritter Schuss krachten, jetzt in unmittelbarer Nähe und mit noch größerer Lautstärke. Die Lampe fiel aus seiner Hand und der durchdringende Geruch nach Petroleum mischte sich mit dem Gestank, der die Luft erfüllte. Das Hämmern stahlharter Klauen und Felsen kam immer noch näher. Dann tauchte Markus vor ihm auf, eine lodernde Fackel in der einen Hand, ein Gewehr in der Beuge des anderen Armes haltend. Er feuerte ein viertes und fünftes Mal, fiel plötzlich auf die Knie und schlitterte in dieser Haltung und noch immer ununterbrochen feuernd auf Harrison zu. Die Kugeln heulten als Querschläger davon, ohne das Tempo zu verlangsamen, in dem das Ungeheuer näher kam. Markus ließ die Waffe plötzlich sinken und griff nach der Petroleumlampe, die Harrison fallen gelassen hatte. Er schwenkte sie zweimal wie ein Lasso über dem Kopf um Schwung zu holen, dann schleuderte er sie mit aller Kraft über Harrison hinweg. Petroleum fiel auf ihn herab, benetzte sein Haar und sein Gesicht und tränkte seine Kleider. Harrison wartete mit angehaltenem Atem darauf, dass Markus' Fackel einen dieser Spritzer oder das ausgelaufene Petroleum auf dem Boden in Brand setzte, aber nichts geschah. Die Lampe traf irgendwo hinter ihm auf ein Hindernis und zerbarst. Der Petroleumgestank wurde noch schlimmer und Markus schleuderte seine Fackel.

Harrison wusste, was nun geschehen würde, und schlug instinktiv die Hände über dem Kopf zusammen. Ein grelles weißes Licht erfüllte

plötzlich den Stollen. Ein ungeheurer Donnerschlag erklang, gefolgt von einer Woge grausamer Hitze, die wie eine glühende Hand über ihn hinwegstrich und ihn erneut aufschreien ließ.
Markus hatte mittlerweile unbeeindruckt von alledem sein Gewehr wieder hochgerissen und feuerte weiter. Das Geräusch der Schüsse ging beinahe im Dröhnen der Flammen und dem Brüllen des Ungeheuers unter. Er feuerte noch ein paar Mal, dann sprang er in die Höhe, riss Harrison mit sich und rannte los. Das leer geschossene Gewehr ließ er einfach fallen.
Harrison wurde einfach mitgezerrt. Er stolperte hinter Markus her, vollkommen unfähig, einen klaren Gedanken zu fassen oder gar eine eigene Entscheidung zu treffen. Hätte Markus ihn jetzt losgelassen, wäre er wahrscheinlich einfach stehen geblieben und hätte auf das Ende gewartet. Markus ließ ihn jedoch nicht los, sondern zerrte ihn mit sich, bis sie das Ende des Tunnels und damit die runde Kammer erreicht hatten.
Harrison fand für einen Moment Zeit, wenigstens einen einzigen Blick zurück in den Tunnel zu werfen. Alles, was er jedoch erkannte, war zuckende grelle Glut und ein sich windender, monströser Schatten, dann ergriff ihn Markus auch schon wieder am Arm und zog ihn mit sich. Harrison konnte nicht sagen, wohin.

Nachdem sie aus dem Stollen heraus waren, herrschte ringsum wieder fast vollkommene Finsternis. Markus schien jedoch über das Orientierungsvermögen einer Katze zu verfügen, denn er führte ihn zielsicher zu der Aufzugplattform in der Mitte der Höhle, bugsierte ihn hinauf und ließ seinen Arm los. Einen Moment später rasselten Ketten und der Boden unter ihnen begann sacht zu schaukeln. Sie waren in Sicherheit.

Auf halber Höhe des Schachtes hielt Markus die Plattform an und hantierte kurz in der Dunkelheit herum. Ein Streichholz flammte auf und Harrison sah, dass sein Vorarbeiter auch eine zweite Petroleumlampe mitgebracht hatte, deren Docht er nun in Brand setzte. Das gelbe, ruhig brennende Licht vermochte den Schrecken, der in der Dunkelheit gelauert hatte, nicht vollkommen zu vertreiben, aber zumindest lähmte er Harrisons Denken nicht vollkommen.

»Großer Gott«, murmelte er. »Was war das?«

Markus antwortete nicht, sondern sah ihn nur sehr besorgt an. »Wie fühlen Sie sich, Boss?«, fragte er. »Sind Sie verletzt?«

»Nein«, erwiderte Harrison. »Nur ein paar Kratzer. Aber Sie hätten keine halbe Minute später kommen dürfen.«

»Ich hatte eher das Gefühl, dass es keine halbe *Sekunde* hätte sein dürfen«, antwortete Markus ernst. »Sie schulden mir ein gutes Gewehr.«
»Wenn Sie möchten, kaufe ich Ihnen eine ausgewachsene Kanone«, entgegnete Harrison. »Vielen Dank, Markus. Sie haben mir das Leben gerettet!«
»Was zur Hölle haben Sie hier unten verloren, Boss?«, fragte Markus. »Verdammt, wenn ich einen Moment später gekommen wäre oder gar nicht –«
»Dann wäre ich jetzt tot«, unterbrach ihn Harrison. »Das weiß ich.«
»Nichts wissen Sie!«, polterte Markus. Er richtete sich wieder auf und begann wütend an der Kette zu zerren, die den Flaschenzug betätigte. Der Aufzug begann schaukelnd weiter nach oben zu steigen. »Das hier ist kein Spielplatz, zum Teufel! Hier unten können Sie schneller draufgehen, als Sie Ihren Namen buchstabieren können! Wissen Sie eigentlich, wie viele Männer dieser verdammte Berg schon gefressen hat?«
»Einen von ihnen habe ich gefunden«, sagte Harrison. »Aber es war nicht der Berg, der ihn getötet hat.«
Markus überging seine letzte Bemerkung ebenso wie Harrisons erste Anspielung auf das Ungeheuer. »Dutzende!«, antwortete er wütend. »Vielleicht sogar Hunderte! Warum zum

Teufel glauben Sie eigentlich, dass der Eingang oben vernagelt ist und überall Warnschilder hängen? Damit Sie herumlaufen und sie ignorieren, wie es Ihnen gerade passt?!«

Markus' Ausbruch machte Harrison zornig, aber nicht sehr, denn er nahm an, dass dies Markus' Art war, mit dem Schrecken fertig zu werden. So antwortete er sehr viel sanfter, als er im ersten Moment gewollt hatte: »Ich kann so viele Warnschilder ignorieren und Barrieren niederreißen, wie ich will, Markus. Ich bin der Leiter dieser Mine. Muss ich Sie wirklich erst daran erinnern?«

»Sie sollten sich vielleicht *selbst* erinnern!«, antwortete Markus. Er ließ die Kette wieder los. Der Aufzug stoppte drei oder vier Fuß unter dem oberen Rand des Schachtes. »Sie mögen der Leiter dieser Mine sein, aber seit ein paar Tagen benehmen Sie sich leider ganz und gar nicht mehr so! Was ist in Sie gefahren, ganz allein hier herunterzugehen, noch dazu, ohne irgendjemandem zu sagen, wohin Sie gehen? Haben Sie nicht einmal die einfachsten Grundregeln gelernt?«

»Das reicht jetzt, Markus«, sagte Harrison. »Ich bin Ihnen sehr dankbar, aber übertreiben Sie es nicht.«

»Nein, das reicht nicht«, fauchte Markus. »Ich habe noch nicht einmal richtig angefangen. Sie können mich auch nicht einschüchtern. Ich bin es allmählich leid, das Kindermädchen für Sie zu spielen!«

»Interessiert Sie gar nicht, warum ich hier heruntergekommen bin?«, fragte Harrison. Er hatte sich fest vorgenommen, sich nicht von Markus provozieren zu lassen. Der Mann hatte ihm das Leben gerettet und dafür würde er ihm Dispens gewähren, ganz egal, was er sagte oder tat. Für diesmal.

»Nein«, antwortete Markus ruppig. »Mich interessiert nur, hier möglichst schnell wieder rauszukommen.«

»Dann erklären Sie mir wenigstens, wie Sie mich so schnell gefunden haben«, sagte Harrison.

»Sie haben schließlich genug Spuren hinterlassen«, maulte Markus. »Einer der Männer hat gesehen, wie Sie in die Mine gegangen sind. Ihnen danach zu folgen war nicht besonders schwer.«

»Sicher«, sagte Harrison. »Aber *warum* haben Sie mich gesucht?«

Markus griff nach der Kette und bewegte den Aufzug weiter. »Können Sie noch mehr schlechte Nachrichten vertragen?«

»Nur zu«, sagte Harrison säuerlich. Vielleicht war es besser, Markus später und in Ruhe zu berichten, was er dort unten gefunden hatte.

Vielleicht brauchte er einfach Zeit, um ein wenig Abstand zu gewinnen und das Unglaubliche zu verarbeiten, das er gesehen hatte. »Viel schlimmer kann es ja kaum noch kommen. Was ist passiert?«
Sie waren oben. Markus trat von der Plattform herunter und wartete, bis er ihm gefolgt war, ehe er antwortete: »Es gab einen Zwischenfall in der Baracke. Ein paar Männer haben sich geschlagen.«
»Eine Schlägerei? Nicht die erste in dieser Woche, oder?«
»Ganz so einfach ist es diesmal nicht, fürchte ich«, sagte Markus. »Zwei von den Jungs hat es ziemlich schlimm erwischt. Ein gebrochener Arm und eine zertrümmerte Kniescheibe.«
»Wen?«, fragte Harrison. Sie begannen hintereinander zum Hauptstollen zurückzugehen.
»Miller und Foks.«
»Worum ging es bei dem Streit?«, wollte Harrison wissen.
Markus zuckte mit den Schultern. »Keine Ahnung. Um nichts, wahrscheinlich. Ich war nicht dabei. Sonst wäre es nicht so weit gekommen«, fügte er schnell hinzu.
Harrison überlegte einige Sekunden, in denen er die Gesichter der Männer, deren Namen Markus gerade genannt hatte, vor seinem inneren Auge Revue passieren ließ. »Miller und Foks«,

murmelte er. »Wer war noch in die Schlägerei verwickelt?«

»Stein, Harding, Cramer ...« Markus hob erneut die Schultern. »Noch ein paar, so wie die Unterkunft aussah, fürchte ich. Aber wie gesagt: Ich war nicht dabei.«

»Miller, Foks, Cramer, Harding und Stein«, wiederholte Harrison nachdenklich. »Sind das nicht ein paar von den Männern, die gestern in *Old Skunk* gearbeitet haben?«

Markus seufzte. »Ich habe befürchtet, dass es Ihnen auffällt«, sagte er. »Anscheinend zehrt die Arbeit dort mehr an den Nerven der Männer, als mir klar gewesen ist. Ich werde die Einteilung heute ändern. Keiner der Männer geht mehr als eine Stunde in diesen verdammten Stollen.«

»Wenn es nach mir ginge, würde niemand mehr dort hineingehen«, sagte Harrison. »Ist schon eine Antwort aus Providence da?«

Markus verneinte. »Bis jetzt nicht. Es wird Zeit, dass sie uns endlich eine Telefonleitung legen. Ich möchte allmählich selbst gerne wissen, was zum Teufel hier eigentlich los ist!«

Harrison fand diese Formulierung einigermaßen sonderbar. Sie hatten mittlerweile jedoch den Hauptstollen erreicht und waren nicht mehr allein, sodass sich Harrison eine entsprechende Frage verkniff, sich allerdings fest vornahm, sie bei der ersten sich bietenden Gelegenheit zu stellen. Er winkte die beiden ersten Arbeiter herbei, die er sah, und gab ihnen Anweisung, die Barriere vor dem abzweigenden Stollen zu erneuern, dann verließen Markus und er die Mine.

Draußen herrschte bereits hektische Betriebsamkeit, was Harrison im allerersten Moment überraschte – dann wurde ihm klar, dass sein Abenteuer in der Mine weitaus länger gedauert haben musste, als er bisher angenommen hatte. Vielleicht gehorchte die Zeit dort unten auch anderen Gesetzen als hier. Dieser an sich absurde Gedanke hätte ihn normalerweise zum Lachen gebracht. Jetzt jagte er ihm einen eisigen Schauer über den Rücken. Nach dem, was er dort unten gesehen und erlebt hatte, war er bereit, praktisch *alles* zu glauben.

Sie steuerten eine der beiden Baracken an, in denen die Arbeiter untergebracht waren. Auf dem Weg dorthin sah Harrison wieder zum Rand des Canyons hoch. Sein Blick suchte eine ganz bestimmte Stelle und einen Moment glaubte er tatsächlich eine gebeugte Gestalt in einem bunten Federmantel dort oben zu erkennen. Dann blinzelte er und sie war verschwunden. Trotzdem blieb er stehen.

Auch Markus hielt an. »Was ist?«, fragte er.

»Nichts«, antwortete Harrison. »Eine Täuschung, nicht mehr.«

Allzu überzeugend schien er wohl nicht geklungen zu haben, denn auch Markus sah hoch und suchte einige Sekunden lang sehr aufmerksam die Canyonwand ab. Dann deutete er ein Achselzucken an und ging weiter. Sie sprachen kein Wort mehr miteinander, bis sie die Baracke erreicht hatten.
Im Innern des Gebäudes angelangt, verstand Harrison plötzlich viel besser, was sein Vorarbeiter vorhin gemeint hatte. Auseinandersetzungen – auch ganz handfest ausgetragene – gehörten hier zwar nicht unbedingt zur Tagesordnung, waren aber auch nicht die große Ausnahme und sowohl Harrison als auch Markus hatten es sich zur Angewohnheit gemacht, sich nicht einzumischen, solange gewisse Spielregeln dabei eingehalten wurden und die Sache nicht überhand nahm.
So wie die Baracke aussah, hatte hier niemand *irgendwelche* Regeln eingehalten. Drei oder vier der großen Etagenbetten waren zertrümmert. Ein Tisch und ein gutes Dutzend Stühle lagen in Stücke zerbrochen auf einem Haufen neben der Tür, und als sie sich dem eigentlichen Schauplatz des Geschehens näherten, gewahrte Harrison eine Anzahl Flecken, die mit Sägespänen abgedeckt worden waren; wahrscheinlich Blut. Eine gleichermaßen gedrückte wie angespannte Stimmung lag in der Luft. Die meisten Männer

wichen seinem Blick aus, als er mit raschen Schritten zwischen den Betten hindurchging und sich der Mitte der Unterkunft näherte.
Dort fand er Miller und Foks, die beiden, von denen Markus berichtet hatte. Foks saß nach vorne gebeugt und mit schmerzverzerrtem Gesicht auf einem Stuhl und schien Schwierigkeiten mit dem Luftholen zu haben. Miller lag auf dem Bett und stöhnte leise, während sich der Koch um seinen gebrochenen Arm bemühte.
Harrison warf einen langen Blick in die Runde. Die meisten Männer senkten die Köpfe oder sahen weg, aber einige blickten ihn auch trotzig oder verstockt an. Viele von ihnen trugen Verbände oder hatten geschwollene Gesichter oder blau geschlagene Augen und nicht alle gehörten zu der Schicht, die gestern in *Old Skunk* gearbeitet hatte. Markus hatte kräftig untertrieben. Hier hatte keine normale Schlägerei stattgefunden. Es musste eine regelrechte Schlacht gewesen sein, bei der wohl nur durch einen puren Zufall niemand sein Leben eingebüßt hatte.
»Was ist hier passiert?«, fragte er scharf. Die Frage war an niemanden direkt gerichtet und so war es auch nicht weiter verwunderlich, dass sich niemand bemüßigt fühlte, ihm zu antworten. Harrison ließ zwei oder drei Sekunden verstreichen, dann deutete er auf den erstbesten Mann.

»Sie! Antworten Sie! Was ist hier passiert?«
»Wir haben uns nur gewehrt, Sir«, antwortete der Mann. In seiner Stimme lag ein aggressiv-trotziger Unterton, den Harrison genau kannte: Er würde der ersten scharfen Entgegnung nicht standhalten. Er verzichtete jedoch darauf, den Mann in seine Schranken zu verweisen, sondern mäßigte seine Lautstärke sogar ein wenig, als er weitersprach.
»Gewehrt? Was soll das heißen? Gegen wen?«
Der Mann deutete auf Foks, Miller und dann nacheinander auf drei oder vier andere. Alle waren Mitglieder der gestrigen Schicht. »Gegen die. Sie sind wie die Verrückten auf uns losgegangen. Ohne Grund!«
Harrison wandte sich an einen weiteren Mann. »Stimmt das?«
Er erkannte zu spät, dass er ein Mitglied besagter Schicht angesprochen hatte.
Der Mann antwortete auch nicht, sondern sah ihm nur trotzig in die Augen.
»Ich glaube, dass er die Wahrheit sagt, Boss«, mischte sich Markus ein. »Als ich dazugekommen bin, schienen es mir zwei Parteien zu sein. Ich konnte sie kaum trennen.« Er grinste. »Aber nur kaum. Am Schluss hatte ich die besseren Argumente.«
Harrison hatte eine ziemlich konkrete Vorstellung davon, wie Markus' Argumente ausgese-

hen hatten. Aber das war im Moment nicht das Thema.

»Ich will jetzt wissen, was hier passiert ist«, sagte er noch einmal in scharfem, befehlendem Ton. »Worum ging es bei diesem Streit? Wieso habt ihr ihn angefangen?« Niemand antwortete. Harrison begann innerlich zu brodeln.

»Also gut«, sagte er. »Ganz wie ihr wollt. Ich könnte jeden an der Schlägerei Beteiligten auf der Stelle entlassen, aber ich werde etwas anderes tun.« Er deutete auf Miller, Foks und dann nacheinander auf jeden Mann, den er gestern in 2A gesehen hatte. »Sie alle! Ich werde den Verdienstausfall der Männer, die Sie verletzt haben, von Ihrem Lohn abziehen, ebenso wie die Kosten für die ärztliche Behandlung. Darüber hinaus dürfen Sie –« Er wollte sagen: eine Woche, besann sich dann aber im letzten Moment anders, »– zwei Tage freimachen und über Ihr Verhältnis zur Gewalt nachdenken. Ohne Bezahlung, versteht sich. Und wer in Zukunft auch nur die Hand gegen einen seiner Kameraden erhebt, kann sofort zu mir kommen und sich seine Papiere abholen.«

Seinen Worten folgte ein bedrücktes Schweigen. Einige Männer sahen auch durchaus zufrieden aus – vor allem die, die nicht zur gestrigen Schicht gehört hatten –, aber er hatte auch das Gefühl, dass die, die den Kampf angezettelt hat-

ten, nicht sonderlich beeindruckt von seiner Drohung waren.
Jedes weitere Wort wäre überflüssig, erkannte er. Er hatte gesagt, was zu sagen gewesen war. Wenn er weitermachte, würde er seiner Ankündigung nur die Wirkung nehmen. So wandte er sich um und trat an das Bett, auf dem Miller lag. Was Markus als gebrochenen Arm bezeichnet hatte, war weit schlimmer. Der Sanitäter hatte den linken Arm des Mannes geschient und fest an seinen Oberkörper gebunden, aber obwohl der Verband frisch war, war er bereits wieder durchgeblutet. Harrison wandte sich an den Sanitäter.
»Sieht es schlimm aus?«
Der Mann hob die Schultern. »Ich kann die Blutung nicht stoppen. Ich habe den Arm abgebunden, so gut ich konnte. Aber die Arterie scheint verletzt zu sein.«
»Ich bringe ihn nach Middletown«, sagte Harrison. Er wies auf Foks. »Und ihn auch. Der Arzt dort wird Ihnen helfen. Muss sonst noch jemand zum Doktor?«
Den letzten Satz hatte er mit erhobener Stimme gesprochen. Im ersten Moment rührte sich niemand, dann trat ein Mann mit einer üblen Platzwunde an der Stirn vor. Er gehörte nicht zur gestrigen Schicht.
»Gut«, sagte Harrison. An den Sanitäter

gewandt fuhr er fort: »Holen Sie den Lastwagen. Sie begleiten uns.«
»Sie aber auch, Sir«, sagte der Mann. »Was um Gottes willen ist passiert?«
Harrison war im ersten Moment irritiert, aber dann folgte er dem Blick des Mannes und sah an sich herab. Seine Kleider waren verdreckt und zerrissen und der Verband um seine rechte Hand hatte sich endgültig in einen unförmigen grauen Klumpen verwandelt.
»Das ist nichts«, sagte er. »Sie kriegen das schon hin.«
»Ich bin kein Arzt«, antwortete der Koch.
»Dann kümmere ich mich selbst darum«, erwiderte Harrison in einem so unwilligen Ton, dass er selbst überrascht war. Der Sanitäter blinzelte verwirrt, aber er sagte nichts mehr, sondern stand wortlos auf und ging, um den Lastwagen zu holen.
Harrison warf einen unwilligen Blick in die Runde. »Was ist los?«, fragte er. »Die Show ist vorbei. Haben Sie nichts zu tun?«
Mit Ausnahme der drei Verletzten begannen sich die Männer rasch zu zerstreuen. Auf den meisten Gesichtern lag ein gleichermaßen verwirrter wie erschrockener Ausdruck. Harrison verstand seine eigene Reaktion selbst nicht ganz. Er hatte allen Grund wütend zu sein, aber er sollte sich vor den Männern nicht so gehen

lassen. Respekt war schwer verdient, aber schnell verspielt.
Als hätte er seine Gedanken gelesen, trat Markus ganz dicht neben ihn und sagte leise: »Das war ein bisschen hart, meinen Sie nicht auch, Boss?«
Natürlich hatte er damit Recht. Aber jetzt einen Rückzieher zu machen würde alles verderben. »Sie werden sich überlegen, ob sie noch einmal Krieg spielen«, knurrte er.
Markus sah ihn an, holte Luft zu einer Antwort und beließ es dann bei einem Schulterzucken, aber Harrison spürte, dass es hinter seiner Stirn kaum anders aussah als hinter seiner eigenen. Er konnte sich nicht erinnern, jemals eine so gereizte Stimmung hier erlebt zu haben wie in den letzten Tagen. Was war nur los?
Er bemühte sich einen etwas versöhnlicheren Ton in seine Stimme zu legen, als er weitersprach. »Ich begleite die Männer in die Stadt«, sagte er. »Sorgen Sie inzwischen dafür, dass hier nicht noch mehr passiert. Und passen Sie besonders auf die Männer auf, die in 2A arbeiten.«
»Es ist ein Scheißjob, Boss«, sagte er. »Die Männer sind fertig mit den Nerven, wenn sie da rauskommen.«
Harrison hörte den vorwurfsvollen Ton in seiner Stimme genau. Aber er ignorierte ihn. Markus hatte zweifellos Recht und trotzdem ... Es

war nicht nur der Gestank. Seine eigene, untypische Reaktion fiel ihm ein, als er gestern in *Old Skunk* gewesen war. Dann fiel ihm noch etwas anderes ein.

»Sie haben mir gestern erzählt, dass ein paar Freiwillige in 2A gearbeitet haben um die Proben zu holen, Markus.«

Sein Vorarbeiter nickte. Er schwieg.

»Hieß einer von ihnen zufällig Phil Grabert?«

Eine Sekunde lang antwortete Markus gar nicht. Sein Gesicht blieb ausdruckslos, aber Harrison konnte regelrecht sehen, wie es hinter seiner Stirn arbeitete. Als er schließlich nickte, wirkte es mehr als widerwillig.

»Warum überrascht mich das nicht, Markus?«, fragte Harrison kühl.

»Ich weiß nicht, was Sie meinen, Sir«, antwortete Markus.

»Das glaube ich nicht«, antwortete Harrison. »Ich glaube im Gegenteil, dass Sie ganz genau wissen, wovon ich rede.«

»So?«

»Ja«, bestätigte Harrison. »Wir sprechen heute Abend noch darüber, Markus. Sobald ich zurück bin.«

In Middletown schien die Zeit nicht nur vor hundert Jahren stehen geblieben zu sein, sondern auch gestern. Die drei Wagen, die Harrison am vergangenen Tag gesehen hatte, standen noch haargenau an derselben Stelle und selbst der Staub auf der einzigen Straße schien sich nicht bewegt zu haben. Niemand war zu sehen, aber hinter einigen Fenstern bewegten sich die Vorhänge, als der Lastwagen in die Stadt hineinfuhr. Middletown schien ausgestorben zu sein, aber seine Bewohner bekamen mit Sicherheit alles mit, was in ihrer Stadt geschah.

Harrison gab dem Fahrer Anweisung, die drei Verletzten zu Dr. Swanson zu bringen – nicht nur dem einzigen Arzt in Middletown, sondern auch dem einzigen Arzt im Umkreis von dreißig Meilen! –, und stieg vor dem Büro des Sheriffs aus.

Hazelton saß hinter seinem Schreibtisch, hatte die Füße auf die Platte gelegt und zeigte sich nicht im Mindesten überrascht, als Harrison sein Büro betrat. »Mister McPhelan! Was für eine Überraschung!«, log er. »Ich hoffe doch, Sie bringen gute Neuigkeiten.«

»Wenn Sie damit meinen, ob ich schon Nachricht aus Providence habe, muss ich Sie enttäuschen, Sheriff«, antwortete Harrison.

Hazelton wirkte tatsächlich enttäuscht. Und ein bisschen besorgt.

»Wenn Sie ein gutes Wort bei Maggie für mich einlegen, rufe ich nachher noch einmal in der Firmenzentrale an«, sagte Harrison. »Mit ist genauso an einer schnellen Klärung der Angelegenheit gelegen wie Ihnen, glauben Sie mir. Aber zuvor muss ich noch einmal mit Grabert sprechen.«

Hazeltons hellblonde Augenbraue rutschte ein gutes Stück an seiner Stirn nach oben. Er nahm die Füße vom Schreibtisch. »Sind Sie sicher? Ich dachte, das, was gestern passiert ist, hätte Ihnen gereicht.«

Trotzdem stand er auf, löste den Schlüsselbund von seinem Gürtel und öffnete die Tür zum Zellentrakt. Abgestandene Luft und ein übler Geruch nach menschlichen Exkrementen schlug Harrison entgegen.

Hazelton verzog das Gesicht. »Ihr lammfrommes Riesenbaby hat anscheinend vergessen, wie man den Eimer benutzt.«

Er machte eine einladende Handbewegung, selbst jedoch keinerlei Anstalten, den Zellengang zu betreten, als Harrison an ihm vorbeitrat. »Kommen Sie ihm nicht zu nahe«, riet er. »Er isst zwar nichts, aber er beißt nach jedem, der in seine Nähe kommt.«

»Wie?«, fragte Harrison ungläubig.

Hazelton zuckte mit den Schultern. »Haben Sie gestern nicht selbst gesagt, dass er verrückt ist?« Plötzlich verhärteten sich seine Züge. »Sollte ich herausbekommen, dass ihr zwei das abgesprochen habt und er mir mein Gefängnis voll scheißt, damit ich ihm den Verrückten abkaufe, trete ich Ihnen Ihren Arsch höchstpersönlich bis nach Rhode Island zurück, Mister.«

»Ich versichere Ihnen, Sheriff –«, begann Harrison. Hazelton unterbrach ihn jedoch mit einer unwilligen Handbewegung, stieß ihn regelrecht an sich vorbei und schloss die Tür.

Harrison ging zögernd weiter. Instinktiv hielt er sich auf der rechten Seite des von Gitterstäben gebildeten Ganges, so weit weg von Graberts Zelle, wie es möglich war. Der Gestank war grauenhaft. Er konnte durchaus mit dem von *Old Skunk* mithalten.

Nach Hazeltons Worten war Harrison auf das Schlimmste vorbereitet. Trotzdem erschrak er, als er in Graberts Zelle blickte. Der Riese hockte auf dem Boden, inmitten der Trümmer seiner Pritsche. Überall um ihn herum waren Essensreste verteilt und es war tatsächlich so, wie der Sheriff behauptet hatte: Grabert saß in seinem eigenen Schmutz da. Sein Gesicht war schlaff und seine Augen so leer, dass Harrison ziemlich sicher war, dass der Mann ihn nicht einmal zur Kenntnis nahm.

Sein Mut sank. Wahrscheinlich war er vergebens gekommen. Er bezweifelte, dass es ihm gelingen würde, mit diesem Mann zu reden. Geschweige denn eine Antwort zu bekommen.

Aber er war nun einmal hier, und bevor er

unverrichteter Dinge wieder ging, konnte er es genauso gut auch versuchen.

»Phil?«, fragte er. »Verstehen Sie mich?«

Im ersten Moment schien es nicht so, als hätte der Mann seine Worte überhaupt gehört. Er stieß eine Reihe leiser, wimmernder Töne aus, denen eines Tieres ähnlicher als denen eines Menschen.

»Phil«, sagte Harrison noch einmal, diesmal eindringlicher. »Verstehen Sie mich? Ich bin es, Mister McPhelan.«

Grabert wimmerte lauter. Er begann den Oberkörper vor- und zurückzubewegen und in seinen Augen flackerte etwas. Als versuchte sein Verstand, sich verzweifelt einen Weg an die Oberfläche des schwarzen Sumpfes zu bahnen, in den ihn etwas hinabgezogen hatte.

»Also gut«, sagte Harrison. »Ich weiß nicht, ob Sie mich verstehen. Vielleicht nicht. Vielleicht aber doch und Sie können nur nicht antworten. Hören Sie mir zu: Sie haben gestern etwas zu mir gesagt. Etwas von Wesen, die unter der Erde wohnen. Erinnern Sie sich? Können Sie mir sagen, was Sie damit gemeint haben?«

Das Flackern in Graberts Augen verstärkte sich. Irgendetwas brach an die Oberfläche. Harrison konnte nicht sagen, ob es tatsächlich sein Verstand war oder irgendetwas anderes, Schlimmeres, aber etwas war plötzlich da.

»Sie dürfen sie ... nicht lästern«, sagte er. Eigentlich sagte er es nicht. Seine Stimme war nicht mehr seine Stimme, sondern ein fürchterliches, unmenschliches Gurgeln und Blubbern, dessen Bedeutung eher zu erraten als wirklich zu verstehen war. Harrison konnte sehen, wie sich seine erschlafften Muskeln allmählich spannten.
»Ich lästere sie nicht, Phil«, sagte er hastig. »Glauben Sie mir, das liegt mir fern! Im Gegenteil. Ich weiß, dass Sie die Wahrheit sagen. Ich habe sie auch gesehen, verstehen Sie?«
Grabert wimmerte wieder. Speichel lief an seinem Kinn herab und sein Gesicht war erneut erschlafft. Aber das Funkeln in seinen Augen blieb. Harrison war jetzt allerdings fast sicher, dass es nicht Phil Graberts Geist war, den er in seinen Augen erkannte, sondern etwas unvorstellbar Fremdes, das ihn voll tückischer Intelligenz beobachtete.
»Aber ich verstehe nicht, was ich gesehen habe«, fuhr er vorsichtig fort. »Können Sie es mir erklären?«
»Die, die unter der Erde wohnen, werden über euch kommen«, blubberte Grabert. »Sie waren immer schon hier und sie werden hier sein, wenn ihr längst gegangen seid.«
»Sie?«, fragte Harrison. »Wen meinen Sie, Phil?«
»Sie sind immer«, sagte Grabert. »Sie waren

immer und sie werden immer sein. Ihr seid nichts.«

Und damit erlosch das Funkeln boshafter Schläue in seinen Augen. Was immer in ihm war, hatte gesagt, was es zu sagen hatte, und zog sich wieder in sein Versteck in den schwärzesten Abgründen seines Verstandes zurück. Harrison stand nun wieder einem gewaltigen geist- und vernunftlosen Berg Fleisch gegenüber. Er hatte seine Antworten bekommen, aber es waren in Wirklichkeit keine Antworten gewesen. Was Grabert gesagt hatte, warf nur neue Fragen auf. Enttäuscht, viel mehr aber noch verunsichert, ging er zur Tür zurück und hob die Hand um zu klopfen. Hazelton öffnete, bevor er die Bewegung zu Ende führen konnte.

»Netter Versuch«, sagte er.

»Sie haben gelauscht?«

»Was haben Sie denn erwartet?«, fragte Hazelton.

Sein Spott traf Harrison nicht. Er nahm ihn kaum zur Kenntnis, ja er hatte sogar Mühe, den Worten des Sheriffs überhaupt zu folgen. Was er gerade erlebt hatte, hatte ihn bis ins Innerste erschüttert.

»Was werden Sie Ihren Vorgesetzten in Providence jetzt berichten?«, fuhr Hazelton fort, als Harrison nicht antwortete. »Ich hoffe doch, es wird etwas sein, das sie aufrüttelt. Ich will dieses

... dieses *Tier* nicht mehr länger in meinem Gefängnis haben.«

Harrison sagte darauf nichts. Es fiel ihm noch immer schwer, auch nur einen halbwegs klaren Gedanken zu fassen. Das Schlimme war nicht Graberts Anblick gewesen. Nicht einmal das, was er gesagt hatte. Das Schlimme war das, was Harrison für einen Moment in seinen Augen gesehen hatte; etwas Wissendes, Uraltes und Lauerndes und von solcher Fremdartigkeit, dass Harrisons Geist schon bei dem bloßen Versuch verbrennen musste, sein wahres Wesen zu erfassen.

Ohne ein Wort zu sagen, ging er an dem total verblüfften Sheriff vorbei und öffnete die Tür. Aber dann blieb er doch noch einmal stehen und drehte sich herum.

»Beantworten Sie mir eine Frage, Sheriff«, sagte er.

Hazelton deutete ein Nicken mit den Augen an und Harrison fragte: »Glauben Sie, dass es Dinge gibt, deren bloßer Anblick einen Menschen in den Wahnsinn treiben kann, Mister Hazelton?«

Hazelton antwortete nicht gleich darauf. Aber nach einer Sekunde weiteten sich seine Augen und sein Gesicht verlor deutlich an Farbe. »Sie haben *wirklich* etwas gesehen, wie?«, flüsterte er.

Harrison drehte sich schweigend herum und verließ das Gebäude.
Als er auf die Straße trat, spürte er einen Blick auf sich ruhen. Er drehte sich herum.
Am anderen Ende der Straße, schon beinahe zwischen den Bäumen des dichten Tannenwaldes, der Middletown an allen Seiten umschloss, stand eine gebeugte Gestalt in einem bunten Federmantel und starrte ihn an.

Doktor Swansons Praxis befand sich in einem der kleineren Gebäude der Stadt und stellte eine ebensolche Überraschung dar, wie es Hazeltons Büro getan hatte. Sie war pieksauber und auf das Modernste eingerichtet, sodass sie mit jeder Arztpraxis in der Stadt hätte konkurrieren können, die Harrison kannte. Offensichtlich hatte Hazelton die Bestechungsgelder, die er seit einem Jahr mit vollen Händen einheimste, doch nicht nur in die eigene Tasche gewirtschaftet. Das machte den Mann in Harrisons Augen keinen Deut sympathischer, ließ sein Handeln jedoch ein wenig verständlicher erscheinen. Die Auswahl an Einkommensquellen in dieser Gegend war vermutlich nicht besonders groß.
Er musste sich mehr als eine Stunde gedulden, bis ihn Dr. Swanson endlich in sein Ordinationszimmer rief. Er war ein kräftiger Mann, der trotz seiner allerhöchstens fünfundvierzig Jahre

bereits graues Haar hatte und sehr ernst wirkte. »Einer Ihrer Männer bereitet mir große Sorgen, Mister McPhelan«, begann er, ohne sich mit einer Begrüßung aufzuhalten. »Sein Arm sieht aus, als wäre er von einem Elefanten getreten worden. Der Ellbogen ist gesplittert.«

»Miller«, sagte Harrison.

Der Arzt zuckte mit den Schultern. Offenbar hatte er sich nicht nach dem Namen seines Patienten erkundigt. »Ich habe jemanden geschickt, um nach einem Krankenwagen zu telefonieren«, sagte er. »Der Mann muss in einem Krankenhaus behandelt werden. Ansonsten könnte er den Arm verlieren. Ich nehme doch an, Ihre Gesellschaft übernimmt die Kosten?«

»Selbstverständlich«, antwortete Harrison. »Es war schließlich ein Arbeitsunfall.«

Swanson zog die Augenbraue hoch, schwieg aber. Vielleicht begriff er, dass Harrison nicht daran gelegen war, den Mann zu ruinieren, und er deshalb log. Wahrscheinlich war es ihm aber gleich. »Was ist mit Ihrer Hand passiert?«, fragte er. »Lassen Sie sehen.«

Harrison zögerte, streckte dann aber doch die rechte Hand über den Tisch und biss die Zähne zusammen, als Swanson eine Schere nahm und den aufgeweichten Verband aufzuschneiden begann. Der Arzt zog eine Grimasse und sah ihn über den Tisch hinweg strafend an.

»Sagen Sie, Mister McPhelan«, fragte er, »was würden Sie davon halten, wenn ich mir eine Schaufel nehmen und ein Loch graben würde, um mich dann hinterher Bergbauingenieur zu nennen? Gehe ich recht in der Annahme, dass Sie mich insgeheim einen Vollidioten nennen würden?«

Harrison nickte nur. Laut antworten konnte er nicht, denn er musste die Zähne zusammenbeißen um nicht vor Schmerz aufzuschreien, während Swanson an dem Verband hantierte. Seine Hand hatte die ganze Zeit über wehgetan, aber er hatte den Schmerz bei allem, was geschehen war, beinahe vergessen. Jetzt meldete er sich mit Macht zurück.

»Warum um alles in der Welt bilden Sie sich ein, die Arbeit eines Arztes tun zu können und einen solchen Stümperkram – *ach du meine Güte*!«

Die letzten Worte hatte Swanson in ungläubig-erschrockenem Ton hervorgestoßen und Harrison konnte ihn nur zu gut verstehen, als er seine eigene Hand sah, die unter dem Verbandsstoff zum Vorschein kam. Auch er erschrak bis ins Mark. Seine Hand war unförmig angeschwollen; ein aufgedunsener Fleischklumpen, nicht mehr das diffizilste Werkzeug, das die Natur jemals erschaffen hatte. Die Haut war rot und glänzte wie Wachs und aus der pennygroßen Verletzung war eine schwärende Wunde geworden, von der dicke entzündete Stränge sternförmig ausgingen; wie eine Fieberspinne, die seine ganze Hand umschloss. Bei dem Anblick wurde Harrison beinahe übel. Außerdem weckte er den Schmerz zu noch größerer Raserei.

»Das sieht aber gar nicht gut aus«, sagte Swanson. »Wie um alles in der Welt ist das passiert? Sind Sie gebissen worden ... von einer giftigen Spinne vielleicht?«

»Eher von einem Blatt Papier«, antwortete Harrison stöhnend.

Swanson sah ihn verständnislos an und Harrison schluckte die bittere Galle hinunter, die sich unter seiner Zunge angesammelt hatte, und sagte: »Es war eine winzige Verbrennung, kaum der Rede wert. Nur ein Funke.«

»Es fällt mir ziemlich schwer, das zu glauben«, antwortete Swanson und stand auf. Harrison hörte ihn eine Weile hinter sich hantieren, dann kam er mit einem Tablett zurück, auf dem eine Anzahl unterschiedlicher Dinge lagen, die alle eines gemein hatten: Sie sahen ausnehmend unangenehm aus.

»Wann ist das passiert?«, fragte Swanson.

»Gestern«, antwortete Harrison. Er streifte Swansons Tablett mit einem nervösen Blick und sah dann hastig wieder weg.

»Die Wunde muss sich entzündet haben«, sagte Swanson. »Ich verstehe nur nicht, wie das so schnell passieren konnte. Es wäre besser, wenn Sie mit dem Krankenwagen mitfahren und sich im Krankenhaus untersuchen lassen würden.«

»Unsinn«, sagte Harrison. »Versorgen Sie die Hand. Sie wird schon nicht gleich abfallen.«

»Dafür würde ich *meine* Hand nicht unbedingt ins Feuer legen«, antwortete Swanson. »Aber ganz wie Sie wollen. Es ist Ihre Gesundheit. Es wird allerdings ein bisschen wehtun.«

»Fangen Sie schon an«, sagte Harrison. *Schnell,* fügte er in Gedanken hinzu. *Bevor ich es mir anders überlege.*

Swanson machte sich an die Arbeit. Harrison wandte den Kopf und zog es vor, nicht zuzusehen, was der Arzt tat, aber was immer es war: In einem Punkt hatte er gelogen – es tat nicht nur ein *bisschen* weh. Als er fertig war und damit begann, einen neuen Verband um den Klumpen aus pochendem Schmerz zu wickeln, der am Ende von Harrisons rechtem Arm war, kämpfte dieser gegen eine Ohnmacht an.

»So«, sagte Swanson. »Mehr kann ich im Moment nicht tun. Ich habe die Wunde gesäubert und Ihnen Penicillin gespritzt. Das sollte eigentlich helfen. Aber ich möchte Sie auf jeden Fall morgen oder spätestens übermorgen wieder hier sehen.«

»Werden Sie mir dann dasselbe antun wie heute?«, stöhnte Harrison.

»Wenn Sie lange genug warten, ganz bestimmt«, sagte Swanson ernst. »Und Sie sind sicher, dass es eine Verbrennung war?«

»Eine ganz harmlose«, bestätigte Harrison.

»Dann geben Sie in Zukunft Acht, dass Sie sich niemals ernsthaft verbrennen.« Swanson hatte den Verband fertig angelegt und stand auf, um zu einem Waschbecken an der Wand zu treten und sich gründlich die Hände zu waschen. Er hatte keine Miene verzogen, aber während der Behandlung hatte sich ein übler Geruch in seinem Zimmer ausgebreitet: nach Blut, Medizin und Eiter, aber auch nach etwas anderem, das Harrison nicht definieren konnte.

Er wollte aufstehen und gehen, spürte aber, dass er im Moment einfach nicht die Kraft dazu hatte. Nur um überhaupt etwas zu sagen, fragte er: »Kennen Sie sich mit seltenen Krankheiten aus, Doc?«

Swanson lachte und griff nach einer Nagelbürste, um seine Fingernägel zu reinigen. »Das Exotischste, was mir hier unterkommt, sind Hämorrhoiden und eingewachsene Zehennägel«, antwortete der Arzt. »Und Brandwunden, die wie Spinnenbisse aussehen. Warum fragen Sie?«

»Ich habe da etwas gelesen, was ich kaum glauben kann«, antwortete Harrison. »Haben Sie von einer Krankheit gehört, die mit Haarausfall

und eitrigem Ausschlag beginnt und nach einem Jahr mit Fieberkrämpfen und dem Tod endet?«
Swanson hörte auf an seinen Fingernägeln herumzubürsten, drehte sich herum und lehnte sich gegen das Waschbecken. »Nein. So etwas habe ich noch nie gehört – aber das bedeutet nichts. Ich bin nur ein kleiner Landarzt. Ich weiß wenig von irgendwelchen ausgefallenen Krankheiten. Wo haben Sie davon gelesen?«
»Irgendwo«, improvisierte Harrison. »Ich habe vergessen, wo.«
Swanson sah nicht so aus, als ob er seinen Worten unbedingt Glauben schenkte. Aber er hakte auch nicht nach, sondern fragte plötzlich: »Wissen Sie, was mich wundert?«
»Nein.«
»Dass Sie nicht nach Ihrem Mann im Gefängnis fragen.«
»Grabert? Sie haben ihn gesehen?«
Swanson nickte und verschränkte die Arme vor der Brust. »Sheriff Hazelton rief mich gestern Abend zu sich.«
»Haben Sie ihn untersucht?«, fragte Harrison.
»Ich bin doch nicht verrückt!«, erwiderte Swanson. »Der Mann ist gemeingefährlich und gehört in eine Zwangsjacke – obwohl ich annehme, dass er sie einfach in Stücke reißen würde. Aber sein Zustand ist ... unheimlich. Ich habe so etwas nie zuvor gesehen.«

»Ich auch nicht«, sagte Harrison. »Aber man muss kein Arzt sein um zu erkennen, dass er den Verstand verloren hat.«
»Ich frage mich nur, warum«, fügte Swanson mit einem zustimmenden Nicken hinzu. »Seit ein paar Tagen habe ich ziemlich viele Patienten, die aus Ihrer Mine kommen.«
»Was wollen Sie damit sagen?«, fragte Harrison schärfer, als er beabsichtigt hatte.
Swanson schien ihm dies jedoch nicht übel zu nehmen, denn er schüttelte nur den Kopf und behauptete: »Nichts.«
»Das glaube ich Ihnen nicht«, erwiderte Harrison. Er seufzte. »Ich dachte, ein Mann wie Sie, der studiert hat und über eine gewisse Bildung verfügt, würde nicht auf das abergläubische Gerede der Leute hier achten. Habe ich mich in Ihnen getäuscht?«
»Ich mache mir nur so meine Gedanken«, antwortete Swanson unbeeindruckt. »Und was das abergläubische Gerede angeht, so muss ich Sie enttäuschen. Ich bin erst seit gut zehn Jahren hier in Neuengland und weiß weniger über die Geschichte der Mine und des *A-Cháat* als Sie.«
»A-Cháat?«, wiederholte Harrison. Er hatte dieses Wort noch nie gehört, aber es brachte eine dunkle Saite in ihm zum Klingen. »Was soll das sein?«
»Der Name des Berges, in dem Ihre Mine liegt«,

antwortete Swanson. »So haben ihn die Eingeborenen genannt, bevor die Minengesellschaft vor siebzig Jahren gekommen ist und sie von ihrem Land vertrieben hat. Ich weiß nicht, was er bedeutet – vermutlich irgendetwas Heiliges.«

Oder das Gegenteil davon, dachte Harrison schaudernd. »Was für Eingeborene?«, fragte er. Markus hatte ihm doch erzählt, dass es in dieser Gegend seit Jahrhunderten keine Indianer mehr gegeben hatte! Und Markus irrte sich nie, wenn es um Indianer ging!

»Indianer, natürlich«, antwortete Swanson. »Was haben Sie denn erwartet? Wie gesagt, ich weiß wenig von ihnen und ihren Legenden. Aber was ich weiß, ist, dass die meisten dieser alten Legenden einen wahren Kern haben. Was immer Sie dort draußen auch tun, Mister McPhelan, Sie sollten vorsichtig sein.«

A-Cháat. Dieses Wort ... erinnerte ihn an irgendetwas. Er wusste nicht, woran, aber er hatte das Gefühl, es eigentlich wissen zu müssen. Es war kein gutes Gefühl. Es machte ihn nervös.

»Ich werde mir Ihren Rat zu Herzen nehmen«, versprach er. Das Pochen in seiner Hand war auf ein erträgliches Maß zurückgegangen und er stand auf.

»Und den anderen auch.« Swansons deutete mit einer Kopfbewegung auf seine Hand. »Kommen Sie wieder. Wenn Sie das da weiter auf die leichte Schulter nehmen, könnte es sein, dass Sie sich in Zukunft mit einem Haken rasieren müssen.«

Die Männer drängten darauf, sofort zur Mine zurückzukehren, aber Harrison hatte noch etwas zu erledigen. Markus hätte ihn mit Sicherheit für verrückt erklärt, hätte er ihm vorher von seinem Vorhaben erzählt, und auch seine eigene innere Stimme riet ihm dringend davon ab. Trotzdem wandte er sich nach links, dem Ende der Straße zu, statt in die entgegengesetzte Richtung, in der der Wagen stand. Seine Hand schmerzte zum ersten Mal seit gestern überhaupt nicht mehr. Swanson hatte ihm eine Schlinge gegeben, in die er sie legen konnte, und Harrison vermutete auch stark, dass er ihm ein Betäubungsmittel injiziert hatte, denn die Hand war nicht nur schmerzfrei, sondern sein ganzer rechter Arm fühlte sich auf eine angenehme Weise schwer an. Während er die Straße entlangging, fühlte er erneut und sehr deutlich, dass er beobachtet wurde. Hinter den Fenstern rechts und links der Straße bewegten sich schattenhafte Gestalten. Gardinen raschelten und zwei oder drei Männer und eine jüngere Frau traten sogar aus den Häusern, um ihn zu beobachten. Niemand sagte etwas oder sprach ihn

gar an, aber Harrison konnte die misstrauischen und ablehnenden Blicke, die sie ihm nachschickten, fast körperlich fühlen. Der Weg war nicht weit, aber er hatte durchaus etwas von dem Spießrutenlauf, den Markus Hazelton gestern Morgen zugedacht hatte.
Schließlich erreichte er das kleine Haus hinter dem weißen Gartenzaun, von dem Hazelton gesprochen hatte. Das Tor stand einladend offen – Harrison wusste, dass die Menschen in dieser Gegend normalerweise sehr gastfreundlich waren; an vielen Türen gab es nicht einmal Schlösser und ein Fremder, der Hilfe brauchte, wurde niemals abgewiesen (es sei denn, er kam aus einer gewissen Mine ein paar Meilen entfernt) –, aber er zögerte trotzdem noch, in den Garten zu treten. Er war hin und her gerissen zwischen dem, was ihm seine *Vernunft* sagte, und dem, was sein *Gefühl* dazu meinte.
Doch die Entscheidung wurde ihm abgenommen.
Die Tür öffnete sich und eine junge Frau trat heraus. Sie hatte dunkles Haar und trug ein einfaches Baumwollkleid. Ihr Gesicht wies eine unnatürliche Blässe auf und sie hatte dunkle Ringe unter den Augen. Sie hatte offensichtlich viel geweint in den letzten Tagen. Als sie die Tür öffnete, konnte Harrison einen flüchtigen Blick in das Hausinnere werfen. Es war einfach einge-

richtet, viele Häuser in diesem Teil des Landes hatten nicht einmal elektrischen Strom, wie Harrison wusste. Dieses schien dazuzugehören. Bevor er etwas sagen konnte, trat die Frau mit raschen Schritten auf ihn zu und fragte: »Was wollen Sie?«

Ihr feindseliger Ton überraschte Harrison nicht, aber er erschreckte ihn und ließ ihn tatsächlich für einen Moment in seinem Entschluss wankend werden. Er war nahe daran, einfach auf dem Absatz kehrtzumachen und davonzustürmen. Stattdessen begann er: »Bitte verzeihen Sie die Störung. Mein Name ist –«

»Ich weiß, wer Sie sind«, unterbrach ihn die Frau. Ihre Stimme war noch immer so feindselig und hart wie zuvor. »Sie kommen von der Mine. Was wollen Sie?«

»Mein Name ist McPhelan«, sagte Harrison. »Ich bin der Leiter der Mine und ich bin gekommen, um Ihnen mein Beileid auszudrücken. Und mein aufrichtiges Bedauern über das, was passiert ist. Sheriff Hazelton erzählte mir, dass Sie drei Kinder haben.«

»Ja«, antwortete sie. »Und das vierte ist unterwegs. Es wird jetzt wohl ohne Vater aufwachsen müssen.«

Ihre Stimme war frei von irgendeinem Vorwurf. Sie traf eine sachliche Feststellung, das war alles. Aber vielleicht machte das es gerade so

schlimm. In Harrisons Hals saß plötzlich ein bitterer, harter Kloß. Es fiel ihm schwer, überhaupt weiterzusprechen.
»Es tut mir unendlich Leid«, sagte er. »Bitte glauben Sie mir das. Gibt es irgendetwas, was ich für Sie tun kann?«
Die Frau blickte ihn einige Sekunden lang nur an. Sie stand unmittelbar vor ihm, aber nicht hinter dem Tor. Vielmehr hatte sie den Lattenzaun zwischen sich und ihn gebracht, wie einen – wenn auch nur symbolischen – Schutzwall, der ihr Sicherheit gewährte; ihre Welt von der seinen, erschreckenden, trennte. Nach endlosen Sekunden sagte sie: »Sie können mir meinen Mann zurückgeben.«
Ihre Worte trafen Harrison wie Fausthiebe. Sein Verstand sagte ihm, dass er völlig unsinnig reagierte. Er konnte nichts, aber auch rein gar nichts dafür, was Phil Grabert getan hatte. Und er war schon gar nicht dafür verantwortlich.
Doch das war nur die eine Seite. Da war noch eine andere, ungleich eindringlichere Stimme, die ihm das genaue Gegenteil zuflüsterte. Indem er die Leitung über die Mine annahm, hatte er auch die Verantwortung für sie und jeden einzelnen Mann, der darin arbeitete, auf seine Schulter geladen. Und er begann gerade erst zu ahnen, wie schwer diese Last wiegen konnte.
»Das kann ich nicht«, sagte er leise. »Bitte! Ich

kann Ihren Schmerz verstehen und auch Ihren Zorn. Aber es gibt nichts, was ich tun kann, um das, was Phil Grabert getan hat, ungeschehen zu machen.«

»Nein«, bestätigte sie ruhig. »Das können Sie nicht.«

Warum beschimpfte sie ihn nicht wenigstens? dachte er. Hätte sie ihn angeschrien, ihm Vorwürfe gemacht und geheult, er hätte sich vermutlich besser gefühlt.

»Hatte Ihr Mann regelmäßig Arbeit?«, fragte er.

»Nein«, antwortete sie. »Nur von Zeit zu Zeit. Es reichte so gerade, um über die Runden zu kommen.«

Harrison spürte genau, dass diese letzte Behauptung gelogen war. Der Schmerz auf ihrem Gesicht rührte nicht bloß von den letzten zwei Tagen her. Sie mochte nicht viel älter sein als er, hatte aber ein Leben mit sehr viel mehr Entbehrungen und Härte hinter sich.

»Haben Sie Arbeit?«, fragte er.

Sie schüttelte den Kopf.

»Ich könnte Ihnen Arbeit anbieten«, sagte er. »Es gibt in der Mine genug zu tun. In der Küche oder der Krankenstation. Sie wäre gut bezahlt und nicht allzu schwer.«

Sie schürzte die Lippen. Ihr Blick wurde so hart, dass es Harrison kaum noch möglich war, ihm standzuhalten. »Bevor ich in Ihrer verfluchten

Mine arbeite, würde ich mir lieber beide Hände abhacken lassen, Mister«, sagte sie.
Harrison hatte keine andere Antwort erwartet. Aber er war es sich selbst einfach schuldig gewesen, es wenigstens zu versuchen. »Ich werde mich bei der Gesellschaft dafür einsetzen, dass Ihnen eine großzügige Abfindung gezahlt wird«, sagte er, »vielleicht sogar eine Rente. Und bis es so weit ist, erweisen Sie mir wenigstens die Ehre, dies hier von mir anzunehmen.«
Er griff ungeschickt mit der linken Hand unter die Jacke und nahm ein Bündel Banknoten hervor, das er schon vor seinem Aufbruch aus der Mine abgezählt hatte. Es waren genau tausend Dollar. Fast der gesamte Inhalt seiner Schmiergeldkasse. Harrison hatte noch keine Ahnung, wie er diese Ausgabe der Gesellschaft gegenüber rechtfertigen sollte, aber das war ihm im Moment auch vollkommen egal.
Die Summe betrug vermutlich mehr, als ihr Mann in den letzten drei Jahren verdient hatte. Trotzdem zögerte die Frau, danach zu greifen. Ja, einen Moment lang betrachtete sie das Bündel Geldscheine in seiner Hand, als hielte er ihr ein giftiges Reptil oder irgendein ekelhaftes Insekt entgegen.
»Ich weiß, dass das Ihren Verlust nicht wettmacht«, sagte Harrison. »Aber es ist alles, was ich für Sie tun kann. Im Moment.«

Die Frau starrte das Geld in seiner Hand nur an und der Ausdruck von Schmerz in ihren Augen wurde zu schier unerträglicher Qual – aber dann riss sie ihm die Banknoten so heftig aus der Hand, dass sie sie fast zerfetzt hätte, fuhr auf dem Absatz herum und rannte ins Haus zurück. Harrison starrte ihr nach. Seltsam – er hatte erwartet, dass er sich hinterher wenigstens *etwas* besser fühlen würde, aber das Gegenteil schien der Fall zu sein.

Als er sich herumdrehte, stand er dem alten Indianer gegenüber.

»Nun, Weißer Mann?«, fragte der Indianer. »Bist du nun zufrieden, wo du dieser Frau auch noch das Letzte genommen hast, was ihr geblieben ist?«

»Was ... meinen Sie?«, fragte Harrison verstört.

»Du verstehst es nicht einmal«, antwortete der Alte kopfschüttelnd. »Du bist wie alle anderen. Ihr kommt hierher, und was ihr euch nicht mit Gewalt nehmen könnt, das kauft ihr euch mit Geld.«

»Aber –«

»Ihr habt dieser Frau alles genommen, was sie besaß«, fuhr der Alte fort. »Alles, bis auf ihren Stolz. Und den hat sie gerade durch dich verloren.«

Harrison begriff immer noch nicht, worauf er eigentlich hinauswollte. »Wovon reden Sie?«, fragte er. »Die Frau brauchte das Geld! Dringend!«

»Und sie wird sich für den Rest ihres Lebens selbst dafür hassen, es genommen zu haben«, fügte der Alte hinzu. Seine Stimme wurde härter. »Aber so seid ihr. So wart ihr immer und so werdet ihr immer bleiben, solange es euch gibt! Ihr nehmt euch, was ihr haben wollt, und was ihr nicht bekommen könnt, das zerstört ihr! Ihr habt dieses Land in eure Welt der *Dinge* verwandelt. Dinge, die ihr kaufen, stehlen oder zerstören könnt. Aber sie wird nicht ewig währen, diese Welt. Es gibt Mächte, die jenseits der Dinge stehen. Alte Mächte.«

»Aha«, sagte Harrison. Er hatte seine erste Verunsicherung überwunden. Und er versuchte auch gar nicht mehr, den Worten des alten Indianers irgendeinen Sinn abzugewinnen, denn vermutlich hatten sie gar keinen. Schon bei ihrer ersten Begegnung hatte es ihm der Alte ja selbst gesagt: Männer wie er, Harrison, erwarteten von Männern wie ihm, in Rätseln zu sprechen.

»Wo wir schon einmal dabei sind«, fragte er, »warum haben Sie mich gestern belogen?«

»Habe ich das?«, fragte der Alte.

Harrison nickte. »Sie haben behauptet, Ihr Volk hätte dieses Land verlassen, bevor der Weiße Mann hierher gekommen ist. Die Leute hier in der Gegend behaupten etwas anderes.«

»Habe ich gesagt, dass es nicht zurückgekommen wäre?«, fragte der Alte ungerührt.
»Das ist Haarspalterei«, versetzte Harrison.
»Es ist die Wahrheit«, berichtigte ihn der Alte. »Mein Volk ist wie der Wind. Es kommt und geht. Einst waren wir viele, dann wenige, dann wieder zahlreich. Heute bin ich vielleicht der Letzte, der geblieben ist. Wer weiß?«
»Vielleicht sind Sie auch nur ein verrückter alter Mann, der sich wichtig macht«, sagte Harrison.
»Vielleicht«, erwiderte der Alte ungerührt. Dann wechselte er das Thema, indem er auf Harrisons rechten Arm deutete, der in der Schlinge vor seiner Brust hing. »Die Medizin des Weißen Mannes wird nicht lange wirken. Die, die über euch kommen werden, lassen sich nicht durch eure *Wissenschaft* besiegen.«
Bei seinen Worten lief Harrison ein eiskalter Schauer über den Rücken. Trotzdem antwortete er: »Ich muss Sie enttäuschen. Das ist nur eine harmlose Verletzung, die sich entzündet hat.«
»So?«, fragte der Alte. Plötzlich grinste er. »Ich hoffe, du hast der Frau nicht dein ganzes Geld gegeben.«
»Wieso?«
»Weil du es brauchen wirst, wenn du zu mir kommst, damit ich dir helfe«, antwortete der Indianer. »Eure Medizin wird nicht lange vorhalten. Wenn du die Berührung der Dunkelheit

spürst, wirst du schreien. Aber meine Hilfe ist nicht umsonst.«
»Ich dachte, Sie verachten unser Geld?«, fragte Harrison.
Der Alte lachte schallend. »Das habe ich nie gesagt, dummer Weißer Mann! Auch ich bin nicht gegen die Verlockung eurer *Dinge* gefeit. Ihre wahre Natur zu erkennen bedeutet nicht, nicht das eine oder andere zu schätzen. Also hebe dir etwas von deinem Geld auf, denn du wirst zu mir kommen und mich um Hilfe anbetteln. Bald.«
Er verschwand.
Genau wie gestern war daran nichts Außergewöhnliches oder gar Magisches und genau wie gestern war es trotzdem durch und durch unheimlich. Er drehte sich einfach um und ging, aber Harrisons Blick war aus einem unerfindlichen Grund einfach nicht in der Lage ihm zu folgen. Es war – so verrückt ihm diese Vorstellung auch selbst vorkam –, als träte er irgendwie *zwischen* die vertrauten Umrisse der Welt und verlöre sich darin. So schnell und lautlos wie ein Gespenst.
Harrison starrte die Stelle, an der er gestanden hatte, noch eine geraume Weile lang an.
Dann drehte er sich ruckartig um und ging dorthin zurück, wo der Lastwagen auf ihn wartete.

Eine Atmosphäre hektischer Betriebsamkeit erwartete sie, als sie ins Lager zurückkehrten. Harrison konnte nicht sagen, woran er das Gefühl hätte festmachen können. Alles, was er sah, schien dem normalen Tagesbetrieb der Mine zu entsprechen. Und doch spürte er ganz deutlich, dass während seiner Abwesenheit irgendetwas geschehen war – wie das in letzter Zeit häufig der Fall zu sein schien.

Harrison begann sich zu fragen, ob das wirklich noch Zufall war, ebenso wie er sich zu fragen begann, ob vielleicht auch Dinge während seiner *Anwesenheit* geschahen, die man ihm möglicherweise verheimlichte ...

Er hatte vorgehabt den Wagen an seiner Blockhütte anhalten zu lassen und auszusteigen, um sich umzuziehen und das wenige von seinen Aufzeichnungen und Papieren zu sichten, was sich dort befunden hatte, als das Feuer ausgebrochen war. Nun aber gab er dem Fahrer ein Zeichen, ihn direkt zur Mine zu bringen. Der Mann antwortete nur mit einem knappen Kopfnicken. Seine Finger trommelten nervös auf das Lenkrad. Offenbar war Harrison nicht der Einzige, der die Nervosität spürte, die sich über der Minensiedlung ausgebreitet hatte.

Als sie sich dem gewaltigen rechteckigen Einlass in der Canyonwand näherten, der Harrison plötzlich viel mehr an das Portal zu einem düsteren unterirdischen Reich erinnerte denn an die Zufahrt zu einer ganz normalen Mine, trat ihnen Markus entgegen. Er gab sich alle Mühe überrascht zu wirken, aber Harrison spürte genau, dass das nicht stimmte, sondern sein Assistent vielmehr in der Dunkelheit jenseits des Tores dagestanden und seine Ankunft genau beobachtet hatte.

Er öffnete die Tür, wartete kaum, bis der Fahrer weit genug abgebremst hatte, und sprang aus dem Wagen. Offensichtlich hatte er die Geschwindigkeit des Fahrzeuges unterschätzt; er stolperte, kam aus dem Gleichgewicht und musste drei oder vier hastige Schritte tun, um nicht wirklich zu stürzen. Es wäre kein guter Auftakt für das gewesen, was er Markus zu sagen hatte, hätte er sich erst einmal vor ihm aus dem Staub erheben müssen.

Auch so hatte ihm sein verunglückter Auftritt den Effekt schon fast verdorben. Um zu retten, was zu retten war, trat er Markus mit energischen Schritten entgegen und sagte in scharfem Ton und noch bevor sein Vorarbeiter auch nur Gelegenheit fand, ein einziges Wort hervorzubringen: »Markus! Ich habe mit Ihnen zu reden! Kommen Sie mit!«

Markus schüttelte den Kopf. »Später, Boss. Ich muss Ihnen etwas zeigen, was die Männer entdeckt haben. Es ist unglaublich!«

Harrisons Ärger verrauchte keineswegs, aber in Markus' Worten war auch etwas gewesen, was seine Neugier geweckt hatte. Es machte nichts, wenn er sein Gespräch mit Markus auf einen späteren Zeitpunkt verschob. Aber stattfinden würde es, das nahm er sich fest vor. Und es würde nicht besonders angenehm für seinen Vorarbeiter werden. Harrison war nicht einmal sicher, ob Markus hinterher noch Vorarbeiter der *Devil's Hole Mine* sein würde.
Im Moment aber fragte er nur: »Was?«
Markus deutete hinter sich, in die Mine hinein. »Folgen Sie mir, Sir. Das müssen Sie selbst sehen!«
Er wandte sich um und ging in die Mine zurück und Harrison folgte ihm. Ihm war nicht besonders wohl in seiner Haut, was nach den Geschehnissen der vergangenen Nacht auch nicht besonders verwunderlich war. Trotzdem achtete er streng darauf, nicht hinter Markus zurückzufallen, schon damit dieser seine Unsicherheit nicht spürte, obwohl er zweifellos ahnen musste, wie es in Harrison aussah. Wahrscheinlich würde er diese Mine *nie wieder* gänzlich ohne Furcht betreten können.
Markus führte ihn zum Eingang von 2A und trat vor Harrison gebückt in den Stollen. Der Gang vor ihnen war hell erleuchtet und schon lange, bevor sie das Ende des Vortriebs erreich-

ten, hörte Harrison zahlreiche Stimmen. Sie klangen erstaunt und aufgeregt, aber nicht erschrocken.
Ein gutes Dutzend Männer füllte den Gang vor ihnen fast zur Gänze aus. Harrison überzeugte sich mit einem flüchtigen Blick davon, dass Markus seiner Order nachgekommen war und tatsächlich keinen der Arbeiter eingeteilt hatte, die gestern hier gewesen waren, erst dann folgte er seinem Vorarbeiter bis ganz ans Ende des Vortriebs.
Die Männer hatten ein kleines Wunder vollbracht. Seit er das letzte Mal hier gewesen war – gestern! –, hatte sich der Schacht gute sieben Fuß weiter in den Berg hineingefressen. Ungefähr in Kniehöhe befand sich ein unregelmäßiges, gut einen Quadratmeter messendes Loch, hinter dem pechschwarze Finsternis gähnte.
»Wann haben Sie das gefunden?«, fragte Harrison. Er ließ sich in die Hocke sinken, streckte die Hand aus und wartete ungeduldig, dass ihm einer der Männer eine Grubenlampe reichte.
Markus übernahm diese kleine Pflicht selbst. »Vor einer halben Stunde«, antwortete er. »Ich wollte gerade eine neue Mannschaft zusammenstellen und mehr Lampen holen lassen um den Durchbruch zu erweitern, als Sie gekommen sind.«
Harrison hob die Lampe und leuchtete in das

Loch hinein. Er sah absolut nichts. Die Dunkelheit jenseits des Felsens schien das Licht der Petroleumlampe einfach aufzusaugen. Aber er spürte, dass der Raum dahinter gewaltig sein musste.

»Gut, dass Sie es noch nicht getan haben«, sagte er.

Markus machte ein verwirrtes Gesicht. »Wie meinen Sie das, Boss?«

Als Harrison antworten wollte, fiel sein Blick auf einen der Steinbrocken, die die Männer aus der Wand gebrochen hatten. Rasch stellte er die Lampe auf den Boden und hob einen der Steinbrocken auf. Eine Seite des Stückes zeigte deutliche Spuren der Werkzeuge, mit denen sie arbeiteten. Die andere war glatt, sorgsam poliert, und Harrison gewahrte deutlich die verworrenen Linien und Runen, die vor undenklichen Zeiten in den Fels eingraviert worden waren. Schon der Anblick dieses winzigen Teiles, das zweifellos aus einem viel größeren herausgebrochen worden war, bereitete ihm körperliches Unbehagen.

Er ließ den Stein fallen, nahm einen anderen zur Hand und fand auch auf dessen Rückseite unheimliche Linien und Vertiefungen.

Zitternd ließ er auch dieses Stück sinken, griff wieder nach der Lampe und streckte sie nach einem letzten Zögern durch die Öffnung. Einen

Sekundenbruchteil lang war er felsenfest davon überzeugt, dass irgendetwas aus der wattigen Schwärze herausgreifen und ihn in die Dunkelheit hineinzerren musste; oder seine Hand abbeißen. Sein eigener Mut kam ihm fast erstaunlich vor.

Nichts geschah.

Er konnte nicht besonders viel erkennen. Der Boden befand sich ungefähr auf dem Niveau des Ganges auf dieser Seite und er war mit etwas bedeckt, was das Licht bleich reflektierte, ohne dass Harrison es genau identifizieren konnte. Mehr musste er aber auch nicht sehen. Hastig zog er den Arm wieder aus dem Loch und richtete sich auf.

»Alles raus hier!«, sagte er befehlend. »Sofort. Niemand kommt dieser Wand auch nur nahe! Mister Markus, Sie sorgen dafür, dass der Stollen abgesperrt wird. Ich will nicht, dass ihn irgendjemand betritt!«

Markus starrte ihn fassungslos an. Einige Männer hatten sich herumgedreht und gingen, sichtlich froh, diesen unheimlichen Ort verlassen zu können. Aber nicht alle.

»Boss?«, fragte Markus verwirrt.

»Sie haben mich doch verstanden, oder?« Harrison sog demonstrativ die Luft ein. Täuschte er sich oder war der Ekel erregende Gestank noch schlimmer geworden?

»Wir klären das draußen.«
Markus nickte und machte eine kaum sichtbare Bewegung mit der linken Hand und endlich wandten sich auch die übrigen Männer um und gingen. Harrison und sein Vorarbeiter folgten ihnen.
Das Sonnenlicht erschien ihm nicht mehr ganz so grell, als sie ins Freie traten. Harrison hob den Blick und stellte fest, dass sich der Himmel mit schweren Wolken zu beziehen begann. Es würde regnen. Gut.
Markus wartete, bis sie allein waren, dann begann er: »Ich verstehe nicht ganz, warum –«
»O doch, Markus«, fiel ihm Harrison ins Wort. »Sie verstehen verdammt gut!«
»Boss?« Markus blinzelte. Er war wohl ein weit besserer Schauspieler, als Harrison bisher angenommen hatte. Er fragte sich, in welcher Hinsicht ihm Markus vielleicht noch etwas vormachte.
»Ich habe gedacht, ich könnte Ihnen vertrauen, Markus, aber ich habe mich wohl getäuscht. Sie haben behauptet, nichts über die Ureinwohner dieses Landes und ihre Legenden zu wissen, aber das glaube ich Ihnen nicht.«
»Boss?«, sagte Markus noch einmal.
»Sagt Ihnen der Begriff *A-Cháat* etwas?«, fragte Harrison. Markus' Gesichtsausdruck erübrigte es ihm, auf eine Antwort zu warten.

»Sie wissen verdammt genau über diesen Berg Bescheid«, fuhr er fort, »und was sich die Menschen in dieser Gegend darüber erzählen.«
»Was erzählen sie sich denn?«, fragte Markus. Harrison hatte das sichere Gefühl, dass er nur herausfinden wollte, wie viel er, Harrison, bereits wusste. Vielleicht um nicht aus Versehen mehr zu verraten?
»Dass er verflucht ist«, antwortete Harrison. »Dass etwas Böses unter ihm begraben liegt.«
Markus lachte. »Und den Quatsch glauben Sie?«
»Es ist kein Quatsch«, antwortete Harrison ernst. »Ich habe hier Dinge erlebt, für die ich einfach keine Erklärung finde. Und Sie wissen so gut wie ich, dass mit dieser Mine etwas nicht stimmt. Sie tötet Menschen. Sie hat vor fünfzig Jahren Hunderte von Menschen getötet und sie hat jetzt wieder damit angefangen.«
»Unfälle kommen nun einmal vor«, sagte Markus. »Es ist ein harter Job.«
»Das waren keine Unfälle.« Harrison musste sich beherrschen um nicht loszubrüllen. Wahrscheinlich wollte Markus genau das erreichen. Wenn er die Beherrschung verlor, dann stand der Sieger in dieser Auseinandersetzung von vornherein fest.
Harrison schloss die Augen, zählte in Gedanken bis drei und versuchte es noch einmal und

mit erzwungener Ruhe. »Ich habe dort unten etwas gesehen, Markus. Ebenso wie Sie. All diese Gänge und Tunnel sind nicht auf natürliche Weise entstanden. Und sie wurden auch nicht von den Männern gegraben, die vor fünfzig Jahren hier waren. Sie sind viel älter.«
Markus zuckte die Achseln. »Möglich. Die Indianer waren Jahrhunderte vor uns hier. Niemand weiß, was sie dort unten angelegt oder vergraben haben.«
»Das waren keine Indianer«, widersprach Harrison überzeugt. »Ich weiß nicht, wer diese Räume und Stollen angelegt hat, aber es waren keine Menschen!«
»Keine Menschen?« Markus starrte ihn überrascht an. »Aber was denn sonst?«
»Das weiß ich nicht«, sagte Harrison. »Aber irgendetwas ist dort unten! Etwas, das wir besser nicht wecken sollten.«
Markus schwieg ein paar Sekunden. Dann fragte er in leisem, fast sanftem Ton: »Verzeihen Sie, Boss, aber wissen Sie, wie sich das anhört?«
»Ja, verdammt, ich weiß, wie sich das anhört!«, erwiderte Harrison aufgebracht. »Aber Sie haben das ... das *Ding* dort unten genauso gut gesehen wie ich! Verdammt, Markus, es hätte mich umgebracht, wenn Sie mich nicht gerettet hätten! Wollen Sie mir vielleicht erzählen, Sie hätten auf eine Halluzination geschossen?!«

»Ich weiß nicht, worauf ich geschossen habe«, antwortete Markus gelassen. »Da war etwas, aber ich weiß nicht, was. Irgendein Tier, nehme ich an.«

»Ein *Tier*?« Harrisons Stimme drohte fast hysterisch zu werden. »Glauben Sie das wirklich? Haben Sie jemals ein Tier wie dieses gesehen?«

»Nein«, erwiderte Markus. Dann hob er die Hand und machte eine weit ausholende, deutende Geste. »Dieses Land ist riesig, Boss. Gewaltig und uralt und voller Geheimnisse. Sie sind in der Stadt geboren und aufgewachsen. Sie können es nicht verstehen. Glauben Sie wirklich, wir wüssten von allem, was dort draußen ist? Sie können in jeder beliebigen Richtung eine Woche lang marschieren und Sie würden vielleicht nicht einen einzigen Menschen treffen. Nur Gott allein weiß, was für Geschöpfe in diesen Landstrichen existieren mögen.«

»Oder dort unten«, sagte Harrison.

»Oder dort unten«, bestätigte Markus ungerührt. »Ich maße mir nicht an, alle Geheimnisse der Natur zu kennen, und Sie sollten das auch nicht. Was immer dort unten ist, hat nichts mit Dämonen oder indianischen Geistern zu tun, Boss. Es ist irgendein Tier. Wahrscheinlich ist es gefährlich. Aber es lebt, und was lebt, kann getötet werden. Solange es dort unten bleibt, fürchte ich es nicht. Und wenn es heraufkommt, töten wir es.«

»Oder es uns.«

»Möglich«, sagte Markus. »Aber mir ist noch keine Kreatur untergekommen, die einem guten Gewehr widerstanden hätte.«

Harrison hatte dort unten etwas anderes erlebt. Und Markus auch. »Sie wollen mich nicht verstehen«, sagte er enttäuscht. »Also gut. Ich werde nach Providence telegrafieren und verlangen, dass man mir endgültig die Wahrheit sagt. Und ich werde dafür sorgen, dass dieses *Ding* dort bleibt, wo es ist. In der Zwischenzeit schließe ich die Mine.«

»Wie bitte?«, fragte Markus.

»Sie haben mich verstanden«, sagte Harrison. »Holen Sie die Männer raus. Alle. Und sofort.«

»Aber das können Sie nicht, Sir!«, protestierte Markus.

»Ich kann vor allem nicht mehr die weitere Verantwortung übernehmen«, antwortete Harrison hart. »Man hat mich nur hierher geschickt um möglichst viel Geld aus dieser Mine herauszuholen, Markus. Ich bin für das Leben all dieser Männer hier verantwortlich. Und solange ich nicht weiß, womit wir es zu tun haben, werde ich niemanden mehr dort hineinschicken. Und Sie auch nicht, Markus. Haben Sie das verstanden?«

Markus starrte ihn an. Harrison hatte nicht das Gefühl, dass er seine Entscheidung begriff oder auch nur wirklich verstand. Ganz im Gegenteil schien es für einen Moment, als hole er Atem zu einer ganz bestimmten Erwiderung; einer Erwiderung, die Harrison ganz gewiss nicht gefallen würde.
Doch dann zuckte er nur mit den Schultern und wandte sich mit steinernem Gesicht um, um Harrisons Befehl auszuführen.

Der Himmel hatte sich noch mehr bewölkt und irgendwo, noch sehr weit entfernt, rollte der erste Donnerschlag, als Harrison das Materiallager betrat. Von dem immer verwirrter dreinschauenden Lagerverwalter ließ er sich einige Dinge heraussuchen, die er sich vorher sorgsam zurechtgelegt hatte, und gab Order, alles auf eine Lore zu verladen und in die Grube schaffen zu lassen. Danach begab er sich in die Baracke, wo er sechs Mann für eine Sonderschicht gewinnen konnte, dazu einen, der den Umgang mit einem Schweißgerät beherrschte.
Die ersten Regentropfen fielen, als Harrison mit seinem kleinen Trupp Freiwilliger und der Lore voller Material in die Grube einfuhr.
Sie gingen bis zu der Stelle, an der der Stollen zum alten Teil der Mine abzweigte. Harrison ließ drei Männer die Ausrüstung abladen und

gab den übrigen Anweisung, die Barriere aus Brettern und Balken vollends niederzureißen, in die er gestern eine Lücke gebrochen hatte. Einige der Männer tauschten verwirrte Blicke, aber sie gehorchten natürlich trotzdem; schließlich hatte Harrison ihnen für diese Extraschicht nicht nur doppelten, sondern gleich *dreifachen* Lohn versprochen.

Während der nächsten beiden Stunden zeigte sich allerdings auch, dass sie jeden einzelnen Penny davon hart verdienen mussten.

Harrison griff selbst kräftig mit zu, soweit dies mit nur einer Hand möglich war, und als sie es geschafft hatten, war nicht nur er am Ende seiner Kräfte.

Aber er war mit dem Erreichten auch sehr zufrieden. Wo zuvor eine Wand aus Brettern und morschen Balken gestanden hatte, erhob sich nun eine massive Barriere aus daumendicken Eisenstäben, die in den Fels eingelassen und zusätzlich miteinander verschweißt worden waren. Der Zwischenraum zwischen den Stäben reichte nicht einmal aus, dass sich eine Katze durchquetschen konnte, und die Wand war massiv genug, selbst dem Ansturm eines wütenden Elefantenbullen zu trotzen. Harrison hoffte, dass sie auch ausreichte um das aufzuhalten, was in der Tiefe des Berges lauerte.

Ihm war nicht entgangen, dass sich die Männer

immer wieder sonderbare Blicke zugeworfen hatten. Er machte jedoch keine Anstalten, sein Tun in irgendeiner Form zu erklären, sondern bedankte sich nur bei den Männern und schickte sie hinaus. Er selbst folgte ihnen in gewissem Abstand und langsamer; wie ein Kapitän, der sein Schiff ein letztes Mal inspiziert, ehe es endgültig ins Dock gelenkt wird.

Als er sich dem Ausgang näherte, sah er, dass aus dem Regen mittlerweile ein ausgewachsenes Gewitter geworden war. Durch eine Laune des Zufalls hörte er nicht den mindesten Laut, weder ein Donnern noch das Geräusch des Regens, der in wahren Sturzbächen niederprasselte und das Gelände vor dem Eingang bereits in Morast verwandelt hatte, aber das Licht draußen war grau geworden und am Himmel zuckte Blitz auf Blitz.

Wahrscheinlich war das der Grund, aus dem er das Licht in *Old Skunk* erst bemerkte, als er unmittelbar vor dem Stollen stand.

Verwirrt hielt er an. Es war keine vergessene Laterne. 2A war taghell erleuchtet und an seinem Ende arbeiteten zahlreiche Männer.

Eine kleine Gruppe von ihnen kam Harrison entgegen, als er den Stollen betrat. Ihrer unnatürlichen Blässe und dem gequälten Ausdruck auf ihren Gesichtern nach zu schließen hatten sie in *Old Skunk* schon länger ausgehalten, als gut war, und sie gingen sehr schnell an ihm vorbei. Trotzdem hielt Harrison einen von ihnen am Arm zurück, deutete in den Stollen hinein und fragte: »Wer hat das angeordnet?«

»Mister Markus, Sir«, antwortete der Mann.

Harrison war nicht überrascht. »Ist er dort drinnen?«, fragte er.

Der Arbeiter nickte und Harrison ließ seinen Arm los, woraufhin er rasch weiterhastete. Auch Harrison schritt schneller aus, um das Ende des Stollens zu erreichen.

Er sah Markus nicht, wohl aber ein gutes Dutzend Männer, die emsig damit beschäftigt waren, die mannshohe Öffnung abzustützen, die sie in die Rückwand des Tunnels gebrochen hatten. Der Raum war jetzt erleuchtet und auch dort bewegten sich Männer.

Harrison trat zornig durch die Öffnung hindurch und sah sich nach Markus um. Zuerst konnte er ihn nirgends entdecken, und was er dann im Licht eines guten Dutzend Petroleumlaternen erkannte, nahm seine Aufmerksamkeit so voll und ganz in Anspruch, dass er ihn völlig vergaß.

Die Wand, durch die er getreten war, war Teil eines gewaltigen Reliefs, das sich durch den gesamten Raum und auch an der Decke entlang erstreckte. Zum Teil bestand es aus den Harrison bereits bekannten Linien, Strichen, Parallelen, Kreisen und unbeschreibbaren Mustern, andere Teile zeigten aber groteske Geschöpfe wie Würmer, Schnecken und bizarre, vielbeinige kriechende Kreaturen, einige davon so kunstvoll gearbeitet, dass Harrison fast erwartete, sie im nächsten Moment zum Leben erwachen und aus den Wänden heraustreten zu sehen. Viele waren bedrohlich, manche hässlich und wieder andere spotteten jedem Versuch, sie auch nur zu beschreiben, blasphemische Dinge, die nicht in diese Welt gehörten und unmöglich von Menschen ersonnen sein konnten, und *alle* waren unangenehm anzusehen. Am meisten erschreckte Harrison eine Abbildung, die mehrmals auftauchte: ein Geschöpf, das einem riesenhaften geflügelten Kraken glich. Es war nirgendwo größer als zwei Fuß abgebildet, aber Harrison spürte einfach, dass das Wesen, dem diese Bilder nachempfunden waren, in Wirklichkeit ein Gigant gewesen sein musste.

Was er bereits unten in der Gruft, fünfzig Fuß tief im Berg, gesehen hatte, wiederholte sich auch hier: Es war ihm unmöglich, die wirkliche Form des Raumes zu erfassen. Seine Geometrie entzog sich seinen Sinnen, narrte sie bestenfalls. Kein Winkel schien zu stimmen, keine Linie wirklich gerade zu sein, Kreise mehr als dreihundertsechzig Grad zu haben. An vielen Stellen wurde das Licht falsch reflektiert und nur zu

oft schien es zu etwas ... anderem zu werden, das er nicht erfassen konnte.
Harrison trat ein paar Schritte tiefer in die Kammer hinein – sie war groß, trotzdem nicht annähernd so gigantisch wie die Katakombe, in der er auf das Ungeheuer gestoßen war – und spürte, dass etwas mit dem Boden nicht stimmte. Bei jedem Schritt knirschte und splitterte es unter seinen Füßen und er hatte das Gefühl, über einen Teppich aus stumpfen Glasscherben zu schreiten. Er sah nach unten und fühlte ein kurzes, aber heftiges Erschrecken.
Unter seinen Stiefeln war kein Glas, sondern Gebein. Der Raum war zur Gänze mit Knochen angefüllt, von Schädeln und Rippen, Brustkörben und Schenkelknochen, verdrehten Rückgraten und gesprungenen Gelenken, manche winzig, wie von Geschöpfen, die kaum die Größe von Mäusen oder Ratten gehabt haben konnten, andere wieder riesig, die Überreste von Giganten, die noch nie eines Menschen Auge erblickt hatte. Längst nicht alle Knochen, die er sah, waren die von Tieren. Harrison identifizierte zweifelsfrei Schädel- und Rippenknochen von Menschen, aber auch die großer, affenartiger Kreaturen, und immer wieder Teile von Skeletten, die er nicht einmal einordnen konnte, denn sie sahen aus wie die Panzer gigantischer Insekten, bestanden aber eindeutig aus Gebein.

Er stand in einem Grab. Einem Massengrab, in dem sich die Überreste Tausender und Abertausender Kreaturen befanden, wenn nicht Millionen. Ein eiskalter Schauer lief über seinen Rücken. Harrison war kein ängstlicher Mensch, nun aber verspürte er ein eisiges Frösteln. Was immer hier geschehen war, musste eine Katastrophe unvorstellbaren Ausmaßes gewesen sein. Und auch wenn es zweifellos unvorstellbar lange her war, schien es doch seine Spuren in der Wirklichkeit dieses Raumes hinterlassen zu haben; etwas, was sich wie ein übler Geschmack auf seine Seele legte. Menschen sollten hier nicht sein, dachte er. Nichts Lebendes sollte hier sein.
»Ist das nicht unglaublich?«, sagte eine Stimme hinter ihm. Harrison erkannte sie als die des Geologen, noch bevor er sich zu ihm herumdrehte, und er gewahrte einen Ton von Begeisterung darin, der ihm ganz und gar nicht gefiel.
»Señor Saleras?«
»Das alles hier!« Saleras machte eine aufgeregte, flatternde Bewegung mit beiden Händen. Seine Augen leuchteten geradezu. »Das ist unglaublich! Eine Entdeckung von unvorstellbarem Ausmaß!«
»So?«, sagte Harrison. Er konnte die Begeisterung des Geologen zwar verstehen, aber nicht im Entferntesten teilen. Und den anderen Männern schien es ebenso zu ergehen. Auf ihren

Gesichtern lag ein nervös-angespannter Ausdruck und in vielen Augen las er auch ganz eindeutige Furcht.

»Das hier sind die Hinterlassenschaften einer bisher vollkommen unbekannten Kultur!«, antwortete Saleras begeistert. »Niemand hat je davon gehört!«

»Ich dachte, Sie wären Geologe, Señor Saleras«, sagte Harrison, »und nicht Archäologe.«

»Trotzdem erkenne ich eine Sensation, wenn ich sie sehe«, antwortete Saleras aufgeregt. »Und das hier *ist* eine Sensation! Wir werden alle berühmt werden. Vielleicht sogar reich!«

»Ja«, seufzte Harrison. »Möglicherweise. In der Zwischenzeit ... haben Sie zufällig gesehen, wo sich Mister Markus aufhält?«

Saleras deutete aufgeregt mit dem Daumen über die Schulter zurück. »Dort hinten, bei der Treppe, habe ich ihn gesehen.«

Harrison bedankte sich mit einem Nicken bei dem Geologen und ging an ihm vorbei tiefer in den Raum hinein. Er bewegte sich mit gesenktem Blick, damit ihm nicht schwindlig wurde. Sein Magen begann immer stärker zu revoltieren, obgleich der Geruch, dem *Old Skunk* seinen Namen verdankte, hier drinnen kaum noch zu spüren war. Trotz der Millionen Gebeine, die den Boden bedeckten, roch die Luft nur ein wenig muffig.

Was Saleras als *Treppe* bezeichnet hatte, war gemauerter Wahnsinn, bei dessen bloßem Anblick sich alles um ihn zu drehen begann. Immerhin führte sie nach oben; wenigstens glaubte Harrison das. Er war nicht mehr sicher, ob er seinem Gleichgewichtssinn hier drinnen noch trauen konnte. Oder überhaupt *irgendeinem* seiner Sinne.
Das monströse Gebilde war nicht so gut beleuchtet wie der Rest des unterirdischen Raumes. Nur an seinem oberen Ende glomm das gelbe Licht einer Petroleumlampe. Schatten bewegten sich davor. Harrison tastete sich mit gesenktem Blick darauf zu. Seine Füße scharrten dabei durch Knochen und Gebein, die unter seiner Berührung zu Staub zerfielen. Darunter kamen Stufen zum Vorschein, die ebenso wie Wände und Decke mit unheimlichen Zeichen und Symbolen bedeckt waren. Er stellte fest, dass er seinem Gleichgewichtssinn tatsächlich nicht mehr vertrauen konnte. Obwohl er eindeutig nach oben ging, hatte er das Empfinden, sich in eine andere Richtung zu bewegen. Nicht nach unten und auch nicht seitwärts, sondern in eine Richtung, für die er keine Worte hatte, als gäbe es hier unten mehr als die gewohnten drei Dimensionen.
Er fand Markus in einem schmalen, sich aber nach beiden Seiten sehr weit erstreckenden

Raum am Ende der Treppe. Er musste zwanzig oder mehr Fuß hoch sein und verlief nach rechts und links weiter, als das Licht der beiden Grubenlampen reichte, die Markus mit heraufgebracht hatte. Die gegenüberliegende Wand war nur gute zwei Schritte entfernt und mit denselben verwirrenden Symbolen und Reliefarbeiten übersät wie die Höhle unten, bestand aber nicht aus Stein, sondern aus einem verkrusteten Metall, das sehr alt wirkte und im Licht der Grubenlampen in einem sonderbaren, dunkelgrünen Farbton schimmerte.

»Mister Markus«, sagte Harrison. Er deutete ein Nicken an. Obwohl er leise gesprochen hatte, warfen die Wände des Raumes seine Stimme als verzerrtes, unheimlich gebrochenes Flüstern zurück.

»Boss!« Markus drehte sich zu ihm herum. Ein sonderbarer Ausdruck huschte über sein Gesicht, halb erschrocken, aber auch ergeben, als wäre etwas geschehen, was er schon eine geraume Weile befürchtet hatte und was nun endlich eingetroffen war.

Soweit es Harrison anging, traf das auch zu. Und soweit es ihn anging, hatte sich auch die Bezeichnung *Boss* erledigt. Er sah seinen Vorarbeiter schweigend an, dann wandte er sich an die beiden Arbeiter, die noch anwesend waren.

»Lassen Sie uns allein.«

Die Männer gehorchten; allerdings erst, nachdem Markus seinen Befehl mit einem kaum merklichen Nicken bestätigt hatte. Harrison wartete, bis sie ganz sicher außer Hörweite waren.

»Was geht hier vor, Mister Markus?«, fragte er dann.

Markus' Gesicht verfinsterte sich. »Boss?«

»Nennen Sie mich nicht so«, sagte Harrison müde. »Das hat sich erledigt. Sie sind entlassen.«

Er war kein bisschen überrascht, als Markus nur lächelte. »Kaum, Sir.«

»O doch«, antwortete Harrison. »Glauben Sie nicht, dass diese Entdeckung hier Sie schützt. Falls sie sich für uns alle finanziell irgendwie auswirken sollte, bekommen Sie natürlich Ihren fairen Anteil. Aber ich werde dafür sorgen, dass Sie entlassen werden. Sie haben gegen eine ganz klare Anweisung verstoßen.«

»Hat es sich etwa nicht gelohnt?«, fragte Markus.

»Das tut nichts zur Sache«, erwiderte Harrison. »Ich kann niemanden an meiner Seite dulden, der meine Entscheidungen in Frage stellt, und erst recht niemanden, der meine Autorität untergräbt.«

»Keinem ist etwas zugestoßen«, sagte Markus.

»Was nicht Ihr Verdienst ist!«, erwiderte Harri-

son scharf. »Großer Gott, Markus, Sie haben das Ding dort unten *gesehen*! Ich will gar nicht wieder mit Ihnen darüber diskutieren, was für eine Kreatur es war. Vielleicht haben Sie ja Recht und es war wirklich nur irgendein Raubtier, aber das spielt keine Rolle. Was glauben Sie, wäre passiert, wenn die Männer hier drinnen auf ein ebensolches Wesen gestoßen wären? Wie viele Tote hätte es wohl gegeben?«
»Sie sind es aber nicht«, antwortete Markus sanft. »Seien Sie vernünftig, Sir. Sie können mich nicht entlassen.«
»Und ob ich das kann!«, sagte Harrison. »Sie werden die Mine verlassen, binnen einer Stunde. Und ich werde den Männern Befehl geben, diese Räume zu versiegeln und die Mine bis auf weiteres nicht mehr zu betreten.«
»Tun Sie das nicht, Mister McPhelan«, sagte Markus ruhig.
Vielleicht war es der Umstand, dass er Harrison plötzlich mit seinem Namen ansprach, nicht mehr mit *Boss* oder dem steifen *Sir*, der Harrison aufhorchen ließ. »Wieso?«, fragte er.
»Weil sie Ihnen nicht gehorchen würden«, antwortete Markus.
Harrison verstand. Er war ein wenig empört, aber viel mehr verspürte er eine tiefe menschliche Enttäuschung.
»Haben Sie sich gut über mich amüsiert?«, frag-

te er bitter. »Ich hoffe es doch. Was bin ich für Sie? Der Pausenclown, über den Sie sich halb totgelacht haben, immer dann, wenn er nicht dabei war?«

»Das ist nicht fair«, antwortete Markus. »Sie sind der Leiter dieser Mine und Sie bleiben es – wenn Sie es wollen.«

»Oh, wie großzügig«, sagte Harrison. »Ich weiß gar nicht, ob ich dieses Geschenk mit gutem Gewissen annehmen kann.«

Markus wirkte ehrlich betroffen, ging aber nicht auf seine Worte ein. »Ich war immer nur für das hier zuständig«, fuhr er mit einer Geste in die Runde fort. »Niemals für die Mine.«

»Eine Mine, die keinen Gewinn abwirft«, sagte Harrison. »Und es vermutlich auch niemals wird. Was war ich für Sie und Ihre ... *Komplicen* in der Firmenzentrale? Nur ein nützlicher Idiot? Das Alibi, hinter dem Sie sich verkriechen konnten, um Ihre kleinen schmutzigen Ziele zu verfolgen.«

»Sie sind nicht schmutzig«, sagte Markus, ohne Harrisons Frage direkt zu beantworten. »Es sind ganz normale Ziele. Die Firma will Geld verdienen. Daran ist nichts Unmoralisches.«

»Damit?« Harrison deutete auf die Wand aus grünem Metall.

»Bis vor einer Stunde wusste ich selbst nichts davon«, antwortete Markus. »Wir wussten, dass hier *irgendetwas* ist, nicht, *was*. Damit hätte auch ich nicht gerechnet. Niemand hat das.«

Harrison lachte hart. »Sie wollen mir im Ernst einreden, dass die Firma Millionen von Dollar ausgegeben hat, nur auf die vage Hoffnung hin, *irgendetwas* zu finden?«

»Natürlich nicht.« Markus schüttelte heftig den Kopf. »Wir hatten eine ziemlich konkrete Vorstellung davon, was wir suchen. Und wir suchen es immer noch.«

»Was?«

»Sie waren dort unten, Sir«, antwortete Markus. »Sie haben es gesehen.«

»Ich habe eine Menge gesehen«, sagte Harrison. »Mehr, als ich wollte.«

»Ich meine die Dinge, die nie altern«, erklärte Markus. »Holz, das nicht verfault. Metall, das nicht rostet. Es ist der gleiche Effekt wie hier. Dort wie hier – in diesem ganzen Berg altert nichts! Sie haben die Toten gesehen! Sie liegen seit fünfzig Jahren dort, ohne zu verwesen. Einige der Männer hatten Lebensmittel bei sich – Äpfel, Brot, Pökelfleisch. Sie sind heute noch genießbar, nach fünfzig Jahren!«

»Ich verstehe«, murmelte Harrison. »Das ist das Geheimnis, hinter dem die Gesellschaft her ist.«

»Ja«, bestätigte Markus. »Können Sie überhaupt begreifen, welchen unvorstellbaren Wert es darstellt? Wie viel Geld derjenige verdienen könnte, der Dinge herstellt, die niemals verwittern und niemals altern?«

Dinge, dachte Harrison. Er hörte wieder die Stimme des alten Indianers und plötzlich konnte er ihn besser verstehen. »Und Sie glauben wirklich, dieses Geheimnis ist ein Menschenleben wert?«, fragte er. »Oder zahlreiche?«

»Die Menschen pflegen ihr Leben für viel weniger wegzuwerfen«, sagte Markus. »Außerdem sind wir vorsichtig. Wären wir so rücksichtslos, wie Sie glauben, dann hätten wir die Männer im alten Teil der Mine suchen lassen. Aber das haben wir nicht. Niemand hat diesen Teil je betreten ... außer Ihnen.«

Harrison schwieg. Markus' Worte klangen auf eine schreckliche Weise einleuchtend. Er versuchte sich gegen ihre Überzeugungskraft zu wehren, aber es gelang ihm nicht vollkommen. Vielleicht hatte Markus ja Recht. Vielleicht war er nur noch nicht bereit das einzugestehen, weil er einfach zu verletzt war und zu wütend begreifen zu müssen, dass er die ganze Zeit über wenig mehr als ein Hampelmann gewesen war.

»Ich kann Ihre Enttäuschung verstehen«, fuhr Markus fort, als er keine Antwort bekam. »Aber begehen Sie jetzt nicht den Fehler, alles hinzuwerfen und davonzulaufen.«

»So wie meine Vorgänger?«, fragte Harrison bitter.

Markus schüttelte den Kopf. »Das waren Dummköpfe«, antwortete er. »Ein Fehler der Gesellschaft, Männer wie sie einzustellen. Männer, die einfach unfähig waren oder mit der Aufgabe überfordert. Man hielt es wohl für klug, ganz bewusst die dritte Wahl herauszusuchen. Wahrscheinlich haben sie gedacht, sie würden nie von selbst auf die Wahrheit kommen.«

»Aber sie sind es«, vermutete Harrison.

Markus schüttelte den Kopf. »Sie sind an ihrer Aufgabe gescheitert. An Hazelton, der Mine ... an allem. Sie sind der Erste, der die Wahrheit herausgefunden hat.«

»Haben Sie deshalb das Büro angezündet?«, fragte Harrison. Es war ein Schuss ins Blaue, aber Markus nickte ungerührt.

»Das war vielleicht *mein* Fehler«, gestand er. »Und vor allem war es viel zu spät. Sie wussten schon zu viel ... « Er zögerte. Dann: »Um ehrlich zu sein, bin ich erleichtert, dass Sie es herausgefunden haben.«

»Wieso?«

»Weil ich Sie mag, mein Junge«, sagte Markus. »Und weil ich viel lieber *mit* Ihnen arbeite statt gegen Sie. Ich habe gleich gemerkt, dass Sie anders sind als die Idioten, die vorher hier waren. Die Gesellschaft hat Sie wahrscheinlich engagiert, weil Sie gute Zeugnisse hatten, man aber der Ansicht war, Sie seien einfach zu jung um mit einer solchen Aufgabe fertig zu werden. Das ist der Trick, verstehen Sie? Man gibt einem Mann eine Aufgabe, die ihn überfordert – aber nicht so, dass er darunter zusammenbricht.«

»Nur so, dass er keine Zeit mehr hat, irgendetwas anderes auch nur zu bemerken«, grollte Harrison. »Ich verstehe.«

»Aber bei Ihnen hat es nicht funktioniert«, fuhr Markus fort. »Ich bin froh darum. Begehen Sie keinen Fehler. Fällen Sie keine übereilte Entscheidung. Ich brauche Sie hier.«

»Wozu?«, fragte Harrison bitter. Er hob die Hand, als Markus antworten wollte, und fuhr mit zitternder, leicht erhobener Stimme fort: »Begreifen Sie denn nicht, was hier vorgeht, Markus? Über diesem Berg liegt ein Fluch! Und es hat irgendetwas mit ... mit *dem hier* zu tun. Haben Sie vergessen, was Phil Grabert widerfahren ist und allen anderen Männern, die hier drinnen gearbeitet haben? Etwas an diesem Ort ... *ist schlecht*!«

»Wir sind vorsichtig«, behauptete Markus. »Niemand bleibt länger als eine halbe Stunde. Die meisten nicht einmal so lange. Und hierher wird niemand kommen, den ich nicht genau unter die Lupe genommen habe.«

»Wieso?«, fragte Harrison.

Ehe Markus antwortete, sah er auf seine Uhr, als

müsse er sich überzeugen, dass die halbe Stunde, von der er gesprochen hatte, auch für ihn noch nicht vorüber sei. Dann sagte er: »Wir haben ein Problem. Kommen Sie.«
Er bewegte sich nach links in den schmalen Zwischenraum zwischen dem Fels und der Wand aus grünem Metall hinein und Harrison folgte ihm. Der Spalt war so schmal, dass sie nur hintereinander und mit seitwärts gewandten Schultern gehen konnten, aber scheinbar endlos. Das Licht der Grubenlampe eilte ihnen zehn oder fünfzehn Schritte voraus, ohne auf das Ende des Schachtes zu treffen.
Als hätte er seine Gedanken gelesen, sagte Markus: »Dieser Spalt erstreckt sich mehr als hundertfünfzig Fuß in jede Richtung. Wer immer diese Wand errichtet hat, hat etwas Gigantisches erschaffen.«
Er blieb stehen, stellte die Lampe auf den Boden und warf einen suchenden Blick in die Richtung, aus der sie vorhin gekommen waren. Dann zog er ein Taschenmesser hervor, klappte es auf und wandte sich der grünen Metallwand zu. »Sehen Sie.«
Harrison trat neugierig näher, während Markus mit der Messerklinge an der Wand zu kratzen begann. Im ersten Moment schien es, als könnte der Stahl dem grünen Metall nichts anhaben, dann lösten sich kleine, unregelmäßige Bröck-

chen daraus und rieselten zu Boden. Was dahinter zum Vorschein kam, war nicht grün.

Harrison riss ungläubig die Augen auf. »Aber das –«

»Sie sagen es, Boss«, sagte Markus. Er klappte sein Taschenmesser zu. »Wenn ich es nicht besser wüsste, dann würde ich behaupten, dass wir El Dorado gefunden haben.«

Harrison starrte noch immer wie betäubt auf den kaum fingernagelgroßen Kratzer, den Markus' Messer in der grünen Metallschicht hinterlassen hatte. Und so unglaublich die Vorstellung auch war, es blieb dabei: Die Wand, vor der sie standen, mehr als dreihundert Fuß lang, fünfzehn Fuß hoch und von unbekannter Dicke bestand aus nichts anderem als reinem Gold!

Aus dem Gewitter war ein ausgewachsenes Unwetter geworden, als Harrison in seine Blockhütte am Ausgang des Canyons zurückkehrte. Das Wasser strömte so dicht vom Himmel, dass er kaum weiter als zwanzig Fuß sehen konnte, und der Boden war aufgeweicht, sodass er bei jedem Schritt bis über die Knöchel einsank und mehr als einmal Gefahr lief einen seiner Schuhe zu verlieren. Er war bis auf die Haut durchnässt und fror erbärmlich, als er das Haus endlich erreichte. Er hätte ein Königreich für ein heißes Bad gegeben, aber die Mühe, den altmodischen Kanonenofen anzuwerfen und Wasser aufzuheizen, erschien ihm viel zu groß. So beließ er es dabei, sich gründlich abzutrocknen und saubere Kleider anzuziehen. Anschließend setzte er sich in seinen Lehnstuhl, genoss ein Glas Portwein und gönnte sich zum ersten Mal seit zwei Tagen wieder eine seiner geliebten Zigarren.

Das Toben des Unwetters draußen nahm zu. Blitz auf Blitz zuckte vom Himmel und der Teil des Lagers, den er durch das Fenster seiner Hütte hindurch sehen konnte, schien sich in einen flachen See verwandelt zu haben. Und der Himmel war noch immer schwarz von Wolken. Ein Ende des Unwetters war nicht abzusehen.

Aber dieses Unwetter, so bedrohlich es auch sein mochte, übte trotzdem eine sonderbar beruhigende Wirkung auf ihn aus. Das Geräusch des Regens auf dem Dach war schnell, aber regelmäßig, und das Glas Portwein, das er getrunken hatte, erfüllte ihn von innen heraus mit einer wohltuenden Wärme, sodass er allmählich schläfrig zu werden begann. Vielleicht verlangte sein Körper auch einfach nur sein Recht. Er hatte in den letzten Tagen wenig und unregelmäßig geschlafen und sich vor allem mehr zugemutet, als gut war. Und so war es nicht weiter verwunderlich, dass er mitten in einem Gedanken einschlief.

Und sich fast sofort in der schwarzen Welt seiner Albträume wieder fand.
Diesmal war es weitaus schlimmer als in der Nacht zuvor. Er *sah* diese fremde, unheimliche Welt nicht nur, er befand sich *mittendrin* und wandelte in einem Körper, der nicht der seine war, über eine lichtlose Welt, an deren Himmel fremde, unheilschwangere Sternbilder standen und von dem keine Sonne schien. Der Körper, dessen Gast – oder Gefangener – er war, besaß keine Beine oder sonstige vertraute Gliedmaßen, bewegte sich aber trotzdem sehr schnell, sodass er große Teile dieser fremden Welt zu erkunden imstande war.
Es gab gigantische, schwarz glänzende Ebenen, auf denen monströse Kreaturen umherkrochen, und Berge, deren Gipfel schwärende Wunden in den Himmel rissen. Schwarze Flüsse, in deren Tiefen sich augenlose Monstrositäten tummelten, aber auch gigantische Städte, die aus zyklopischen Steinquadern errichtet waren und die dieselbe irrsinnig machende Architektur aufwiesen wie die unterirdischen Gewölbe der Mine.
Dann sah er die Bewohner dieser Stadt – und erwachte mit einem Schrei!
Seine Hand schmerzte. Die Betäubung, die Doktor Swanson ihm gegeben hatte, begann allmählich ihre Wirkung zu verlieren und zudem

hatte er sich im Schlaf herumgewälzt und gestoßen.

Die Tür wurde aufgerissen und Sheriff Hazelton und zwei ihm unbekannte Männer stürmten herein. Alle drei trieften vor Nässe und alle drei waren mit Gewehren bewaffnet. Hazelton trug zusätzlich einen Colt am Gürtel, den er halb gezogen hatte.
»Alles in Ordnung?«, fragte Hazelton, während er sich gleichzeitig mit wilden Blicken umsah.
»Natürlich ist alles in Ordnung«, antwortete Harrison. »Was ist los?«
»Ich habe einen Schrei gehört«, antwortete Hazelton. Er zuckte mit den Schultern und schob den Colt wieder in den Holster zurück. Wasser tropfte von seiner Hutkrempe auf den Boden und vermischte sich mit den feuchten Spuren, die seine Stiefel hinterließen. »Wir haben geklopft. Zwei- oder dreimal, aber niemand hat geantwortet. Dann hörten wir Sie schreien. Ich dachte, es wäre etwas passiert.«
»Es ist alles in Ordnung«, versicherte Harrison. Er stand auf und hob die bandagierte Hand. »Ich habe mich gestoßen; meine eigene Schuld.«
Hazelton sah ihn sekundenlang voller Misstrauen an, aber dann nickte er.
»Was führt Sie hierher, Sheriff?«, fragte Harrison. Er sah zum Fenster. Es regnete noch immer

in Strömen und auch das Donnergrollen hatte nicht nachgelassen. Außerdem begann es allmählich dunkel zu werden. »Noch dazu bei diesem Wetter?«

Hazelton zögerte einen Moment, dann sah er seine beiden Begleiter an. Wortlos drehten sie sich herum und traten wieder in den Regen hinaus. Harrison blickte verwirrt von der geschlossenen Tür hinter ihnen zu Hazelton und wieder zurück.

»Das sieht ja mächtig geheimnisvoll aus«, sagte er.

Sheriff Hazelton zog eine Grimasse, schob seinen Hut in den Nacken und verzog das Gesicht, als ihm ein ganzer Schwall eiskalten Wassers von der Hutkrempe in den Nacken floss. »Ich fürchte, es sieht nach mächtig viel Ärger aus«, korrigierte ihn Hazelton.

»Grabert?«, vermutete Harrison. Hazelton nickte wortlos.

»Was ist mit ihm?«

»Er ist tot«, sagte Hazelton. »Ich musste ihn erschießen. Und bevor Sie sich jetzt aufregen – ich hatte keine Wahl. Es gibt ein halbes Dutzend Zeugen dafür.«

»Das bezweifle ich nicht«, sagte Harrison. Eigentlich *wollte* er das gar nicht sagen, wenigstens nicht in diesem Ton. Seltsam: Er *glaubte* dem Sheriff.

»Er ist aus seiner Zelle ausgebrochen«, antwortete Hazelton. »Er hat die Gitterstäbe aufgebrochen und ist wie ein Berserker auf uns losgegangen. Ich habe fast ein Dutzend Kugeln in ihn hineingepumpt, bevor er endlich umgefallen ist.«

Er klang nervös, fahrig. Seine Wortwahl und der Klang seiner Stimme wollten irgendwie nicht so recht zusammenpassen. Er versuchte den harten Burschen herauszukehren. Aber er war es nicht.

»Was ist passiert?«, fragte Harrison noch einmal.

»Das sagte ich doch bereits!«, antwortete Hazelton gereizt. Harrison spürte deutlich, dass es eine Art von Feindseligkeit war, die einzig die Furcht kompensierte. »Er ist aus seiner Zelle ausgebrochen. Fragen Sie mich nicht, wie er es bewerkstelligt hat, aber er ist rausgekommen. Und er hat angefangen die ganze Bude kurz und klein zu schlagen. Wenn ich ihn nicht erschossen hätte, dann hätte er meine Deputys und mich umgebracht!«

Harrison sah ihn durchdringend an. Der Hazelton, dem er gegenüberstand, hatte nicht mehr viel mit dem Mann gemein, den er gekannt hatte. Er war nervös und erschrocken.

»Ich glaube Ihnen, Sheriff«, sagte Harrison. »Ich habe gesehen, was aus Grabert geworden ist.« Er ging zu seinem Schreibtisch, öffnete die Schublade und nahm die Kiste mit seinem Vorrat an Zigarren heraus. Hazelton wirkte im ersten Moment vollkommen irritiert, als er sie ihm hinhielt, aber dann griff er doch zu. Seine Finger waren so klamm und steif vor Kälte, dass er Mühe hatte, eine der Zigarren aus der Kiste zu nehmen.

Erst als sie gemeinsam rauchten, führte Harrison das unterbrochene Gespräch fort. »Wann ist das passiert, Sheriff?«, fragte er.

»Vor ungefähr zwei Stunden.« Hazelton zog an seiner Zigarre. »Ich bin gekommen, so schnell es bei diesem Wetter überhaupt möglich war.«

»Das war sehr umsichtig von Ihnen, Sheriff«, sagte Harrison. »Es ist sicher besser, wenn ich es den Männern hier im Lager sage. Auf jeden Fall besser, als wenn sie es auf ... irgendeinem anderen Weg erfahren.«

»Das ist einer der Gründe, aus denen ich so schnell wie möglich gekommen bin«, sagte Hazelton.

»Und der andere?« Harrison machte eine einladende Geste zu einem der anderen Stühle. »Ein Glas Portwein, Sheriff?«

Hazelton lehnte ab. »Ich wäre Ihnen dankbar, wenn Sie mich in die Stadt begleiten würden, Mister McPhelan. Es würde ... vieles vereinfachen, wenn Sie in der Zentrale Ihrer Firma anrufen würden. Um die ganze Angelegenheit zu erklären.«

Für einen Moment war Harrison nahe daran, dem Sheriff zu sagen, was er von seinem plötzlich Sinneswandel hielt; dass aus dem kühlen, nach außen hin so harten Wildwest-Sheriff plötzlich ein kriechender Speichellecker geworden war, der ihn auf Knien anwinselte und der nichts anderes als Spott und Verachtung verdiente.

Bevor er jedoch irgendetwas davon aussprechen konnte, erschrak er vor seinen eigenen Gedanken. Was war nur mit ihm los? Vielleicht war er zu lange in *Old Skunk* geblieben ... Er sprach das genaue Gegenteil von dem aus, was ihm durch den Kopf ging.

»Es war in der Tat sehr umsichtig von Ihnen, sofort hierher zu kommen«, sagte er. »Und selbstverständlich begleite ich Sie auch nach Middletown.« Er sah auf die Uhr und erschrak. »Allerdings nicht heute. Es ist nach sechs. Bis wir in der Stadt sind und ich telefonieren kann, werde ich in der Zentrale wohl niemanden mehr erreichen.« Er ging zum Tisch, goss sich ein zweites Glas Portwein ein und warf Hazelton einen auffordernden Blick zu, aber der Sheriff schüttelte auch dieses Mal den Kopf.

»Es wird nicht leicht sein, es den Männern hier im Lager zu erklären«, fuhr er fort. »Sie haben

Grabert gemocht, verstehen Sie? Und die Stimmung hier ist ... wie soll ich sagen ... angespannt.«

»So ähnlich wie in Middletown«, sagte Hazelton. »Deshalb bin ich hier. Um mit Ihnen zu reden. Sie sind ein vernünftiger Mann, Mister McPhelan. Sorgen Sie dafür, dass hier Ruhe herrscht, und ich tue dasselbe in meiner Stadt. Das Beste wäre, wenn Ihre Leute für eine Weile gar nicht nach Middletown kämen.«

»Solange sich das Wetter nicht bessert, bestimmt nicht«, sagte Harrison. Er deutete mit seiner brennenden Zigarre zum Dach. »Sind die Regenfälle in dieser Gegend immer so ergiebig?«

»Manchmal«, antwortete Hazelton. Er schwieg einige Sekunden. Irgendetwas, dachte Harrison, bedrückt ihn. Liegt ihm auf der Seele.

Schließlich begann Hazelton zögernd und ohne dass er es fertig brachte, ihm direkt in die Augen zu sehen: »Wir sind allein, Mister McPhelan. Darf ich Ihnen eine ganz offene Frage stellen?«

Harrison hatte sich insgeheim schon gewundert, wieso Hazelton seine Begleiter in den Regen hinausgeschickt hatte. Nichts von dem, was sie bisher besprochen hatten, war derart, dass sie es nicht hätten hören dürfen. Offenbar kam Hazelton erst jetzt zum eigentlichen Grund seines Hierseins. Er nickte. »Selbstverständlich.«

»Heute Morgen«, sagte Hazelton zögernd. »Sie haben etwas zu Grabert gesagt, was mir nicht mehr aus dem Sinn geht. Sie haben dort unten im Berg etwas gesehen, nicht wahr? Was war es?«
Harrison blickte ihn schweigend an und für einen Augenblick war er tatsächlich ganz nahe daran, dem Sheriff die ganze Geschichte zu erzählen. Es wäre ein schrecklicher Fehler, das wusste er. Er durfte Hazelton nicht vertrauen, nur weil er einmal hierher gekommen war und nicht mehr so vor Feindseligkeit und Verachtung sprühte wie sonst. Aber die Dinge hatten sich radikal geändert. Aus einem vermeintlichen Freund war etwas anderes geworden, das er noch nicht ganz einordnen konnte. Vielleicht war aus einem vermeintlichen Feind jetzt auch das Gegenteil geworden. Vielleicht war es immer genau andersherum *gewesen*, als er angenommen hatte.
Harrison war sehr im Zweifel. Hätte der Sheriff in diesem Moment auch nur eine einzige weitere Frage gestellt, hätte er angefangen zu reden und ihm alles erzählt. Aber der Sheriff stellte keine entsprechende Frage und der gefährliche Moment verging und sie waren wieder das, was sie von Anfang an gewesen waren: zwei Männer, die nicht genau wussten, was sie voneinander zu halten hatten, und sich gegenseitig mit Misstrauen und übergroßer Vorsicht behandelten.

»Nichts«, sagte er achselzuckend. »Es war ein unheimliches Erlebnis, aber das da unten ist auch ein unheimlicher Ort. Die Sinne spielen einem üble Streiche, wenn man nicht auf der Hut ist.«

Er sah Hazelton an, dass er ihm kein Wort glaubte. Der Sheriff schien aber auch einzusehen, dass es keinen Zweck hatte, weiter in ihn zu dringen, denn er zuckte nur mit den Schultern und trat an Harrison vorbei an den Schreibtisch, um die Asche seiner Zigarre abzustreifen.

»Ist die Ambulanz angekommen, um Miller abzuholen?«, fragte Harrison, um das Thema zu wechseln.

»Eine Stunde, bevor ... die Sache mit Grabert passiert ist«, antwortete Hazelton zögernd. »Ich hoffe, sie sind noch rechtzeitig aus dem Wäldchen herausgekommen. Die Straße ist bei diesem Wetter nicht besonders sicher.« Er nahm einen letzten Zug aus seiner Zigarre, drückte sie aus und zog seinen Hut wieder nach vorne. »Wir machen uns dann wieder auf den Rückweg. Ich kann mich darauf verlassen, dass Sie hier für Ruhe sorgen und morgen früh nach Middletown kommen, um zu telefonieren?«

Harrison nickte, deutete abermals zur Decke hoch und sagte: »Wenn wir bis dahin nicht alle abgesoffen sind.«

Der Sheriff ging. Über ihm zerriss Blitz auf

Blitz den Himmel und der Donner grollte immer lauter. Es klang, als stürzten irgendwo hinter dem Horizont Gebirge zusammen.

Nicht einmal fünf Minuten nachdem Sheriff Hazelton und seine Begleiter abgefahren waren, erschien Markus bei ihm. Harrison glaubte keine Sekunde lang, dass das Zufall war; vielmehr war er sicher, dass Markus die Ankunft des Wagens beobachtet hatte und nun kam, um sich nach dem Grund dieses überraschenden Besuchs zu erkundigen, und Markus' Worte bestätigten diese Vermutung.
»Was wollte Hazelton?«, fragte er, ohne sich mit irgendwelchen Freundlichkeiten aufzuhalten. Vermutlich war er auch nicht mehr in der Verfassung dazu. Er war nicht nur vollkommen durchnässt, sondern wirkte auch total erschöpft.
Harrison schluckte jedoch die scharfe Bemerkung hinunter, die ihm auf der Zunge lag, und erzählte Markus, was Hazelton ihm berichtet hatte. Markus hörte schweigend zu, aber sein Gesicht verdüsterte sich zusehends.
»Das ist überhaupt nicht gut«, sagte er schließlich. »Aber Sie haben vollkommen richtig gehandelt, Boss. Es ist vielleicht besser, wenn die Männer im Moment noch nichts davon erfahren.«

»Vielen Dank, dass Sie meine Entscheidung billigen«, sagte Harrison spöttisch. »Ich war schon in Sorge, Sie möglicherweise verärgert zu haben.«
Markus verdrehte die Augen. »Bitte, Sir! Ich dachte, das hätten wir hinter uns!« Wie immer, wenn sie auf diesem Niveau ihrer Diskussion angekommen waren, wechselte er zum förmlichen »Sir«über.
Harrison dachte an seine Albträume und die unheimlichen Katakomben, die sie entdeckt hatten, und erschauerte wieder. Dann kam er zu einem Entschluss. Er kam nicht wirklich plötzlich, sondern war die ganze Zeit über allmählich in ihm herangereift. Markus' Worte hatten ihn nur endgültig Gestalt annehmen lassen.
»Ich fürchte, nicht«, sagte er. »Ich werde morgen nach Middletown fahren, um mich um die Angelegenheit mit Phil Grabert zu kümmern, doch das wird meine letzte Amtshandlung sein.«
Markus blickte ihn mit steinernem Gesicht an. »Haben Sie sich das gründlich überlegt, Sir?«
»Sehr gründlich«, bestätigte Harrison. »Ich lege die Leitung der Mine nieder ... soweit ich sie je gehabt habe, heißt das.«
»Das tut mir sehr Leid«, sagte Markus. Es klang ehrlich. Aber er versuchte nicht noch einmal Harrison umzustimmen. Harrison jedoch sagte:

»Und auch Sie sollten nicht weitermachen, Markus. Ich weiß, dass ich Ihnen nichts befehlen kann. Lassen Sie mich Ihnen diesen Rat als Freund geben.«

»Sir?«, fragte Markus verwirrt.

»Hören Sie auf«, fuhr Harrison fort. »Schicken Sie die Männer aus der Mine und versiegeln Sie den Stollen. Sie sind schon viel zu weit gegangen. Was immer Sie dort unten zu finden hoffen, es wird Sie zerstören. Sie und jeden Mann hier. So wie es Grabert zerstört hat.«

»Kaum, Sir«, antwortete Markus. »Und selbst, wenn ich es wollte ... Ich kann gar nicht mehr zurück. Ich habe unsere Entdeckung bereits nach Providence telegrafiert.«

»Und wie lautet die Antwort?«

Markus zuckte die Achseln. »Es ist keine gekommen. Ich nehme an, dass der Sturm die Leitungen unterbrochen hat. Aber sie werden vermutlich jemanden herschicken, sobald das Wetter besser geworden ist.«

»Der mich ohnehin ablösen würde«, vermutete Harrison.

»Nicht, wenn ich es nicht will«, sagte Markus. »Nichts von unserem Gespräch wird diesen Raum verlassen, wenn Sie es nicht wünschen.«

»Geben Sie sich keine Mühe«, antwortete Harrison. »Ich werde *Devil's Hole* morgen in aller Frühe verlassen. Und Sie sollten dasselbe tun.

Was immer Sie dort unten finden mögen, es ist nicht von Menschen gemacht. Und nicht für Menschen.«
»Vielleicht haben Sie sogar Recht, Sir«, sagte Markus. »Aber das sollten dann andere entscheiden.«
Harrison sagte nichts mehr. Er glaubte Markus sogar, dass er seine Worte ehrlich meinte. Aber er wusste auch eines mit vollkommener Sicherheit: Dass die Entscheidung, wie immer sie auch aussehen mochte, längst gefallen war.

Das Gewitter tobte die ganze Nacht. Harrison fand nicht besonders viel Schlaf; er war noch immer müde, aber etwas in ihm verhinderte, dass er in einen Schlaf sank, der tief genug war, um den Träumen Einlass zu gewähren. Ein halbes Dutzend Mal schrak er hoch, geplagt von Visionen düsterer, gestaltloser Dinge, die an sein Bewusstsein geklopft hatten, aber nicht mehr jene schreckliche Klarheit annahmen wie zuvor. Dann, gegen Morgen, öffnete er die Augen – und sah sich dem alten Indianer gegenüber.
Er stand in der geöffneten Tür, eingerahmt von schwarzem Regen und dem flackernden Gegenlicht der Blitze, das die Gestalt des Alten mal in grellen Farben aufflammen ließ, mal zu einem flachen tiefenlosen Umriss machte, nach vorne gebeugt und jetzt wieder auf seinen knorrigen

Stab gestützt. Die Schnitzereien darin schienen das Licht der Blitze aufzufangen und verstärkt zurückzuwerfen, sodass es aussah, als hielte er selbst einen leuchtenden, erstarrten Blitz in der Hand.

»Geh, Weißer Mann!«, sagte er. »Verlasse diesen Ort, denn er ist verflucht! *Jetzt!*«

Ein weiterer, ganz besonders heftiger Blitz schien den gesamten Himmel über dem Canyon in Brand zu setzen. Harrison schloss geblendet die Augen.

Als er die Lider wieder hob, war der Alte verschwunden.

Harrison blinzelte. Die Tür, in der der Alte gestanden hatte, war geschlossen, Sturm und Regen hämmerten gegen das massive Holz. Der Indianer war nicht da und er war auch niemals da gewesen. Nur eine weitere Vision. Seine Fantasie begann Kapriolen zu schlagen.

Er hob die linke Hand, befühlte seine Stirn und stellte ohne Überraschung fest, dass er Fieber hatte. Seine Rechte klopfte. Der Schmerz war gerade noch an der Grenze des Erträglichen, doch er spürte, dass es bald schlimmer werden würde. Er hätte auf Swanson hören und mit der Ambulanz mitfahren sollen. Ein Grund mehr noch einmal nach Middletown zu fahren.

Harrison stand auf und legte seinen rechten Arm vorsichtig in die Schlinge, die Swanson für

ihn gemacht hatte. Er musste wieder an seine Vision denken: den alten Indianer, der unter der Tür stand und diese eindeutige Warnung aussprach. Selbstverständlich war er nicht wirklich dort gewesen. Vielmehr hatte wohl sein eigenes Unterbewusstsein diese Vision heraufbeschworen, um ihm eine dringende Warnung zukommen zu lassen. Vielleicht tat er gut daran, darauf zu hören. Ganz gleich, woher sie kam.
Er zündete sich eine Zigarre an – sie schmeckte ihm nicht, sodass er sie nach dem ersten Zug bereits wieder ausdrückte –, ging zur Tür und öffnete sie. Das Gewitter tobte mit ungebrochener Kraft über dem Canyon, aber der Regen strömte nicht mehr ganz so heftig nieder, sodass er die gesamte Schlucht überblicken konnte. Die Gebäude der Minenstadt lagen dunkel da, aber hinter dem Eingang zur Grube brannte Licht. Markus verlor offenbar keine Zeit.
Ein grellweißer Blitz zuckte wie ein Finger aus Licht vom Himmel und schlug in die Felswand über der Mine ein. Funken senkten sich wie brennender Regen zu Boden und das Buschwerk oben am Canyonrand fing Feuer, erlosch in dem strömenden Regen aber sofort wieder.
Harrison fuhr erschrocken zusammen und dann noch einmal, als ein zweiter, noch hellerer Blitz in den Berg schlug. Grelle Nachbilder blieben auf seiner Netzhaut zurück; im ersten

Moment sah er nur tanzende Farben und Punkte. Als er wieder sehen konnte, erkannte er, dass das Licht hinter dem Mineneingang ruhig weiterbrannte. Die Männer dort drinnen waren nicht in Gefahr. Wahrscheinlich hatten sie nicht einmal gemerkt, was geschehen war.

Nein, verbesserte sich Harrison in Gedanken. Nicht geschehen *war*. Was *geschah*.

Irgendetwas ... passierte. Dort drüben. Hier. In diesem ganzen Tal. Es war, als spürte Harrison das erste, noch zaghafte Regen von etwas Gigantischem, Uraltem, das aus einem äonenlangen Schlaf zu erwachen begann, einem Schlaf voller dunkler Träume und schwarzer Visionen, und das vielleicht einen ersten, noch mühsamen Atemzug nahm.

Ein weiterer Blitz hämmerte in den Felsen und diesmal glaubte Harrison zu spüren, wie der gesamte Berg unter seinen Füßen erzitterte. Das Gebüsch oben am Canyonrand flammte auf und brannte jetzt ungeachtet des strömenden Regens weiter.

Geh weg, weißer Mann! wisperte die Stimme des Indianers hinter seiner Stirn. *Verlass diesen Ort! Jetzt!*

Harrison rannte los. Der Regen strömte doch dichter, als es den Anschein gehabt hatte, denn er schlug ihm mit solcher Wucht ins Gesicht, dass er kaum noch atmen konnte. Der Canyon hatte sich in einen flachen, aber reißenden Fluss verwandelt, in dem er immer wieder ausglitt und stürzte, mehrmals so schwer, dass er vor Schmerz aufstöhnte. Trotzdem sprang er immer wieder hoch und taumelte wie von Furien gehetzt weiter. Rings um ihn herum schien die Welt unterzugehen, als er die Minensiedlung erreichte und auf die Wagen zustolperte.

Harrison warf sich in den ersten Wagen, der vor ihm auftauchte, betätigte den Anlasser und trat auf das Gaspedal, noch bevor der Motor richtig lief. Die Reifen drehten durch, schleuderten Fontänen von Schlamm und schmutzigem Wasser in die Höhe und griffen dann endlich.

Hinter ihm hämmerte Blitz auf Blitz in den Berg, als Harrison *Devil's Canyon* verließ.

Harrison hatte ziemlich lange gebraucht, um nach Middletown zu kommen. Auf der aufgeweichten Straße ließ sich der Wagen kaum lenken und mit nur einer Hand war es ihm noch schwerer gefallen, das Fahrzeug unter Kontrolle zu halten. Ein- oder zweimal hatte er wirklich die Herrschaft über den Wagen verloren und wäre um ein Haar im Gebüsch oder an einem Baum gelandet und einmal hatte er im allerletzten Moment einem armdicken Ast ausweichen können, den der Sturm auf die Straße geschleudert hatte. Dazu schien das Unwetter immer

schlimmer zu werden, als baue es seine Kraft mit jedem Blitzschlag weiter auf, statt sie zu verzehren.
Immer noch zitterte Harrison am ganzen Leib. Nachdem er aus dem Canyon heraus war, hatte er es gewagt, anzuhalten und noch einmal zurückzublicken, und was er gesehen hatte, das hatte ihn in seinem Entschluss bestärkt, möglichst schnell eine möglichst große Distanz zwischen sich und die Mine zu bringen. Die Blitze hatten ununterbrochen in den Fels eingeschlagen. Das Gebüsch oberhalb des Canyons stand in hellen Flammen, obwohl der Regen wie eine zweite Sintflut vom Himmel strömte, und der gesamte Berg schien unter einem unwirklichen, grünen Licht zu glühen. Was immer sich da hinter ihm abspielte, war kein normales Gewitter mehr. Etwas Ungeheuerliches erwachte unter der Erde und die Natur lief durch die bloße Ahnung seines Erscheinens Amok.
Trotz der frühen Stunde herrschte in Middletown bereits ein regeres Treiben als am vorangegangenen Morgen. Harrison sah zahlreiche Gestalten durch den Regen hetzen. In den meisten Häusern brannte Licht und vor dem Büro des Sheriffs stand ein Wagen mit eingeschalteten Scheinwerfern und Scheibenwischern.
Harrison parkte den Wagen unmittelbar vor Hazeltons Büro, stieg aus und rannte geduckt

durch den Regen. Auch im Büro des Sheriffs brannte Licht und Harringtons Ahnung, dass irgendetwas passiert sein müsse, wurde zur Gewissheit, als er das halbe Dutzend Männer sah, die den Raum bevölkerten. Die meisten trugen schwarz glänzende Regenmäntel und breitkrempige Hüte, von denen Wasser troff, und alle waren bewaffnet.

Hazelton sah überrascht hoch, als Harrison den Raum betrat, und winkte ihn dann aber hektisch näher zu kommen.

»Mister McPhelan! Sie kommen früh. Aber wir können Ihre Hilfe gebrauchen.«

Irgendetwas war in seinem Blick, was Harrison alarmierte.

»Ich bin nur gekommen, um Ihnen mitzuteilen, dass ich die Mine verlasse.« Harrison deutete auf das Telefon auf Hazeltons Schreibtisch. »Und Sie zu bitten, vielleicht einen oder zwei Anrufe tätigen zu dürfen.«

»Im Prinzip gerne«, antwortete der Sheriff. »Aber der Sturm muss wohl die Leitungen unterbrochen haben. Es kann Tage dauern, bis sie repariert sind. Und solange das Unwetter anhält, ist daran nicht einmal zu denken.«

Harrison war enttäuscht, bemühte sich aber, sich dies nicht zu deutlich anmerken zu lassen.

»Nun, dann fahre ich am besten gleich weiter«, sagte er. »Wenn ich gut vorwärts komme, müss-

te ich Providence noch vor dem Abend erreichen und –«
»Wir brauchen Ihren Wagen«, unterbrach ihn Hazelton.
»Wozu?« Harrison deutete hinter sich. »Draußen vor der Tür steht ein Laster.«
»Der gehört dem alten Kendrell«, antwortete Hazelton. »Niemand weiß genau, wer älter ist – Kendrell oder sein Laster. Es ist ein Wunder, dass er überhaupt noch damit hierher gekommen ist. Seine Farm liegt acht Meilen vor der Stadt. Ich möchte nicht riskieren auf halbem Wege dorthin liegen zu bleiben. Fahren Sie uns?«
»Was ist denn passiert?«, fragte Harrison. Wieder erblickte er in Hazeltons Augen etwas, was ihn alarmierte. Der Sheriff versuchte ihm irgendetwas mitzuteilen, was nicht für die Ohren der anderen Männer hier drinnen bestimmt war.
»Das weiß ich nicht«, antwortete Hazelton. »Kendrell redet nur wirres Zeug. Was aber nichts heißen muss – das tut er seit Jahren. Doch es scheint, dass irgendein Raubtier seine Farm überfallen und sein Vieh gerissen hat.« Er zuckte mit den Schultern. »Wahrscheinlich ein Bär oder ein Berglöwe, den das Unwetter aus seinem Versteck getrieben hat.«
Sein Blick behauptete etwas anderes. Es war kein Bär gewesen und auch kein Puma. Die

anderen sollten das glauben, aber Harrison und er wussten es besser.
»Warum warten wir dann nicht einfach, bis der Sturm sie auch wieder dorthin zurücktreibt?«, fragte Harrison unbehaglich.
»Kendrell hat eine Tochter und einen Enkelsohn«, sagte Hazelton. »Die beiden sind jetzt allein dort draußen. Wir müssen uns um sie kümmern. Wie ist es – leihen Sie uns den Wagen? Sie können gerne hier warten, bis wir zurück sind.«
»Ich begleite Sie«, sagte Harrison. Er wollte nichts auf der Welt weniger als das. Allein der Gedanke, bei diesem Unwetter in den Wald hinauszufahren und nach dem zu suchen, wovon Harrison und er mit ziemlicher Sicherheit wussten, dass es *kein* normales Raubtier war, erfüllte ihn mit blankem Entsetzen.
Aber noch schlimmer war die Vorstellung, hier zurückzubleiben und *nicht* zu wissen, was dort draußen war.
Nach einem Augenblick hob er jedoch die rechte Hand und sagte: »Ich bin ein wenig gehandikapt, wie Sie sehen. Es wäre besser, wenn ein anderer fahren würde.«
»Das ist kein Problem.« Hazelton verschwand für einen Moment im Nebenzimmer. Als er zurückkam, trug er ein schwarzes Regencape über dem einen und ein Gewehr unter dem

anderen Arm. Beides händigte er Harrison aus. Harrison starrte das Gewehr an.
»Nur für alle Fälle«, sagte Hazelton. »Machen Sie sich keine Sorgen.«
Aber die machte sich Harrison. Wie sich zeigen sollte, zu Recht.

Der Sturm ließ ein wenig nach, während sie zur Farm der Kendrells hinausfuhren, aber das Gewitter tobte mit ungebrochener Kraft weiter. Zumindest entfernten sie sich ein wenig von seinem Zentrum, das sich tatsächlich genau über *Devil's Canyon* zu befinden schien. Harrison sah zwei- oder dreimal über die Schulter zurück, während sie zu sechst zusammengepfercht in dem Wagen saßen, und der Anblick verlor trotz der wachsenden Entfernung nichts von seiner Unheimlichkeit. Dort, wo sich der Berg erhob, schien der Himmel zu glühen, als reflektiere er eine höllische weiße Glut, die vom Boden heraufstrahlte, selbst in den seltenen Augenblicken, in denen er keine Blitze spie.
Sie legten die acht Meilen lange Fahrt zu Kendrells Farm hinaus in vollkommenem Schweigen zurück; schon weil das Prasseln des Regens und das Heulen des gequälten Motors fast jedes andere Geräusch verschluckt hätte. Es dauerte beinahe eine Stunde. Selbst Hazelton, der jeden Fußbreit Boden hier kannte und sich als ausge-

zeichneter Fahrer erwies, hatte Mühe, den Wagen auf der Straße zu halten, und mehr als einmal hatten einige der Männer aussteigen müssen, um abgerissene Äste oder auch kleine Bäume von der Straße zu räumen. Endlich aber tauchte Kendrells Farm vor ihnen im Scheinwerferlicht auf.

Harrison war überrascht über ihre Größe. Nachdem Hazelton erzählt hatte, dass der alte Mann und seine Tochter allein hier lebten, hatte er zwei oder drei kleinere Gebäude erwartet. Das genaue Gegenteil jedoch war der Fall: Dem kleinen, aber sehr gepflegten Wohnhaus schlossen sich zwei überraschend große Stallungen oder Scheunen an, hinter denen ein riesiger Silo in den Himmel ragte. Auch diese Gebäude befanden sich in ausgezeichnetem Zustand, soweit das bei den herrschenden Lichtverhältnissen zu beurteilen war.

Hazelton lenkte den Wagen auf den aufgeweichten Hof und setzte dann ein Stück zurück, bis das Licht der Scheinwerfer direkt auf das Scheunentor fiel. Im ersten Moment verstand Harrison den Sinn dieses Tuns nicht. Dann fuhr er heftig zusammen.

Das Scheunentor war nicht einfach eingeschlagen worden. Es war regelrecht zermalmt, als wäre eine ganze Stampede wütender Bisons hindurchgerast. Selbst einer der massiven Stütz-

pfeiler, die den Türrahmen bildeten, war halb aus dem Boden gerissen und geborsten.
»Großer Gott!«, murmelte Hazelton. »Was ist denn hier passiert?!«
»Scheint, als hätte der alte Kendrell diesmal keinen Bullshit erzählt«, sagte einer der anderen Männer.
Hazelton warf ihm einen unsicheren Blick zu und lud sein Gewehr durch, bevor er die Tür öffnete. Das Heulen des Sturmes wurde schlagartig lauter und der Regen klatschte ihm hörbar ins Gesicht. »James, Stephen!«, schrie er. »Ihr kommt mit mir ins Haus! Die anderen untersuchen die Scheune! Aber seid vorsichtig – was immer das da getan hat, könnte noch hier sein.« Er drehte sich noch einmal zu Harrison um, bevor er endgültig ausstieg.
»Vielleicht sollten Sie besser hier im Wagen warten, Mister McPhelan.«
Harrison dachte nicht einen Sekundenbruchteil daran, diesen Rat anzunehmen. Er hatte Angst vor dem, was sie in der Scheune erwarten mochte, aber regelrechte Panik vor der Vorstellung, ganz allein im Wagen zurückzubleiben. So schüttelte er nur grimmig den Kopf, öffnete die Tür und stieg ebenfalls aus. Er versank sofort bis über die Knöchel im Schlamm und die Kälte war so grausam, dass seine verbundene Hand mit einem wahren Trommelfeuer von Schmer-

zen darauf reagierte. Trotzdem ergriff er mit der anderen Hand sein Gewehr und beeilte sich den beiden Männern zu folgen, die bereits die Scheune betreten hatten.

Ebenso wie Hazelton und seine Begleiter waren sie mit großen Taschenlampen ausgerüstet, die grelle Lichtbahnen aus der Dunkelheit schnitten. Dann und wann zuckte ein Blitz auf, der zumindest einen Bereich jenseits des zerborstenen Tores erhellte, und was Harrison in dieser Helligkeit sah, das ließ es ihn fast schon wieder bedauern, nicht auf Hazelton gehört zu haben und im Wagen geblieben zu sein.

Die Spur der Zerstörung setzte sich im Inneren des Gebäudes fort. Der Boden war aufgewühlt, Balken, Holz und landwirtschaftliches Gerät wie von einer Urgewalt zerschmettert und in dem einen oder anderen Balken erblickte er Spuren wie von gigantischen Krallen; Tatzenhiebe, gegen die sich die eines Bären wie die harmlosen Kratzer einer Hauskatze ausnehmen mussten. Ein seltsamer Geruch lag in der Luft; fremd, schlecht, auf eine furchtbare Weise aber auch vertraut. Nicht einmal der Sturm, der durch das offen stehende Tor hereingeheult kam, vermochte ihn ganz zu vertreiben.

Plötzlich stieß einer der Männer vor ihm einen keuchenden Schrei aus. Der weiße Lichtstrahl seiner Lampe irrte für einen Moment hektisch hin und her und richtete sich dann auf einen ganz bestimmten Punkt. Das Licht zitterte heftig, als fiele es dem Besitzer der Lampe schwer, sie stillzuhalten.

Harrison eilte mit klopfendem Herzen hin. Er versuchte sich innerlich gegen das zu wappnen, was er erblicken mochte.

Das Gebäude hatte Kendrell offensichtlich nicht nur als Scheune und Remise gedient, sondern zum Teil auch als Stallung für seine Tiere. Harrison nahm an, dass er drei oder vier Rinder hier drinnen untergebracht hatte, dazu mindestens ein Pferd. Vielleicht auch mehr, aber genau ließ sich das nicht mehr feststellen, denn dieselbe Gewalt, die die Einrichtung der Scheune zerstört hatte, war auch über die Tiere hergefallen. Im zitternden Licht der starken Taschenlampe sah Harrison ein unbeschreibliches Gewirr zerfetzter Leiber. Es war kein Raubtier gewesen, das diese Verheerung angerichtet hatte. Kein Tier, von dem Harrison je gehört hatte, wäre *fähig* gewesen ein solches Gemetzel anzurichten. *Etwas* war hereingekommen und war mit unvorstellbarer Gewalt über die armen Kreaturen hergefallen, in einer Raserei, die keine Grenzen und kein Halten kannte.

Harrison spürte, wie sein Magen zu revoltieren begann. Hastig wandte er sich um und schloss die Augen. Es nutzte nichts. Es war, als hätte sich der Grauen erregende Anblick für alle Zeiten auf seinen Netzhäuten eingebrannt. Würgend drehte er sich herum, taumelte zwei Schritte davon und übergab sich dann. Er sah sich nicht noch einmal um, sondern wankte auf weichen Knien aus der Scheune.

Den strömenden Regen spürte er schon gar nicht mehr. Mit letzter Kraft, wie es ihm vorkam, erreichte er den Wagen, lehnte sich gegen den Kotflügel und kämpfte vergeblich gegen die Übelkeit, die noch immer in seinen Eingeweiden wühlte.

Irgendwann hörte er Schritte hinter sich, hob müde den Kopf und sah in Hazeltons Gesicht. Der Sheriff war kreidebleich. Seine Augen waren so dunkel vor Entsetzen, dass sie wie schwarze Löcher wirkten, in denen kein Leben mehr war.

»Die Frau und das Baby ...«, murmelte er. »Sie sind dort drinnen. Aber ... Gott im Himmel, ich ... ich habe so etwas noch nie gesehen!«

»Ich weiß«, antwortete Harrison mühsam. Er deutete auf die Scheune. »Ich war dort drinnen.«

Hazeltons Blick folgte seiner Geste, aber seine Augen schienen noch immer ohne jegliches Leben. Sein Gesicht glänzte vor Nässe, doch Harrison war nicht sicher, ob sie wirklich allein vom Regen stammte.

»Da sind Spuren«, sagte Hazelton nach einer Weile. »Hinter dem Haus.«
»Was für Spuren?«, fragte Harrison.
»Große, bizarre Spuren«, antwortete Hazelton.
Harrison schwieg endlose Sekunden lang. Aber dann sagte er: »Dann lassen Sie uns ihnen folgen.«

Sie mussten nicht mehr sehr weit fahren. Die Spuren, die Hazelton entdeckt hatte, führten zur Straße zurück und folgten ihr dann, bevor sie sich in dem sumpfigen Morast verloren, in den der Regen den Waldboden verwandelt hatte, sodass sie beschlossen, ihnen mit dem Wagen zu folgen. Wahrscheinlich nicht aus Bequemlichkeit, wie Harrison annahm. Vielmehr erschien ihm die drückende Enge, die im Wagen herrschte und die ihm auf dem Weg hierher so qualvoll vorgekommen war, plötzlich wie der einzige Schutz, den sie noch hatten; die letzte Verteidigung gegen den Wahnsinn, der dort draußen lauerte.
Nach kaum einer Meile trat Hazelton plötzlich so hart auf die Bremse, dass Harrison zweifellos nach vorne geschleudert worden wäre, wäre er nicht zwischen drei Männern auf der Rückbank so eingequetscht gewesen, dass er kaum noch Luft bekam; geschweige denn, sich rühren konnte.

Im Licht des Scheinwerfers war ein Hindernis aufgetaucht, das den Weg vor ihnen zur Gänze blockierte. Harrison erkannte es erst nach einigen Augenblicken.
Es war ein Ambulanzwagen. Er stand quer zur Fahrbahn. Die Vorderräder waren halb im Schlamm eingesunken und der Fahrer hatte versäumt die Scheinwerfer auszuschalten; allerdings musste die Batterie so gut wie erschöpft sein, denn hinter den geriffelten Gläsern war nur noch ein matter Glanz zu erkennen. Die Fahrertür und die zweigeteilte Heckklappe standen offen.
Hazelton zog die Handbremse an und legte sein Gewehr quer über die Knie. »Gottverdammte Scheiße!«, sagte er. »Die hat es also auch erwischt!«
Harrison schwieg. Er hatte kein gutes Gefühl. Und er war ganz und gar nicht sicher, dass es sich mit der Ambulanz tatsächlich so verhielt, wie Hazelton anzunehmen schien.
Der Sheriff und einer seiner Männer stiegen aus und näherten sich vorsichtig dem Wagen. Ihre Taschenlampen zauberten geisterhafte Lichtbahnen in die Nacht und versilberten den Regen und ihre schwarzen Regencapes glänzten wie die Panzer großer, absonderlicher Insekten. Harrison beobachtete zwei oder drei Sekunden lang, wie sie um den verunglückten Wagen he-

rumgingen und ihn inspizierten, dann hielt er die Neugier nicht mehr aus und folgte ihnen. Hazelton stand vor der geöffneten Heckklappe des Wagens und leuchtete mit seiner Lampe hinein. Harrison war nicht wirklich überzeugt, als er sah, dass das Innere der Ambulanz einen nicht wesentlich anderen Anblick bot als Kendrells Scheune. Es war vollkommen verwüstet, als hätte hier drinnen ein Wesen mit unvorstellbarer Wut und unvorstellbarer Kraft getobt. Die Türen des Krankenwagens waren gewaltsam aufgebrochen und es war unschwer zu erkennen, dass es von innen nach außen geschehen war. Etwas war aus diesem Wagen *ausgebrochen.*

»Der Fahrer ist tot«, sagte Hazelton. Seine Stimme klang flach. Das Geräusch des Sturmes und das Prasseln des Regens verschluckten ihren Klang fast. »Er liegt hinter dem Steuer ... Jedenfalls glaube ich, dass er es ist.«

Harrison spürte kein besonderes Interesse nachzusehen, ob Hazelton Recht hatte. Er warf einen Blick zu seinem Wagen zurück, aus dem auch die anderen Männer ausgestiegen waren und die nähere Umgebung untersuchten.

»Was ist hier los, McPhelan?«, fragte Hazelton, noch immer mit jener unheimlichen ausdruckslosen Stimme. »Ich will jetzt wissen, was ... was hier geschieht!«

Die Antwort bestand aus einem gellenden Schrei, der die Nacht hinter ihnen durchbrach. Harrison, der Sheriff und der Mann in ihrer Begleitung fuhren gleichzeitig herum. Hazelton und sein Begleiter rissen ihre Gewehre in die Höhe und Harrison stieß mit seiner verletzten Hand so heftig gegen das Chassis des Wagens, dass ihm vor Schmerz übel wurde.
Trotzdem sah er überdeutlich, was geschah.
Irgendetwas Riesiges, Formloses war aus der Nacht hervorgebrochen und hatte einen der drei anderen Männer gepackt. Er schrie noch immer, in hohen, unmenschlich spitzen Tönen; Lauten, die Qual und vor allem Furcht ausdrückten, die die Grenzen des Vorstellbaren überstiegen und noch weit darüber hinaus gingen, und für einen Moment schien sein Schatten mit dem des monströsen Angreifers zu verschmelzen. Dann ertönte ein fürchterliches Splittern und Krachen und der Schrei verstummte. Das alles geschah innerhalb einer einzigen Sekunde, ehe die beiden anderen Männer ihre Waffen in Anschlag bringen konnten. Schwere stampfende Schritte entfernten sich.
Die beiden überlebenden Männer prallten zurück. Einer von ihnen schoss. Drei-, viermal stanzte seine Waffe orangerotes Feuer in die Nacht, ehe Hazelton ihn mit einem scharfen Ausruf zur Besinnung brachte. Die beiden

Männer zogen sich hastig hinter den quer stehenden Ambulanzwagen zurück und zielten mit ihren Waffen in den strömenden Regen hinaus.

»Was ist das?«, brüllte Hazelton mit schriller Stimme. »Um Gottes willen, McPhelan, *was ist das*?!«

»Miller«, murmelte Harrison; so leise, dass Hazelton die Antwort wahrscheinlich nicht einmal dann verstanden hätte, wenn der brüllende Sturm und der Regen ringsum nicht gewesen wären.

Einer der drei übrigen Männer verlor die Nerven, begann in die Dunkelheit hineinzuschießen und rannte plötzlich los. Offensichtlich wollte er den Wagen erreichen. Hazelton schrie ihm mit überschnappender Stimme nach und hob sogar sein Gewehr, vielleicht um ihm vor die Füße zu schießen. Doch es war zu spät.

Etwas Riesiges, Dunkles griff aus der Nacht heraus. Ein hartes Schnappen erklang und der Mann torkelte plötzlich wie betrunken noch zwei, drei Schritte weiter, prallte gegen den Wagen und sank dann zu Boden. Er hatte keinen Kopf mehr. Der riesige Schatten, dessen Opfer er geworden war, fuhr mit einem schrillen, zischelnden Laut herum und stürmte auf die Ambulanz zu, Hazelton und seine beiden Männer begannen zu feuern, was ihre Waffen

hergaben, ohne dass Harrison das Gefühl hatte, dass die Geschwindigkeit des heranstürmenden Kolosses dadurch gebremst wurde. Er konnte noch immer keine Einzelheiten erkennen, aber das Ding war gigantisch; viel, viel größer als ein Mensch und von sonderbar falschen, missgestalteten Umrissen. Das immer schneller peitschende Gewehrfeuer und die zuckenden Blitze tauchten die Kreatur in ein flackerndes Muster aus blendender Helligkeit und vollkommener Schwärze und zerlegten seine Bewegungen in eine rasche Folge sich jagender, versetzter Einzelbilder. Alles, was Harrison wirklich erkennen konnte, war etwas Riesiges, Vielgliedriges, halb Insekt, halb Krabbe, mit riesigen Scheren und Fängen, mit Klauen und Zähnen und Stacheln, das kein Mensch mehr war, aber auch noch nicht ganz jenes andere, in das zu verwandeln es sich begonnen hatte.
Diese fürchterlichen Eindrücke empfing Harrison in jener einen zeitlosen Sekunde, in der der Gigant inmitten des prasselnden Gewehrfeuers heranstürmte. Dann prallte die Kreatur mit unvorstellbarer Wucht gegen den Krankenwagen. Metall verbog sich kreischend und riss, Glas zersplitterte. Harrison wurde von den Füßen geworfen, überschlug sich mehrmals im Morast und verlor fast das Bewusstsein, als er mit der Schulter gegen einen Baum prallte und

sich sein verletzter Arm in einen Speer aus reinem Schmerz verwandelte.
Irgendwie registrierte Harrison trotzdem, wie sich der Koloss kreischend und mit wirbelnden Scheren und Tentakeln einen Weg *durch den Krankenwagen hindurch* bohrte und Hazelton und einen seiner Männer mit einer fast beiläufigen Bewegung zur Seite schleuderte. Den dritten Mann trafen seine Scheren und teilten ihn glattweg in zwei Hälften. Dann schlug ein so grauenhafter Schmerz über Harrison zusammen, dass er nichts mehr von allem wahrnahm, was rings um ihn herum geschah, sondern nur noch schrie und sich am Boden wälzte und darauf wartete, darum *flehte*, endlich das Bewusstsein zu verlieren oder auch zu sterben.
Weder das eine noch das andere geschah. Harrison trieb durch einen Ozean von Pein, der kein Ende hatte und ihn in immer schrecklichere Tiefen hinabzureißen versuchte, aber er blieb trotzdem wach und von weit, weit her hörte er wieder Schreie, peitschende Schüsse und andere, grässlichere Laute, das Reißen von Metall und ein Splittern wie von Knochen oder Insektenpanzern. Dann ertönte ein ungeheuerliches, markerschütterndes Brüllen, gefolgt von weiteren Schüssen und einer plötzlichen Stille, die etwas Endgültiges hatte.
Harrison wälzte sich stöhnend auf den Rücken.

Seine Hand pochte wie ein Herz aus reiner Qual am Ende seines rechten Armes. Sie füllte sein Universum aus, war alles, woran er denken konnte, *war* sein Denken, und obwohl er in jeder Sekunde glaubte, dass es nicht mehr schlimmer werden konnte, *wurde* es in jeder darauf folgenden schlimmer und er begriff, dass den Fähigkeiten des Menschen, Qual zu empfinden, buchstäblich keine Grenzen gesetzt waren.
Und dann war es vorbei!
Ganz plötzlich, von einem Atemzug auf den anderen, erlosch der Schmerz, ganz abrupt, als hätte jemand die entsprechenden Verbindungen in seinem Gehirn durchtrennt oder als wären die Nerven in seinem Arm einfach durchgeschmort wie überlastete Stromkabel, die unter einem Kurzschluss zu Schlacke zerfielen.
Zurück blieb eine Leere, die im ersten Moment kaum weniger schlimm schien.
Und Stille. Eine unheimliche, tote Stille, in der er das Toben des Unwetters und das Prasseln des Regens zwar noch hörte, diese Laute aber irgendwie keinen Bestand mehr zu haben schienen. Das Schießen, Schreien und der Lärm hatten aufgehört. Harrisons Kehle schmerzte von seinen eigenen Schreien und sein Herz schlug langsam, aber so schwer, dass er es bis in die Fingerspitzen fühlen konnte.

Langsam, fast überrascht, die Kraft für diese Bewegung überhaupt noch zu haben, stemmte er sich hoch und erhob sich auf die Knie. Er wartete darauf, dass der Schmerz zurückkam, denn zweifellos legte er nur eine Atempause ein, um ihn dann mit noch größerer Wucht zu treffen. Als dies nicht geschah, wagte er es, den Blick auf seine rechte Hand zu senken.

Der Verband hatte sich gelöst und hing in aufgeweichten, graurosa verschmierten Fetzen herab. Hellrotes Blut quoll heraus und vermischte sich mit dem Regenwasser, das zu Boden tropfte. Er fühlte nicht den mindesten Schmerz.

Aber er fühlte auch seine Hand nicht mehr.

Zitternd griff er mit der Linken nach dem aufgeweichten Verband und begann ihn abzuwickeln. Noch vor fünf Minuten hätte ihn diese einfache Handlung an den Rand des Wahnsinns getrieben; jetzt fühlte er überhaupt nichts.

Dafür begann sein Herz immer stärker zu hämmern. Aus dem Verband tropfte jetzt kein Blut mehr, aber er hatte trotzdem entsetzliche Angst vor dem, was er sehen würde, wenn er die letzte Schicht des aufgeweichten Stoffes entfernte.

Harrison war kurz davor, als er Schritte hinter sich hörte. Menschliche Schritte. Sie waren langsam. Er konnte hören, dass sich jemand, wer immer es sein mochte, mit äußerster Vorsicht bewegte und offenbar auch sehr mühsam.

»McPhelan?«, fragte eine Stimme irgendwo aus der Dunkelheit. Er glaubte, dass sie Hazelton gehörte, war aber nicht ganz sicher.
Zumindest gehörte sie eindeutig einem *Menschen.*
»Ich bin hier«, antwortete er. Die drei Worte herauszubringen kostete ihn fast seine ganze Kraft. Es tat weh und er erkannte seine eigene Stimme kaum wieder. Er hatte sich buchstäblich heiser geschrien.
Die Schritte wurden lauter und Sheriff Hazelton trat aus der Dunkelheit heraus. Er bot einen schlimmen Anblick. Seine Kleider waren zerrissen und sein Gesicht und seine Hände waren voller Blut. Harrison glaubte jedoch nicht, dass allzu viel davon vom Sheriff stammte. Wäre es so gewesen, wäre er schon tot.
»Gottlob, Sie leben«, sagte Hazelton. Er ließ sich neben Harrison auf ein Knie sinken, lehnte sein Gewehr gegen einen Baum und wollte nach seiner Hand greifen, doch Harrison zog den Arm hastig zurück und schüttelte den Kopf. »Nicht anfassen!«
Hazelton zog die Hand rasch zurück und sah ihn besorgt an. »Sind Sie verletzt?«
»Ja«, antwortete Harrison. »Aber es war nicht dieses ... *Ding*. Haben Sie es erledigt?«
Hazelton hob die Schultern, nahm sein Gewehr wieder in die Hand und stand auf. Er begann die

Waffe zu laden, während er antwortete. Beides wirkte mechanisch, als führe er die Handlung nur aus, um seine Hände irgendwie zu beschäftigen, und spräche die Worte nur, um nicht den Verstand zu verlieren. Seine Stimme klang erstaunlicherweise wieder ruhig und gefasst. »Ich, Stephen, Frank ... irgendeiner wird ihn schon erwischt haben. Wir haben genug Kugeln in dieses ... dieses *Ding* hineingepumpt um eine ganze Herde Elefanten umzubringen. Woher soll ich wissen, welche ihn getötet hat? Vielleicht alle!«

»Was ist mit den anderen?«, fragte Harrison. »Sind sie alle ... tot?«

»Stephen ist noch am Leben«, antwortete Hazelton. »Aber es hat ihn ziemlich übel erwischt. Wir müssen ihn in die Stadt bringen, zu Doktor Swanson.«

Auch Harrison erhob sich. Er wollte an Hazelton vorbei auf die andere Seite der Ambulanz gehen, wo er den Verwundeten vermutete, doch gerade, als er neben ihm war, griff Hazelton blitzschnell nach seinem unverletzten Arm und hielt ihn zurück.

»Das war einer von Ihren Männern, nicht wahr?«, fragte er. »Dieses ... *Ding*. Er war der Bursche, den wir in die Ambulanz gelegt haben. Das, was aus ihm geworden ist.«

Harrison erwiderte nichts darauf. Er versuchte

seine Hand loszureißen, aber er war nicht kräftig genug. Hazelton verstärkte seinen Griff und Harrisons Arm begann zu schmerzen.
»Die Wahrheit, Mister Ingenieur!«, sagte er. »Ich will jetzt die Wahrheit wissen! Was war das für eine Kreatur?«
»Das weiß ich nicht, Sheriff«, antwortete Harrison leise. Plötzlich war er müde. Nicht körperlich, aber müde des Weglaufens, müde des Kämpfens und vor allem müde der Furcht. Auch wenn er zugleich spürte, dass es noch lange nicht vorbei war. Vielleicht hatte es gerade erst richtig begonnen ...
Hazelton jedenfalls war ganz offensichtlich nicht bereit, ihn so einfach davonkommen zu lassen. Er hielt seine Hand weiter mit festem Griff umklammert und sah ihn aus zornig funkelnden Augen an.
»Sie lügen!«, behauptete er. »Zumindest verheimlichen Sie mir etwas! Und ich werde hier nicht weggehen, bevor Sie mir nicht alles erzählt haben, was Sie wissen. Alles, hören Sie? Alles!«
Harrison sah ihn traurig an. »Das wollen Sie nicht wissen, Sheriff«, sagte er. »Glauben Sie mir – Sie wollen es ganz bestimmt nicht wissen.«
Was sein Versuch, sich gewaltsam loszureißen, nicht fertig gebracht hatte, das bewerkstelligten diese ruhigen, leise gesprochenen Worte. Hazel-

ton blickte ihn noch einige Sekunden lang mit wachsender Verunsicherung an, dann ließ er seinen Arm los und trat einen Schritt zurück. »Also gut«, sagte er. »Wir bringen Stephen zum Doc und danach versuche ich Kendrell irgendwie beizubringen, was mit seiner Familie passiert ist ... genau wie den Familien der drei anderen armen Kerle. Aber sie alle werden Antworten von mir haben wollen. Und die kann ich ihnen nicht geben.«

Und ganz plötzlich versagte seine Kraft, buchstäblich von einer Sekunde auf die andere. Harrison konnte regelrecht sehen, wie die Mauer aus mühsam aufrechterhaltener Selbstbeherrschung zerbrach, hinter der sich Hazelton bisher verkrochen hatte. Er begann am ganzen Körper zu zittern. Seine Stimme sank zu einem Flüstern herab. »Verdammt, McPhelan, diese Männer waren meine Freunde! Ich bin sonntags mit ihnen und ihren Familien in die Kirche gegangen! Ich war bei der Taufe ihrer Kinder und abends habe ich mich zusammen mit ihnen betrunken! Und jetzt sind sie tot, umgebracht von einem ... einem *Ding*, das nicht einmal existieren dürfte!«

Und das ist erst der Anfang, dachte Harrison.

Wenigstens hoffte er, dass er diese Worte nur dachte. Der Sheriff sah ihn jedenfalls so erschrocken an, dass er zu glauben begann diese Worte vielleicht doch laut ausgesprochen zu haben. Dann aber drehte sich Hazelton mit einem Ruck herum und ging auf den quer stehenden Krankenwagen zu.

Harrison hatte im Fond des Wagens Platz genommen, nachdem der Sheriff den Verletzten auf den Beifahrersitz gehievt hatte. Der Mann hatte ein gebrochenes Bein und eine üble Fleischwunde an der Hüfte, war aber ansonsten nicht ganz so schlimm dran, wie Hazelton im ersten Moment angenommen hatte. Harrison konnte nur hoffen, dass ihm nicht dasselbe widerfuhr wie ihm.

Sie fuhren schweigend in Richtung Middletown zurück. Hazelton tat so, als müsse er sich ganz auf das Lenken des Wagens konzentrieren, und der Mann auf dem Beifahrersitz ließ manchmal ein leises, qualvolles Stöhnen hören, ansonsten aber herrschte eine fast gespenstische Stille, durch nichts unterbrochen, sondern eher noch betont vom regelmäßigen Geräusch der Scheibenwischer und dem Trommeln des Regens auf dem Dach. Sie fuhren dem Gewitter jetzt wieder entgegen. Vor ihnen flammte der Himmel in einem ununterbrochenen Trommelfeuer von Blitzen und die Schwärze darüber hatte eine Tiefe angenommen, wie Harrison sie nie zuvor gesehen hatte; als hätte das Universum dort

einen Riss bekommen, durch den etwas Dunkles und unvorstellbar Fremdes herüberzukommen trachtete.
Harrison beugte sich weiter nach vorne, nahm den rechten Arm aus der Schlinge und begann mit spitzen Fingern den Rest des aufgeweichten Verbandsmulls von seiner Hand zu entfernen. Seine Bewegungen wurden immer langsamer, denn er hatte Angst vor dem, was darunter zum Vorschein kommen mochte. Aber schließlich hatte er es geschafft und blickte auf das hinab, was einmal seine Hand gewesen war.
Ich hätte auf den alten Indianer hören sollen, dachte er. Was immer seine Hand berührt hatte, es war etwas, wogegen die Medizin des Weißen Mannes hilflos war.
Die Hand war zu einem unförmigen, schwärenden Klumpen geworden, in dem die Finger kaum noch zu erkennen waren. Die Haut hatte sich grau verfärbt, totes Fleisch, das in großen Stücken von seinen Knochen zu fallen begann, nur dass darunter kein Knochen mehr war, sondern viel eher eine Art Klaue, möglicherweise aber auch etwas, was eine gewaltige Hummerschere sein würde oder eine zweifingrige Insektenkralle, wenn die offensichtliche Verwandlung abgeschlossen war.
Er hatte eigentlich keine Angst, sondern empfand eher eine Art fatalistische Gelassenheit und

er verstand nun auch, warum er keinerlei Schmerzen mehr verspürte. Das konnte er nicht, denn alles, was an dieser Hand menschlich gewesen war, war von dem fremden Eindringling abgetötet worden. Sein Körper hatte sich gewehrt, diesen Kampf aber letztendlich verloren.

Hazelton warf ihm einen fragenden Blick über den Innenspiegel zu. »Wie geht es Ihrer Hand?«, fragte er.

Harrison senkte den Arm rasch noch etwas tiefer hinter den Sitz, damit der Sheriff nicht sah, was da Entsetzliches aus seinem rechten Arm wuchs. »Es ist nicht so schlimm, wie ich dachte«, antwortete er. »Es blutet nicht einmal mehr.« Er hatte immer noch keine Angst. Das Entsetzen, auf das er wartete, schlug nicht zu. In ihm war nur Leere; eine Schwärze, die ebenso tief und allumfassend schien wie die Dunkelheit am Himmel, auf die sie sich zu bewegten.

»Doc Swanson soll sich das trotzdem ansehen«, bestimmte Hazelton. Er sprach nicht weiter, aber Harrison war klar, dass er kein Verlangen nach einem weiteren verletzten Gefangenen in seinem Gefängnis verspürte, von dem er nicht wusste, was aus ihm werden würde.

Harrison widersprach nicht. Für mehrere Minuten blickte er schweigend auf das *Ding* an seinem rechten Arm hinab, dann schob er die

Hand behutsam wieder in die Schlinge und breitete sein Regencape darüber. Erst nachdem er sich davon überzeugt hatte, dass sie allen neugierigen Blicken sicher entzogen war, richtete er sich auf und ließ sich im Sitz nach hinten sinken. Hazelton musterte ihn einen weiteren Moment lang misstrauisch über den Spiegel, ließ es aber dann gut sein und konzentrierte sich wieder auf den Weg.

Harrison lauschte in sich hinein. Seine Hand war noch immer ohne jegliches Gefühl, aber in seinem rechten Arm schien ein leiser, ziehender Schmerz zu sein. Allerdings war er nicht sicher, ob er real war oder nur von seiner Fantasie hervorgerufen, jenem Teil von ihm, der sich nur zu gut an das grässliche Etwas erinnerte, in das sich Miller verwandelt hatte, und der fest davon überzeugt war, dass ihm zweifellos dasselbe widerfahren musste.

Es spielte keine Rolle mehr.

Harrison wusste, was er zu tun hatte.

Die Fahrt zurück nach Middletown kam ihm weit länger vor als die hinaus zu Kendrells Farm, obwohl mit Sicherheit das Gegenteil der Fall war: Hazelton fuhr sehr viel schneller und sie mussten diesmal auch keinem einzigen Hindernis ausweichen oder es gar beiseite räumen. Trotzdem hatte er das Gefühl, dass Stunden vergangen sein mussten, eher der Wagen endlich auf die aufgeweichte Hauptstraße des kleinen Ortes rollte. Der Regen hatte nachgelassen und die ärgste Wucht des Gewitters einige Meilen vor ihnen schien gebrochen. Am Himmel zeigte sich sogar bereits wieder ein erster zaghafter Schimmer von echtem Tageslicht.

Hazelton steuerte den Wagen zu Swansons Haus und stieg aus. »Sie kommen mit«, bestimmte er, während er um das Fahrzeug herumeilte und die Beifahrertür öffnete. »Der Doc soll sich Ihre Hand ansehen.«

Harrison widersprach nicht, ließ sich aber viel Zeit aus dem Wagen zu steigen. Verstohlen sah er sich um. Ihre Ankunft war bemerkt worden. Mindestens ein Dutzend Männer und Frauen eilten durch den jetzt nur noch mäßig fallenden Regen auf sie zu.

Während Hazelton den Verletzten aus dem Wagen zog und sich seinen Arm um die Schulter legte, umkreiste Harrison das Fahrzeug, griff sich plötzlich an den verwundeten Arm und mimte einen Schwächeanfall.

Hazelton runzelte die Stirn. »Warten Sie hier«, sagte er. »Ich bringe Stephen rein und hole Sie dann.«

Harrison nickte schwach und ließ sich gegen den Kotflügel sinken. Er wartete, bis der Sheriff das Haus des Arztes erreicht hatte und es betrat. Eine Sekunde nachdem sich die Tür hinter ihm geschlossen hatte, saß Harrison hinter dem Steuer und warf den Rückwärtsgang hinein und eine Sekunde später raste er aus der Stadt, dem Gewitter entgegen, vor dem er vor Stunden geflohen war.

Es hatte endgültig aufgehört zu regnen und der letzte Donnerschlag war verklungen, als Harrison noch fünf Minuten von *Devil's Canyon* entfernt gewesen war. Die Wolken über ihm am Himmel begannen sich aufzulösen und hier und da bahnten sich bereits die ersten zaghaften Sonnenstrahlen ihren Weg durch die dünner werdende graue Decke.

Ihr Licht offenbarte Harrison einen Anblick der Verwüstung.

Die Minenstadt existierte praktisch nicht mehr. Die Regenfluten mussten mit der Wucht eines reißenden Stromes durch den Canyon geschossen sein. Zwei der sieben größeren Gebäude und ausnahmslos *alle* kleineren waren einfach verschwunden; was von ihnen übrig war, türmte sich in einem zwanzig Fuß hohen Berg an der Steinwand der Schlucht: zerborstenes Holz, gesplitterte Bretter und Bohlen, zerstörte Ausrüstung und auch einige reglose Körper. Die übrigen Gebäude standen schräg und halb aus ihren Fundamenten gerissen da und auf jeden Fall schwer beschädigt. Der gesamte Canyon war von braunem Morast und Wasser bedeckt, in dem eine Anzahl Trümmer schwamm und weitere menschliche Körper. Harrison wagte sich nicht einmal vorzustellen, wie groß die Anzahl der Toten war, aber zugleich ließ ihn der Gedanke auch sonderbar unberührt. Die Männer, die im Lager zurückgeblieben waren, waren sowieso verloren. Vielleicht waren die, die den Wassermassen zum Opfer gefallen waren, noch die Glücklicheren.

Harrison wollte weiterfahren, doch der Wagen war kaum in den Canyon hineingerollt, als sich die Reifen auch schon in den Schlamm wühlten und dann durchdrehten. Der Morast machte den Eindruck einer geschlossenen Decke, hatte aber die Konsistenz von Sumpf. Harrison stieg aus, nahm das Gewehr, das Hazelton im Wagen liegen gelassen hatte, und machte sich zu Fuß auf den Weg.

Er kam nur sehr schwer heran. Der Schlamm reichte ihm zum Teil bis an die Knie und er schien bei jedem Schritt mit größerer Kraft an seinen Füßen zu saugen, sodass ihm das Gehen immer mehr Mühe bereitete. Er verlor den rechten Schuh, dann den linken und dann noch einen seiner Strümpfe, quälte sich aber beharrlich weiter. Die ganze Zeit über entdeckte er nicht die geringste Spur von Leben rings um sich herum. Die Stille war vollkommen. Selbst

das saugende Geräusch seiner Schritte schien irgendwo in einer Dimension der Unwirklichkeit zu versickern, bevor es die wirkliche Welt erreichte.
Was von der Minenstadt noch übrig war, bot aus der Nähe betrachtet einen noch trostloseren Anblick. Dass die Gebäude noch standen, glich einem Wunder. Eine der Mannschaftbaracken war verschwunden, die andere kaum mehr als ein leeres Skelett, in dem er nichts als ein paar zertrümmerte Möbelstücke und drei oder vier Leichname fand. Harrison verzichtete darauf, auch die anderen Gebäude zu inspizieren, sondern begab sich gleich zum Materiallager.
Es war ebenso zerstört wie alle anderen Gebäude. Das Wasser hatte nicht nur die Einrichtung zerschlagen und zu einem wirren Berg aus Trümmern an der hinteren Seite aufgeschichtet, sondern auch eine Unmenge von Schlamm hereingespült, der an manchen Stellen fast hüfthoch war.
Harrison zog eine Grimasse und seufzte leise, machte sich aber trotzdem an die Arbeit.
Er brauchte eine Stunde, um die Trümmer weit genug zur Seite zu räumen, dass er die Tür auf der Rückseite des Raumes erreichen konnte, und noch einmal fast eine halbe, um das massive Schloss darin aufzubrechen, aber schließlich hatte er es geschafft.

Das Sprengstofflager hatte dem Ansturm der Schlammlawine weitestgehend getrotzt. Durch die Tür war Wasser eingedrungen, das noch immer eine knöcheltiefe Schicht auf dem Boden bildete und zum Teil hüfthoch gewesen sein musste, wie die Spuren an den Wänden verrieten. Es hatte jedoch nicht dieselbe verheerende Gewalt wie draußen gehabt, sodass sich die Zerstörung in Grenzen hielt. Ein guter Teil dessen, was dieser Raum enthalten hatte, war verdorben, doch auf den Regalen lag noch immer genug Dynamit, um den halben Berg damit in die Luft zu jagen.

Harrison suchte nach einem trockenen Behältnis, fand einen passenden Jutesack und stopfte gut dreißig Pfund Sprengstoff hinein; mehr getraute er sich in seinem momentanen Zustand nicht zu tragen. Er setzte seine Suche fort und hatte abermals Glück: Auf einem der höher gelegenen Regale fand er eine Rolle Zündschnur und trocken gebliebene Streichhölzer, die er ebenfalls in seinen Sack gab. Anschließend warf er ihn sich über die Schulter.

Nun hatte er keine Hand mehr frei um das Gewehr zu tragen. Er spürte zwar, dass die unheimliche Klaue an seinem rechten Arm dieser Aufgabe durchaus gewachsen gewesen wäre, aber hätte er sie benutzt, so hätte er diesem ... *Ding* damit eine Wahrhaftigkeit zugesprochen,

die ihr nicht zustand. So zog er es vor, die Waffe zurückzulassen. Gegen das, dem er gegenübertreten würde, wäre sie sowieso vollkommen nutzlos.
Mit der zusätzlichen Last auf der Schulter fiel es ihm schwer, das schlammgefüllte Gebäude zu verlassen und den Eingang zur Mine zu erreichen – wo er sich einem neuerlichen, vielleicht noch schwerer zu überwindenden Hindernis gegenübersah.
Die Flutwelle war mit Urgewalt gegen die Wand des Canyons geschmettert und hatte einen gigantischen Berg an Unrat und Trümmern aufgetürmt; nicht nur vor dem Fels, sondern auch im Tunneleingang. Die rechteckige Öffnung war von einem Gewirr aus Balken, Metall, zersplitterten Brettern und Bohlen und allen möglichen anderen Dingen verstopft, eine schier unüberwindliche Barriere, aus der noch dazu ein ganzer Wald scharfkantiger Zacken und zerborstener Spieße ragte, die ein Überklettern – noch dazu mit einer Hand – zu einem lebensgefährlichen Abenteuer machen würde.
Es gab jedoch keinen anderen Weg, und die Barriere zur Seite zu räumen war vollkommen ausgeschlossen. Vorsichtig, aber mit grimmiger Beharrlichkeit machte sich Harrison an die kräftezehrende Aufgabe, das zwanzig Fuß hohe Hindernis zu übersteigen.

Es fiel ihm leichter, als er zu hoffen gewagt hatte. Er handelte sich einige heftig blutende Schrammen und Kratzer ein und einmal stürzte er sogar und rutschte hilflos ein Stück weit den Weg wieder zurück, den er sich gerade so mühsam hinaufgequält hatte. Aber er verletzte sich nicht ernsthaft, und als er schließlich auf dem Gipfel des Trümmerberges angelangt war, da hatte er es in kaum der Hälfte der Zeit geschafft, die er ursprünglich dafür veranschlagt hatte.

Doch es gab keinen Grund zum Jubeln. Wie es aussah, begannen die eigentlichen Schwierigkeiten jetzt erst.

Die Trümmerbarriere setzte sich auch im Innern des Berges fort und sie bildete hier keinen steil ansteigenden Berg wie draußen, wo sie von der Urgewalt des Wassers zusammengepresst worden war, sondern einen fast sanft abfallenden Hang, aus dem gefährliche Hindernisse ragten und der weiter in den Stollen hineinverlief, als das Licht reichte.

Harrison blieb gute fünf Minuten dort sitzen, wo er war, um zu neuen Kräften zu gelangen, dann schulterte er seinen Sack und machte sich an den langen, mühsamen Abstieg.

Diesmal wurde er nicht enttäuscht. Der Abstieg *war* so gefährlich, wie er geglaubt hatte, und noch sehr viel anstrengender. Zweimal musste er unterwegs Halt machen um zu neuen Kräften zu kommen, und als er das Ende der Schutthalde schließlich erreicht hatte, war er vollkommen erschöpft. Der Sack über seiner Schulter schien eine Tonne zu wiegen. Er ließ ihn zu Boden gleiten, sank selbst auf die Knie und schloss für endlose Sekunden die Augen. Sein Herz hämmerte zum Zerspringen und das Blut rauschte in seinen Ohren. Er musste all seine Willenskraft aufbieten, um nicht einfach vor Erschöpfung einzuschlafen.

Nach einer Ewigkeit hob er die Lider, auch wenn sie mit einem Mal Zentner zu wiegen schienen, und sah das Licht. Der Tag war auf halber Höhe des Schutthanges hinter ihm zurückgeblieben, aber auch vor ihm schimmerte es hell. Auch das Geräusch in seinen Ohren war noch da, aber er identifizierte es jetzt als einen Laut, der vor ihm erscholl, keineswegs als das Rauschen seines eigenen Blutes. Er hatte fast die Abzweigung zu *Old Skunk* erreicht. Die Helligkeit und das Geräusch kamen von dort.

Unendlich mühsam quälte sich Harrison auf die Füße und torkelte los. Den Jutesack mit dem Sprengstoff ließ er, wo er war.

2A war hell erleuchtet. Dutzende von Laternen brannten und der Boden war vollkommen trocken. Aus irgendeinem Grund hatte die Flutwelle diesen Teil des Berges verschont.

Harrison traf den ersten Mann, als er den halben

Weg bis zur durchbrochenen Rückwand des Stollens hinter sich gebracht hatte. Er saß auf dem Boden, starrte aus leeren Augen ins Nichts und wiegte den Oberkörper beständig vor und zurück. Dieselben unheimlichen wimmernden Töne, die Harrison schon von Grabert gehört hatte, kamen über seine Lippen. Harrison wagte es nicht, ihn anzusprechen, sondern ging rasch weiter.

Auf dem Weg zum Ende des Schachtes traf er auf einen zweiten, dritten und vierten Mann, die sich alle im selben Furcht einflößenden Zustand befanden. Offensichtlich hatten die Männer versucht, sich vor der Flutwelle hierher in Sicherheit zu bringen, denn obwohl er draußen etliche Leichen gesehen hatte, konnte es trotzdem nur ein geringer Teil der Arbeiter gewesen sein. Den Wassermassen waren sie entkommen, aber etwas anderes, viel Schlimmeres hatte hier drinnen auf sie gewartet.

Harrison ging weiter, trat gebückt durch die mittlerweile mit Balken abgestützte Öffnung am Ende des Tunnels in die Knochenhöhle und dort fand er die anderen Männer; wenigstens einen Teil von ihnen.

Sie befanden sich in demselben schrecklichen Zustand wie die, die er draußen getroffen hatte. Nicht alle saßen oder hockten auf dem Boden. Viele standen auf der Stelle oder bewegten sich mit kleinen, sinnlos erscheinenden Schritten vor und zurück oder im Kreis, und alle gaben diese Angst machenden, an- und abschwellenden Laute von sich und hatten die gleichen leeren Augen. Viele von ihnen wiesen Verletzungen auf, wie Harrison sah; die meisten an den Händen. Fast alle hatten aufgeschürfte Knöchel und zerschundene Finger; bei einigen gewahrte er Wunden, die bis auf den blanken Knochen reichten. Die Bewegungen der Männer erinnerten Harrison an die von aufziehbaren Spielzeugen, die jemand in Gang gesetzt und dann einfach vergessen hatte.

Schaudernd bewegte er sich zwischen ihnen hindurch auf das Ende des asymmetrischen Raumes und die Treppe zu. Auch sie war voller Männer, die sich auf dieselbe unheimliche Weise verhielten wie die weiter hinten. Auch sie waren ausnahmslos verletzt, einige von ihnen sogar wirklich schlimm. Harrison hörte jedoch nicht den geringsten Schmerzenslaut, sondern nur diesen unheimlichen eintönigen Gesang. Er ging schneller weiter, wobei er sorgsam darauf achtete, keinen der Männer zu berühren. Langsam näherte er sich dem oberen Ende der Treppe – von dem sein Gleichgewichtssinn übrigens immer noch behauptete, er befände sich *unten*.

Etwas mit dem Licht, das ihm von dort entgegenstrahlte, stimmte nicht. Es war zu hell und zu klar, um von einer Petroleumlampe stammen zu können.

Und das tat es auch nicht.

Es war *Tageslicht*.

Harrison stand eine geraume Weile einfach fassungslos da und blickte mit in den Nacken gelegtem Kopf nach oben, dorthin, wo am Abend zuvor noch eine massive Decke aus Erdreich und Felsen gewesen war. Sie war verschwunden und auch der Spalt zwischen der grünen Metallwand und dem Erdreich hatte sich merklich verbreitert. Helles Sonnenlicht strahlte vom Himmel auf die bizarren Gebilde herab und jetzt verstand er auch, woher die zerschundenen Hände der Männer und ihre Verletzungen kamen. Sie hatten die monströse Wand *ausgegraben*.

Harrison machte einen Schritt, blieb wieder stehen und sah verwirrt nach rechts und links. Die Wand setzte sich in beiden Richtungen fort, so weit er sehen konnte, und schien eine leichte Krümmung aufzuweisen. Er vermied es bewusst, die absonderlichen Linien und Zeichnungen darauf anzublicken, kam aber trotzdem nicht umhin, zu erkennen, dass sie in ihrer Gesamtheit wiederum ein größeres, aus der Nähe aber nicht zu identifizierendes Muster bildeten.

Eine Unregelmäßigkeit ein Stück entfernt fiel

ihm auf. Harrison warf einen suchenden Blick hinter sich, zögerte noch einen Moment und setzte sich dann in Bewegung.

Die Unregelmäßigkeit erwies sich beim Näherkommen als Öffnung in der Wand. Das Metall in ihrem Inneren und auch dahinter schimmerte in reinstem Goldton, der Raum selbst jedoch, der sich hinter dem Durchgang befand, war von einem unangenehmen giftig grünen Licht erfüllt, das aus keiner bestimmten Quelle kam, sondern einfach da war, als bestünde die Atmosphäre jenseits der Tür aus einem selbst leuchtenden Gas. Der sinnesverzerrende Effekt, den Harrison schon in der Knochenhöhle bemerkt hatte, war hier noch viel stärker: Er konnte zwar durch die Öffnung hindurchblicken, aber einfach nicht sagen, was er auf der anderen Seite sah.

Harrison zögerte noch einen Moment, aber dann, obwohl ihn das, was auf der anderen Seite auf ihn lauern mochte, mit geradezu panischer Angst erfüllte, trat er doch durch die Öffnung.

Nun konnte er sehen, was vor ihm lag – auch wenn es noch viel unmöglicher war als alles, was er draußen und tief unten im Berg zu Gesicht bekommen hatte. Dimensionen zählten hier nicht mehr. Das Gebäude war von außen groß, in seinem Inneren jedoch gigantisch. Vor ihm erstreckte sich ein endloser Korridor, der weder gerade noch auf- oder abwärts zu verlaufen schien, sondern wieder in jene gar nicht existierende Richtung führte, die Teil dieses nicht euklidischen Universums war, aus dem das Gebilde stammte, und ihn sofort wieder schwindeln ließ.

Alles hier drinnen bestand aus Gold. Markus hat Recht gehabt, dachte er betäubt. Sie hatten El Dorado gefunden, aber es war nicht das gelobte Land, sondern der Eingang zu einem Universum des Wahnsinns und der unaussprechlichen Schrecken. Auch hier drinnen waren Männer, die sich auf dieselbe sinnlose Art bewegten wie die draußen und deren Augen von derselben schrecklichen Leere erfüllt waren, aber Harrison schenkte ihnen kaum Beachtung. Das, was er sah, schlug ihn viel zu sehr in seinen Bann.

Beiderseits des schmalen Ganges, der sich vor ihm in eine unbeschreibbare Richtung erstreckte, erhoben sich unterschiedlich große Quader aus Gold, in deren Oberfläche dieselbe Vielfalt verstandesverdrehender Symbole eingraviert waren wie in dem Fels draußen und die Oberfläche des Gebäudes selbst, und auf jedem dieser Quader erhob sich ein Gebilde aus Gold und kristallklarem Quarz, wie riesige schimmernde Aquarien. Manche von ihnen waren winzig, kaum größer als ein Daumennagel, andere wiederum gigantisch, schimmernden Ballsälen aus Kristall gleich, und keiner davon war leer. Manche schienen es zu sein, aber Harrison nahm an, dass dieser Eindruck einzig auf der Winzigkeit ihres Inhaltes beruhte, bei denen es sich um Mikroben oder noch kleinere, ihm unbekannte Geschöpfe handeln mochte. In anderen wiederum befanden sich riesige, zum Teil bizarre Geschöpfe: Reptilien und Säugetiere, unbekannte Tiefseefische mit glotzenden Augen auf langen Stielen, Bisons und Elefanten, Hunde, Ratten und Löwen, gemeine Sperlinge neben prachtvollen Paradiesvögeln mit schreiend buntem Gefieder, Pandabären und Spinnen, exotische Reptilien und Haie, Wanzen und Fliegen und andere Schädlinge neben lederflügeligen Urzeitvögeln mit Ehrfurcht gebietenden Schnäbeln, Schwalben und Seelöwen, Bären, Wölfen und geschmeidigen Pardern, ekelhaftem Gewürm und farbenschillernden Tiefseefischen und Korallen, aber auch einer großen Anzahl von Kreaturen, wie sie Harrison noch niemals zuvor im Leben zu Gesicht bekommen hatte und die zum Teil erschreckend wirkten und sowohl aus dem Tier- als auch dem Pflanzenreich stammten. In einem jeden Kristallberg befanden sich zwei Exemplare ein- und derselben Gattung, jeweils ein männliches und ein weibliches; ausgenommen jener Spezies, die nur ein einziges Geschlecht zur Fortpflanzung benötigten. Keines der Geschöpfe zeigte auch nur eine Spur von Leben und doch spürte Harrison deutlich, dass sie nicht tot waren, sondern vielmehr nur in einem Bereich des Universums gefangen, in dem die Zeit keine Macht mehr über sie besaß.

Und langsam begann er zu begreifen, was er da sah.

Während er durch den endlosen Korridor wanderte und seinen Blick über gläserne Behältnisse mit Fröschen und Mäusen, Urkrebsen und Nashörnen, See-Elefanten und bunten Pfauen gleiten ließ, wurde ihm klar, dass in diesem Gebäude Exemplare *jeder* einzelnen Kreatur versammelt sein mussten, die die Schöpfung jemals hervorgebracht hatte, vom mikroskopischen Bewohner eines Wassertropfens bis hin zum gigantischen Dinosaurier, eine Zeittafel des Lebens, das sich auf der Erde entwickelt hatte, vom allerersten Tag vor Millionen und Abermillionen von Jahren bis in die Gegenwart hin.

Schließlich erreichte er ein Aquarium, in dem zwei Geschöpfe standen, die Menschen glichen, es aber noch nicht ganz waren. Stirn und Kinn waren fliehend, die Nasen breit wie die von Affen und die Augen lagen unter mächtigen Knochenwülsten. Ihre Augen waren ohne

Glanz, aber das Leben darin war nicht erloschen, sondern nur in einem zeitlosen Ausschnitt der Ewigkeit gefangen.
Als er weitergehen wollte, ertönte hinter ihm ein metallisches Klicken und eine Stimme sagte: »Wenn Sie auch nur noch einen einzigen Schritt tun, erschieße ich Sie.«
Der Klang von Hazeltons Stimme strafte seine Worte Lügen. Sie bebte und war nur noch einen Deut davon entfernt zu brechen. Harrison drehte sich ganz langsam herum und blickte zuerst ins Gesicht des Sheriffs, dann auf die doppelläufige Schrotflinte, die Hazelton auf ihn richtete. Die Waffe zitterte jedoch so heftig in seinen Händen, dass er wahrscheinlich nicht getroffen hätte, obwohl er keine fünf Fuß hinter ihm stand.
»Ich habe befürchtet, dass Sie mir folgen würden, Sheriff«, sagte Harrison leise. »Ich habe gehofft, dass Sie es nicht tun, aber mir war schon klar, dass es eine vergebliche Hoffnung war. Sind Sie allein gekommen?«
»Ja«, antwortete Hazelton. »Aber machen Sie sich keine falschen Hoffnungen. Eine einzige unrichtige Bewegung und ich puste Ihnen den Schädel weg!«
Seine Drohung war ernst gemeint, entsprang aber nur seiner Angst.
Harrison lächelte bitter.

»Glauben Sie mir, Sheriff«, sagte er, »damit würden Sie mir nur einen Dienst erweisen.«
Hazelton starrte ihn weiter aus Augen an, die dem Wahnsinn näher waren als der Normalität. Dann senkte er die Waffe. Seine Hände zitterten noch mehr. »Was ist das?« Er deutete auf die Geschöpfe hinter Harrison. »Sind das ... *Menschen*?«
Harrison schüttelte den Kopf. »Fast«, sagte er. »Man nennt sie *Cromagnon*. Sie sind sozusagen unsere direkten Vorfahren. Unsere Väter, wenn Sie so wollen.«
Er drehte sich wieder zu dem Bassin um. Die beiden Urzeitmenschen schienen jetzt direkt auf ihn herabzublicken. Ihre Augen waren von einem düsteren Wissen erfüllt, das ihn zutiefst erschreckte. Ein Stück dahinter, gerade weit genug, sie nicht ganz genau erkennen zu können, schienen zwei weitere Gestalten zu sein, die vielleicht ganz menschlich waren. Die Reihe kristallener Behältnisse setzte sich auch hinter ihnen noch fort, bis sie in den sinnverdrehenden Dimensionen dieses Raumes verschwammen. Harrison fragte sich, was dahinter sein mochte. Aber eigentlich wollte er es nicht wirklich wissen.
»Aber wer hat sie hier eingesperrt?«, murmelte Hazelton. »Ich ... ich dachte, sie wären ausgestorben. All diese Geschöpfe! Wer ... jemand

muss sie doch ...« Er begann zu stammeln, verlor vollends den Faden und fuhr sich nervös mit dem Handrücken über den Mund. Sein Blick flackerte.

»Lassen Sie uns gehen, Sheriff«, sagte Harrison leise. *Menschen sollten hier nicht sein.* Das sprach er nicht laut aus, aber Hazelton schien wohl dasselbe zu empfinden, denn er widersprach nicht, sondern drehte sich wortlos um und ging neben ihm den Weg zurück, den sie gekommen waren.

Etwas hatte sich verändert, als sie das unheimliche Gebäude wieder verließen. Im ersten Moment konnte Harrison nicht genau sagen, was – das Gefühl einer latenten Bedrohung, das die ganze Zeit wie ein Pesthauch über dem Canyon und der Mine gehangen hatte, hatte sich verstärkt, aber das war es nicht allein. Dann keuchte Hazelton erschrocken und hob seine Waffe und Harrison sah es auch: Sie waren nicht mehr allein. Aus der Richtung, in der die Knochenhöhle lag, näherten sich ihnen zahlreiche Männer. Ihre Augen waren noch immer leer. Sie bewegten sich nur sehr langsam, mit hängenden Schultern und kraftlos pendelnden Armen, aber an ihrem Kommen war etwas ungemein Bedrohliches. Harrison spürte, dass es besser war, sich ihnen nicht zu nähern.

Der Sheriff hob sein Gewehr höher, doch Har-

rison schüttelte rasch den Kopf und drückte den Lauf des Gewehres zur Seite. »Nicht.«
Er deutete nach rechts. Auch von dort kamen Männer, aber es waren nicht annähernd so viele. Fünf, vielleicht sechs. In dem auf das Doppelte verbreiterten Zwischenraum zwischen Wand und Erdreich war es vermutlich kein Problem, ihnen auszuweichen. Sie liefen los.
Trotz der Schwerfälligkeit ihrer Gegner gelang es ihnen nur unter großer Mühe, das lebende Hindernis zu überwinden. Harrison und der Sheriff tauchten unter träge zupackenden Händen hindurch und wichen sich behäbig bewegenden Leibern aus, doch der Spalt erwies sich als enger, als es den Anschein gehabt hatte. Schließlich musste Hazelton zwei der Männer grob zu Boden stoßen, damit sie überhaupt an ihnen vorbei kamen, und kaum dass sie es geschafft hatten, richteten sie sich auch schon wieder auf und drehten sich um, um erneut hinter ihnen herzutorkeln. Die ganze Zeit stießen sie dabei diese wimmernden Laute aus, die Harrison aber jetzt fast wie ein monströser Gesang vorkamen; fast als versuchten sie, Töne und Worte zu formen, für die ihr menschlicher Sprechapparat einfach nicht geschaffen war.
»Los!«, keuchte Hazelton. »Weiter!«
Er hatte nur zu Recht. Sie waren noch lange nicht außer Gefahr. Hinter dem halben Dut-

zend Männer drängten immer mehr Gestalten heran; Dutzende, wenn nicht alle. Sie bewegten sich nicht sehr schnell und konnten es vermutlich auch gar nicht, aber an ihrem Schlurfen war etwas schrecklich Unaufhaltsames.

Harrison und der Sheriff wandten sich um und eilten davon, so schnell es gerade noch möglich war, ohne wirklich zu rennen. Nach gut zweihundert Fuß erst erreichten sie das Ende der grün schimmernden Wand. Das Gebäude war nicht nach einem eckigen Grundriss errichtet, sondern besaß eine abgerundete Schmalseite. Auch sie war ausgegraben worden und ein Teil des lockeren Erdreichs hatte unter dem Regen nachgegeben und war eingebrochen, sodass es eine steile, aber nicht unbesteigbare Böschung von gut vierzig Fuß Höhe bildete.

»Da kommen wir rauf!«, sagte Hazelton. »Schnell!«

Sie brauchten lange um auf die aus Schlamm und Geröll bestehende Rampe zu klettern, aber mit vereinten Kräften schafften sie es schließlich. Harrison sank am Ende seiner Kräfte am oberen Rand der Grube auf die Knie und rang keuchend nach Atem. Unter ihnen hatten die ersten Verfolger die Böschung erreicht und versuchten ihnen zu folgen, ohne dass es ihnen gelang. Ihre Glieder waren zu steif und ihre Bewegungen zu wenig koordiniert, als dass es ihnen möglich gewesen wäre, in dem Gemisch aus Geröll und nachrutschendem Schlamm den nötigen Halt zu finden.

Harrison blieb ungefähr eine Minute auf den Knien und rang keuchend nach Luft, erst dann hob er den Kopf und sah zu Hazelton hoch. Der Sheriff stand wie erstarrt neben ihm. Er blinzelte nicht und Harrison konnte nicht einmal sehen, dass er atmete. Er starrte aus weit aufgerissenen Augen in die Grube hinter Harrison hinab. Harrison richtete sich auf und drehte sich langsam herum.

Zum ersten Mal konnte er das unheimliche Gebäude in seiner Gänze überblicken.

Nur dass es kein *Gebäude* war ...

»Unmöglich!«, stammelte Hazelton. »Wir ... wir sind fast siebzig Meilen von der Küste entfernt! Das kann nicht sein!«

Harrison schwieg. Es war auch unmöglich, dass hundert Männer diesen Koloss in nur einer einzigen Nacht und mit nichts als ihren bloßen Händen und ein paar Schaufeln und Spitzhacken ausgegraben haben sollten, aber sie hatten es getan und das war längst nicht die einzige Unmöglichkeit, die ihm in den letzten Tagen widerfahren war. Er hörte Hazeltons Worte, aber er war nicht in der Lage, irgendwie darauf zu reagieren. Er stand da und starrte in das vierzig Fuß tiefe Loch hinab.

Der Gigant war gute vierhundert Fuß lang und wies an seiner dicksten Stelle vielleicht ein Zehntel dieses Maßes auf. Seine Höhe konnte Harrison nur schätzen, denn die Männer hatten ihn nur bis zur Tiefe des Durchganges ausgegraben, der in die Knochenhöhle hinabführte, aber er nahm an, dass sie ungefähr dem Durchmesser des Rumpfes entsprach. Etwa aus der Mitte des riesigen Gebildes erhob sich ein wuchtig geformter Aufbau, der eigentlich über das Bodenniveau hätte hinausreichen müssen; es vielleicht auch getan hatte, aber seit Urzeiten zwischen Unterholz und Felsen verborgen gewesen war. Das vordere Ende des Rumpfes war abgerundet, während das andere, von ihnen entfernte, in drei riesigen symmetrischen Heckflossen auslief. In der Grube unter ihnen lag ein gewaltiges Unterseeboot. Siebzig Meilen vom Meer entfernt und auf dem Gipfel eines achtzig Fuß hohen Berges.

»Das kann nicht sein«, stammelte Hazelton immer wieder. »Das ist nicht möglich!«

»Es ist nicht das, was Sie glauben«, murmelte Harrison. »Nur das, was Sie zu sehen *erwarten.*« *Weil sein wahrer Anblick Ihren Geist zerbrechen würde*, fügte er in Gedanken hinzu.

»Was ... was ist das?«, wimmerte Hazelton. Harrison fragte sich, wie lange sein Verstand der Belastung wohl noch standhalten konnte.

»Sie haben es doch gesehen«, sagte er leise. »Es besteht zur Gänze aus Gold.«
»Und?«
»Einem Metall, das niemals verwittert und nicht zerfällt«, fuhr Harrison fort. »Nicht in Millionen Jahren. Sehen Sie – dort.«
Seine ausgestreckte Hand wies auf eine Stelle unweit der, an der sie das riesige Fahrzeug betreten hatten. Wie er schon aus der Nähe gesehen hatte, bildeten die unheimlichen Linien und Bildnisse aus weiterer Entfernung betrachtet ein größeres Muster. Es war ebenso unheimlich anzuschauen, einige Teile davon konnten jedoch mit etwas Fantasie durchaus als Buchstaben gedeutet werden. Sie waren es nicht, ganz gewiss nicht, denn diese Gebilde mussten entstanden sein, lange bevor es Menschen auf dieser Welt gab, ja vielleicht sogar, bevor das erste Leben in den sterilen Salzwasserozeanen erwacht war, aber man konnte sie als solche deuten.
»A-R-C-H-E«, buchstabierte Harrison. Dann verlor sein Gesicht noch mehr Farbe.
»Nein!«, keuchte er. »Das kann nicht sein! Das ist *unmöglich*!«
»Sie wissen, wie die Indianer diesen Berg nannten?«, fragte Harrison leise. »*A-Cháat*. Erinnert Sie das an irgendetwas?« Er lachte, sehr leise und sehr, sehr bitter. »Sie irren sich, Sheriff. Das

Schicksal *kann* so grausam sein.« Er hob die linke Hand, als Hazelton antworten wollte.

»Gehen Sie, Sheriff«, sagte er. »Solange noch Zeit dafür ist.«

»Und Sie?«, fragte Hazelton.

»Ich komme nicht mit«, antwortete Harrison. »Es ist zu spät für mich. Ich muss noch einmal dort hinunter.«

Hazelton schwieg einige Sekunden, aber er schien wohl zu ahnen, wie Harrisons Worte gemeint waren, denn plötzlich ergriff er sein Gewehr fester und setzte ein grimmiges Gesicht auf. »Dann begleite ich Sie!«

»Das geht nicht«, erwiderte Harrison. »Der Mann, der heute Morgen im Wald bei uns war ... ist er ein Freund von Ihnen?«

Hazelton nickte. Das Schicksal *war* grausam.

»Dann gehen Sie zurück und passen Sie gut auf ihn auf«, fuhr Harrison fort. Er hätte Hazelton geraten, ihn zu töten, besann sich dann aber eines Besseren und sagte nur: »Sperren Sie ihn ein und bewachen Sie ihn ein paar Tage. Vielleicht hat er ja Glück. Und nun gehen Sie endlich!«

»Versuchen Sie mich zu zwingen!«, sagte Hazelton trotzig.

»Seien Sie kein Narr!«, antwortete Harrison. »Wollen Sie Ihr Leben wegwerfen, einfach für nichts?!«

»So wie Sie?« Hazelton hatte sich offenbar in den Kopf gesetzt den Helden zu spielen.
»Ich habe weder Frau noch Kinder, für die ich verantwortlich bin«, antwortete Harrison scharf. »Und auch keine ganze Stadt, deren Menschen sich auf meinen Schutz verlassen!«
Er hatte die Verantwortung gehabt. All die Männer in dieser Mine, mehr als einhundertfünfzig Seelen, hatten ihm ihr Leben anvertraut und er hatte dieses Vertrauen so grausam enttäuscht, wie es nur möglich war.
»Und ich habe keine Wahl mehr«, fügte er leise hinzu. Dann zog er die rechte Hand unter der Schlinge hervor.
Hazelton stieß einen keuchenden Schrei aus und prallte zwei, drei Schritte zurück. »Großer Gott!«, stammelte er. »Aber was ... nein ... NEIN!«
Harrison warf nur einen flüchtigen Blick auf seine rechte Hand. Sein menschliches Fleisch war mittlerweile vollkommen abgefallen, ohne dass er es auch nur gemerkt hätte, und darunter war etwas zum Vorschein gekommen, was länger als einen Sekundenbruchteil anzublicken er nicht ertrug.
»Was haben Sie getan?«, stöhnte Hazelton verzweifelt.
»Ich bin etwas zu nahe gekommen, das Menschen nicht berühren sollten«, antwortete Har-

rison. »Ich habe eine Verabredung mit ihm. Dort unten. Und nun gehen Sie, Sheriff. *Bitte!*«
Hazelton zögerte noch eine letzte Sekunde. Aber dann wandte er sich von Grauen geschüttelt um und rannte schnell davon.

Jenseits der Furcht bereitete es Harrison kaum Mühe, an den auf so unheimliche Weise verwandelten Männern vorbeizukommen. Die Höhle der Gebeine zu durchqueren und dorthin zurückzugelangen, wo er seinen Jutesack stehen gelassen hatte. Einige der ziellos umhertorkelnden Gestalten hatten ihren Weg mittlerweile auch dorthin gefunden, sein tödliches Geschenk für die, die unter der Erde wohnten, jedoch nicht angetastet. Sie wussten auch mit Sicherheit nicht, was es war. Harrison glaubte in einer der bemitleidenswerten Gestalten auch Saleras zu erkennen, sparte sich aber die Mühe ihn anzusprechen. Die Männer waren verloren, ausnahmslos. Vielleicht vermochte das, was er zu tun beabsichtigte, noch ihre Seelen zu retten, falls es in dem Universum aus Hoffnungslosigkeit und Schwärze, das sich vor ihm auftat, überhaupt so etwas wie eine unsterbliche Seele gab, aber nicht einmal dessen war er noch sicher. Er schulterte seinen Sack, wandte sich um und trat noch einmal ein paar Schritte weit in den Seitengang hinein um eine Laterne zu holen, dann machte er sich auf den Weg tiefer in die

Mine hinein. Er traf auf zwei, drei weitere Männer, die sich in der Dunkelheit verirrt hatten und hilflos umhertrotteten, und wich ihnen ohne Mühe aus. Wie Motten, die vom Licht angezogen wurden und nur ihren dumpfen Instinkten folgten, wandten sie sich um und wankten ihm nach, aber sie waren viel zu langsam um eine Gefahr darzustellen.
Kurz bevor er den Seitengang erreichte, der in den alten Teil der Mine führte, fand Harrison den ersten Toten. Der menschliche Körper war kaum noch als solcher zu erkennen. Etwas war mit unvorstellbarer Wut über ihn hergefallen und hatte ihn buchstäblich in Stücke gerissen. Wenige Schritte danach fand er einen zweiten, dann einen dritten und schließlich eine ganze Gruppe ähnlich zugerichteter Leichname und schließlich das, was er nach diesem grausamen Fund erwartet hatte: Die Barriere, die die Männer erst vor wenigen Stunden unter seiner Anleitung errichtet hatten, war aufgebrochen. Die daumendicken Eisenstäbe waren wie dünner Draht zerfetzt, verdreht und zum Teil aus Wänden und Boden gerissen, und im Licht der Grubenlampe gewahrte Harrison überall im Fels ringsum frische Kratzer und Schrammen, wie von gewaltigen Klauen in unbeschreiblicher Raserei hineingeschlagen.
Seine Entdeckung erschreckte Harrison keines-

wegs, sondern erfüllte ihn im Gegenteil mit einem schwachen Schimmer von Hoffnung. Weder mit dem notwendigen Werkzeug ausgestattet noch im Besitz der Zeit, die er gebraucht hätte, das Hindernis auf anderem Wege zu entfernen, hatte er vorgehabt, die Barriere mit einem Teil des mitgebrachten Dynamits einfach wegzusprengen, ohne genau zu wissen, ob die Tunneldecke und die uralten Träger der Explosion standhielten. Nun, da er dieses Risiko nicht mehr eingehen musste, standen seine Chancen ein wenig besser, sein Vorhaben zu Ende zu bringen. Ohne Mühe schritt er durch die Öffnung in dem Eisengitter hindurch, die von etwas geschaffen worden war, das viel größer als ein Mensch gewesen sein musste, und ging bis zum Ende des Tunnels.

Die zweite Barriere dicht hinter der Gabelung war vollends zerstört; praktisch nicht mehr vorhanden. Harrison lief über ihre zerfetzten Reste hinweg, hielt seine Lampe höher und fand sich in der runden Felskammer mit dem Aufzugsschacht wieder. Die rechteckige Plattform war verschwunden. Die Ketten, an der sie aufgehängt war, führten straff gespannt in die Tiefe.

Harrison lud seinen Sack ab, öffnete ihn und nahm die zusammengerollte Zündschnur, die Streichhölzer und eine einzelne Stange in braunes Ölpapier eingewickeltes Dynamit heraus.

Nachdem er gerade genug von der Zündschnur abgerissen hatte, damit das Stück noch eine Fingerlänge aus dem Sack herausragen konnte, schob er das Ende in die Dynamitstange, drückte es sorgsam fest und legte die Stange in den Sack zurück. Den Rest der Zündschnur ließ er achtlos fallen, die Streichhölzer hingegen steckte er ein. Anschließend schulterte er den Sack, knotete ihn sorgfältig mit dem daran befindlichen Strick über der Brust fest und trat an den Aufzugsschacht heran.

Als er nach der Kette griff, die den Flaschenzug betätigte, hörte er ein Geräusch. Im ersten Moment glaubte er, es wäre das Wimmern eines der lebenden Toten, der dem Schein seiner Lampe bis hierher gefolgt war, aber dann merkte er, dass es aus der Tiefe kam, dem Schacht vor ihm. Es war tatsächlich ein Wimmern, aber es klang viel mehr nach dem Weinen eines Kindes als nach den unmenschlichen Lauten, die die Verwandelten von sich gaben.

Nichts von alledem hinderte Harrison daran, regelmäßig weiter an der Kette zu ziehen. Nach wenigen Augenblicken schon kam die Aufzugsplattform in Sicht. Harrison nahm seine Lampe, trat auf die rechteckige Plattform und begann sich nun in umgekehrter Richtung selbst nach unten zu lassen. Für Momente übertönten das leise Klirren der Ketten und das Quietschen des

Flaschenzuges das Weinen, aber als er den Felsboden fünfzig Fuß tiefer erreicht hatte und von der Plattform trat, hörte er es wieder. Es war jetzt deutlicher. Es drang aus demselben Stollen, den er vor zwei Tagen betreten hatte.
Harrison ging in den Stollen hinein, ohne innezuhalten. Sein Fuß stieß gegen den abgebrochenen Dolch und ließ ihn klirrend in der Dunkelheit verschwinden und nach nur ein paar Dutzend weiteren Schritten fand er den toten chinesischen Arbeiter. Das Weinen war jetzt ganz nahe. Es war nicht das Weinen eines Kindes, das erkannte er jetzt.
Markus saß zehn Schritte hinter dem Chinesen auf dem Boden, hatte den Oberkörper weit nach vorne gebeugt und das Gesicht in den Händen vergraben. Er schluchzte so heftig, dass seine Schultern bebten und seine ganze Gestalt zitterte, und er hatte ein Gewehr über den Knien liegen. Er war von einem guten Dutzend der handlangen Nacktschnecken umgeben, deren zu schwarzem Teer erstarrte Schleimspuren ein verwirrendes Muster auf den Boden rings um ihn gezeichnet hatten; trotzdem ein Muster von beruhigender Normalität. Etliche der grotesken Geschöpfe hatten die augenlosen Köpfe gehoben und in Markus' Richtung gestreckt, als fühlten sie seinen Schmerz und versuchten ihn irgendwie zu trösten.

Harrison ließ sich vor Markus auf die Knie sinken und berührte ihn an der Schulter und Markus nahm für einen Moment die Hände herunter und sah ihn aus Augen an, in denen etwas Schlimmeres als Wahnsinn flackerte. Er weinte und schluchzte ununterbrochen weiter.
»Ich war da, Sir«, stammelte er. »Ich war da. Ich habe es gesehen.«
»Ich weiß«, murmelte Harrison. Er griff in die Westentasche, grub einen Moment lang darin und förderte schließlich zwei Zigarren zutage. Er konnte sich nicht einmal erinnern sie eingesteckt zu haben. Eine davon steckte er sich selbst zwischen die Lippen, die andere hielt er Markus hin, aber sein ehemaliger Vorarbeiter wusste nicht mehr, was er damit anfangen sollte.
»Ich war da«, schluchzte er erneut. »Ich habe es gesehen, Sir!«
Harrison zuckte mit den Schultern, steckte die Zigarre sorgsam wieder ein und riss ein Streichholz an, um sich seine in Brand zu stecken. Er nahm einen tiefen Zug und genoss das Gefühl, mit dem der heiße Rauch seine Lunge erfüllte.
Dann wartete er.
Er musste sich nicht allzu lange gedulden.
Nach einer Weile hörte er, wie hinter ihnen die Ketten des Aufzuges zu klirren begannen, nicht langsam und gleichmäßig, so als ob jemand den Aufzug wieder nach oben zog, sondern schnell,

wütend, als tobe etwas ungeheuer Großes den Schacht herab. Harrison nahm einen tiefen Zug aus seiner Zigarre und blies den Rauch kräftig auf ihr Ende um die Glut weiter anzufachen. Das Klirren der Kette hörte auf. Er konnte jetzt dieses Geräusch gewaltiger, krallenbewehrter Klauen auf dem Fels hören. Horn und nasses Leder schienen über Stein zu scharren. Der Boden unter ihnen begann zu zittern. Die Geräusche kamen schnell näher.

»Ich habe es gesehen, Sir!«, wimmerte Markus wieder. »Ich war dort! Ich bin weitergegangen und ich habe es gesehen!«

»Ich weiß«, flüsterte Harrison. Er blies noch einmal auf seiner Zigarre, hielt die Glut an das Ende der Zündschnur, die über seine Schulter hinausragte und in dem Sack mit dreißig Pfund Dynamit auf seinem Rücken verschwand, und wartete, bis sie sich Funken sprühend in Brand gesetzt hatte. Dann nahm er die Zigarre wieder zwischen die Lippen, setzte sich vollends neben Markus und schloss ihn in die Arme.

Etwas Riesiges, Glitzerndes erschien im Licht der Grubenlampe und raste auf sie zu und Markus schluchzte noch einmal: »Ich habe es gesehen, Sir!

Ich habe gesehen, was nach den Menschen kommt!«

Der alte Indianer stand noch lange am Rand der Grube, nachdem die gewaltige Feuersäule erloschen war und der Rauch sich verzogen hatte. Die Erde bebte noch immer, und wo der grün schimmernde Koloss gewesen war, da gähnte jetzt ein gewaltiges, bodenloses Loch, in das noch immer Steintrümmer und Lawinen aus Schlamm und Geröll stürzten. Manchmal glaubte er ein Zittern zu spüren, das tief, unendlich tief aus der Erde heraufdrang und machtvoller war als die Erschütterung, die die Explosion hervorgerufen hatte; als stürzten tief in der Erde gewaltige Hohlräume zusammen oder als hätte sich etwas Gigantisches für einen Moment im Schlaf geregt um dann wieder still zu liegen. Vom Himmel begann graue Asche zu regnen, während sich der alte Mann endlich umwandte und mit langsamen Schritten auf den Waldrand zuging.

Seine Aufgabe war erfüllt. Er spürte weder Triumph noch Zufriedenheit, denn es war nicht das erste Mal gewesen, dass er sich dem uralten Feind gestellt hatte, und er wusste auch, dass es nicht das letzte Mal sein würde; so wie er auch wusste, dass er und alle, die nach ihm kamen, am Ende verlieren mussten, denn die, die nach ihnen kamen, waren bereits da, so wie die, die vor ihnen gewesen waren, noch immer irgendwo existierten, irgendwo in der Weite eines Universums, in der Worte wie Zeit und Kontinuität nur Begriffe waren, aber keine Bedeutung hatten.

Trotzdem huschte ein warmes, flüchtiges Lächeln über seine Züge, als er den Hang hinunterschritt und dabei flüsterte:

»Gut gemacht, Weißer Mann.

Dummer Mann.

Tapferer Mann.«

Wolfgang und Heike Hohlbein

Die Nacht des Drachen

Es beginnt mit dem Kampf zwischen einem Mann und einem Drachen. Doch instinktiv spürt Yori, die zufällig Zeugin dieses Geschehens wird, dass die Smaragdechse ihre Hilfe braucht. Mit ihrem Eingreifen zieht sie sich jedoch den Zorn Rongos, des schwarzen Reiters, zu. Für Yori und ihre Sippe ist dies der Beginn einer fast ausweglosen Flucht, die sie schließlich in eine gigantische Felsenstadt führt, von deren Existenz bisher niemand wusste. Die wird von den Chtona, grausamen Felsenwesen, belagert, deren Ziel die Vernichtung der ganzen Stadt ist. In einem letzten, verzweifelten Kampf soll sich entscheiden, wer den Sieg davonträgt – Menschen oder Felsgesichter ...

334 Seiten

Wolfgang und Heike Hohlbein

Märchenmonds Erben

Die lang erwartete Fortsetzung der beiden Longseller »Märchenmond« und »Märchenmonds Kinder«! Kim kehrt in ein sehr verändertes Märchenmond zurück. Dessen Bewohner glauben nicht mehr an Träume und Magie und zwischen den Generationen ist ein erbitterter Kampf entbrannt. Kim bittet Themistokles um Hilfe, doch der Zauberer hat seine Kräfte in eine Glaskugel gebannt, die verloren ging. Die Suche nach dieser Glaskugel wird für Kim und seine Gefährten zu einem gefahrvollen Wettlauf mit der Zeit, denn ohne die magischen Kräfte wird Märchenmond sterben ...

532 Seiten

UEBERREUTER

Wolfgang und Heike Hohlbein

Katzenwinter

Als der Winter beginnt, legt sich etwas Bedrohliches über die kleine Stadt, in der Justin mit seinen Eltern lebt. Es sind uralte, böse Kräfte, die seit jeher in den Ruinen des alten Klosters herrschten und immer wieder Unheil über die Menschen hier brachten. Justins Aufgabe ist es, diese Kräfte zurückzuhalten. Doch die Tore zu dieser anderen, dunklen Welt sind bereits geöffnet und Justin muss gegen Wesen kämpfen, die direkt aus der Hölle zu kommen scheinen. Ein geheimnisvolles Mädchen und die Katzen kommen ihm dabei zu Hilfe …

418 Seiten

UEBERREUTER

Wolfgang und Heike Hohlbein

Schattenjagd

Das neue Spiel, das David im Computer seines Vaters entdeckt, scheint alle bisherigen Grenzen zu sprengen. Heimlich schaltet sich David ein, sooft er allein zu Hause ist, erschafft immer neue Figuren und lässt sie blutige Schlachten schlagen. Als Davids Vater dahinter kommt, zwingt er seinen Sohn, das gesamte Spiel zu löschen. Doch es ist bereits zu spät. Die Computerwelt Adragne hat bereits ein Eigenleben entwickelt, das sich über der Stadt auszubreiten beginnt. David und Valerie, die mit ihm in der Schule einen Computerkurs besucht, wollen versuchen, die virtuelle Welt in den Griff zu bekommen. Dabei werden sie in das Spiel hineingezogen und sind nun den von David erschaffenen Monstern und Dämonen hilflos ausgeliefert …

504 Seiten

Wolfgang und Heike Hohlbein

Dreizehn

Das alte Haus in dem verwilderten Garten,
in dem Thirteens Großvater lebt,
birgt ein Geheimnis: ein Labyrinth
aus Gängen und Zimmern, in denen
sechs Kinder gefangen gehalten werden.
Als Thirteen und ihr Freund Frank versuchen
den Kindern zu helfen, geraten sie an den
BUND DER DREIZEHN,
der das verhindern will. Mehr als einmal
schweben Thirteen und Frank in Lebensgefahr,
doch es gelingt ihnen immer wieder
den Verfolgern zu entkommen. Schließlich
erfährt Thirteen, wer ihr Großvater wirklich ist
und weshalb er sich vor vielen Jahren in dieses
Haus zurückgezogen hat. Und dass nur sie die
Kinder retten kann: am Freitag, den 13.,
der zugleich ihr 13. Geburtstag ist –
in wenigen Tagen ...

547 Seiten